10|18
12, avenue d'Italie — Paris XIIIe

Du même auteur
dans la collection 10/18

AU JEU DE LA MORT, n° 2482
LA MORT EN HABIT NOIR, n° 2483
LE RIDEAU TOMBE, n° 2507
L'ASSASSIN ENTRE EN SCÈNE, n° 2533
LA CLINIQUE DU CRIME, n° 2562
ET VOUS ÊTES PRIÉS D'ASSISTER AU MEURTRE DE..., n° 2592
MORT EN EXTASE, n° 2620
UN VRAI CRIME D'ARTISTE, n° 2636
UN PIÈGE POUR MISS C., n° 2669
L'ASSASSIN AUX FLEURS, n° 2685
LA MORT EN EMBUSCADE, n° 2717
MEURTRE EN COULISSES, n° 2741
CROISIÈRE MORTELLE, n° 2761

COMME À ROME

PAR

NGAIO MARSH

Traduit de l'anglais
par Roxane Azimi

10|18

INÉDIT

« Grands Détectives »
dirigé par Jean-Claude Zylberstein

Titre original :
When in Rome

ISBN 2-264-02365-1

A Son Excellence M. l'Ambassadeur et Mme McIntosh, ainsi qu'au personnel de l'ambassade de Nouvelle-Zélande à Rome, qui ont permis de réaliser ceci.

Les protagonistes

Les clients du tour guidé de M. Sebastian Mailer

M. Barnaby Grant	Auteur de *Simon au Latium*
Le baron et la baronne Van der Veghel	
Miss Sophy Jason	Auteur de livres pour enfants
Lady Braceley	
L'Honorable Kenneth Dorne	Son neveu
Major Hamilton Sweet	
Superintendant Roderick Alleyn	Bureau d'Investigation Criminelle, Londres

Les officiers de la police romaine

Le *Questore* Valdarno
Le *Vice-Questore* Bergarmi
Divers membres de la *Questura*

Les dominicains en charge de San Tommaso in Pallaria

Père Denys
Frère Dominic

M. Sebastian Mailer	Tours guidés *Il Cicerone*
Giovanni Vecchi	Son assistant
Violetta	Vendeuse de cartes postales
Marco	Restaurateur
Le consul britannique	
Signor Pace	Employé d'une agence de tourisme

Un portier et divers serveurs

CHAPITRE PREMIER

Barnaby à Rome

I

Barnaby Grant contempla les jeunes mariés étrusques qui reposaient avec naturel sur la couche de leur sarcophage. Il aurait aimé savoir pourquoi ils étaient morts jeunes, et si la mort les avait terrassés en même temps, comme les amants de Vérone. Leurs lèvres pleines semblaient dissimuler un sourire amusé, le sourire pointu d'un Apollon ou d'un Hermès. Quelle plénitude, quelle ressemblance énigmatique ! songea-t-il. Que signifiait le geste des mains larges de la femme ? Comme sa main à lui s'était attardée de manière touchante au-dessus de l'épaule de sa compagne...

— ... de Cerveteri, débita le guide. Cinq cent trente ans avant Jésus-Christ.

— Seigneur ! fit un touriste, au bord de l'épuisement.

Le groupe passa à côté. Barnaby resta encore quelque temps, puis, décidant qu'il en avait assez vu pour la matinée, quitta la Villa Giulia et héla un taxi pour aller prendre une bière Piazza Colonna.

II

Assis à la terrasse d'un café Piazza Colonna, Barnaby pensait au sourire étrusque, tout en écoutant le tonnerre.

Un ciel noir et bas pesait sur le trafic de midi. D'un instant à l'autre, se dit Barnaby, la colonne de Marc-Aurèle allait le transpercer et, telle une « outre immonde », il allait répandre son contenu. Quel spectacle en perspective !

Sur la table devant lui, il y avait un verre et une bouteille de bière. Son imperméable était posé sur le dossier de sa chaise et, à ses pieds, tout contre sa jambe, on pouvait apercevoir un attaché-case fermé à clé. De temps à autre, il tendait la main gauche pour le toucher. A ce contact, sa bouche se détendait, il clignait lentement des paupières et repoussait la mèche de cheveux bruns qui lui tombait sur le front.

Une galère, pensait-il. Une vraie galère, celui-là.

Un sourd grondement résonna au-dessus de sa tête. Le tonnerre venait de la gauche. « Les dieux sont contre nous », songea Barnaby.

Il remplit son verre et regarda autour de lui.

La terrasse avait été pleine de monde, mais à présent, craignant l'ondée, les clients l'avaient désertée. Toutefois, les tables voisines de la sienne étaient toujours occupées : à sa droite, trois jeunes à la mine patibulaire berçaient jalousement leurs verres entre leurs mains calleuses en coulant des regards obliques autour d'eux. Des paysans, se dit Grant, qui auraient été plus à l'aise dans un cadre moins imposant et qui seraient certainement choqués à la vue de l'addition. Sur sa gauche, il y avait un couple d'amoureux. La loi leur interdisant de s'embrasser en public, ils se dévisageaient, les doigts entrelacés, échangeant des sourires tremblants. Du bout de l'index, le garçon suivit le contour des lèvres parfaites de son amie qui frémirent en réponse. Barnaby ne put s'empêcher de les observer. Eux ne lui prêtaient aucune attention ; en fait, ils ne voyaient pas grand-chose autour d'eux, mais le premier éclair les ramena sur terre, et ils se tournèrent dans sa direction.

Ce fut alors que, au moment approprié comme il devait le décider par la suite, il vit entre leurs deux têtes la silhouette distante d'un Anglais.

Il sut tout de suite qu'il s'agissait d'un Anglais. Peut-être étaient-ce ses habits. Ou, plus précisément, son veston. Bien que râpé et démodé, c'était un veston de tweed, même s'il n'avait sans doute pas été confectionné pour son propriétaire actuel. Il y avait également la cravate... Vieille et informe, avec des taches de gras, mais, pour qui voulait bien le reconnaître, élégante. Quant aux autres vêtements, ils étaient miteux et indéfinissables. Le chapeau, un feutre noir élimé, était manifestement italien. Enfoncé jusqu'aux oreilles, il cachait un visage d'une extrême pâleur. Seule la bouche était rouge et passablement charnue. Il faisait à présent si sombre que, sans la brève lueur de l'éclair, Barnaby n'aurait pas distingué ses yeux. Il tressaillit en constatant qu'ils étaient très clairs et fixés sur lui. Le ciel noir explosa au-dessus d'eux en un coup de tonnerre assourdissant. Et ce fut le déluge.

Il y eut un mouvement de panique générale. Barnaby saisit son imperméable, l'enfila et releva sa capuche. Comme il n'avait pas réglé sa consommation, il fouilla dans ses poches à la recherche de son portefeuille. Les trois jeunes campagnards se ruèrent vers lui, entrant en collision avec le petit couple. Le garçon se répandit en imprécations. Barnaby ne trouvait rien d'inférieur à un billet de mille lires. Il regarda autour de lui, cherchant un serveur des yeux. Ils s'étaient tous réfugiés sous l'auvent. L'homme qui l'avait servi esquissa un geste de désespoir théâtral et lui tourna le dos.

— *Aspetti*, cria Barnaby dans son italien de guide touristique, agitant son billet de mille lires. *Quanto devo pagare ?*

Le serveur joignit les mains comme pour prier et leva les yeux au ciel.

— *Basta !*

— *... lasci passare...*

— *Se ne vada ora...*

— *Non desidero parlarle.*

— *Non l'ho fatto io...*

— *Vattene !*

— *Sciocchezze !*

Entre l'amoureux et les trois jeunes, le ton avait monté. Ils se hurlaient des insultes à la figure derrière le dos de Barnaby. Le serveur invoqua avec force grimaces les cieux, la pluie, sa propre impuissance.

« Après tout, c'est moi qui ai un imperméable », pensa Barnaby. L'instant d'après, il reçut un coup dans le dos et s'effondra sur la table.

La confusion qui s'ensuivit fut ponctuée d'éclairs, de coups de tonnerre et de trombes d'eau. Le souffle coupé, Barnaby s'était blessé dans sa chute. Un morceau de verre lui avait entaillé la main. Et il saignait du nez. Les combattants avaient disparu, mais le serveur, armé d'un énorme parapluie orange et rouge, s'affaira autour de lui, tentant vainement de lui tamponner la main. Ses collègues, massés sous l'auvent, commentaient les événements en chœur.

— *Poverino !* s'exclamaient-ils. Quelle malchance !

Barnaby se redressa. D'une main, il extirpa un mouchoir de la poche de son imperméable et le pressa contre son visage. De l'autre, il tendit au serveur son billet de mille lires, trempé et ensanglanté.

— Tenez, fit-il dans son italien chancelant. Gardez la monnaie. Je voudrais un taxi.

Le serveur se récria avec un plaisir manifeste. Barnaby s'assit lourdement sur une chaise transformée en cuvette. L'homme planta le parapluie dans le trou au milieu de la table, releva le col de sa veste blanche et se précipita à l'intérieur. Pour appeler un taxi, espérait Barnaby.

La Piazza Colonna était noyée sous une pluie torrentielle. L'eau martelait les pavés et les toits des voitures comme si l'une des nombreuses fontaines de Rome venait de naître. Les automobilistes scrutaient le monde extérieur à travers leur pare-brise brouillé, entre le va-et-vient des essuie-glaces. Hormis quelques piétons isolés qui pressaient le pas, les trottoirs étaient déserts. La tête dans les épaules, Barnaby Grant était assis, seul et ridicule, sous son parapluie rouge et orange, se tamponnant le nez. Il semblait attirer une certaine attention incrédule. Le serveur s'était volatilisé, et ses collègues s'étaient lancés dans une de ces inintelligibles conversations italiennes qui ont tout l'air d'une dispute et qui se terminent généralement par des claques dans le dos et des éclats de rire. Barnaby ne sut combien de temps il resta ainsi, avant de faire l'atroce découverte, avant que sa main gauche ne tâtonnât sous son siège, ne rencontrant que du vide.

Comme animée d'une vie propre, sa main explora les environs, se heurta au pied métallique de la chaise et à nouveau ne trouva que du vide.

Il se rappela plus tard qu'il avait eu peur de reprendre contact avec sa main, peur de baisser les yeux et d'apercevoir une flaque d'eau, le pied de la chaise et... toujours... le vide.

La sensation qu'il éprouva alors devait être comparable à celle que la croyance populaire attribue à la noyade. Tout un flot de pensées le submergea. Ainsi, il songea au temps qu'il avait mis pour rédiger ce livre : le meilleur, selon lui, de tous ceux qu'il avait écrits et, peut-être, qu'il écrirait jamais. Son agent, se souvint-il, l'avait mis en garde contre le danger de ne posséder qu'un seul exemplaire manuscrit. Il pensa au fait qu'il était isolé à Rome, qu'il ne connaissait pratiquement pas la langue, qu'il ne s'était pas donné la peine d'utiliser ses lettres d'introduction. Vaguement, il songea à... qui ? Était-ce sir Isaac Newton ? « Ô, Diamond, Diamond, vous ne pouvez pas savoir ce que vous avez fait ! » Mais par-dessus tout, il pensa aux complications odieuses, indescriptibles, qui allaient s'ensuivre : l'horrible perspective des démarches à entreprendre, malgré la prostration dans laquelle le plongeait sa perte, la gravité même de l'événement, qui pesait sur ses épaules comme une chape de plomb. Une phrase classique lui traversa l'esprit : « Je suis perdu ! » Il faillit la crier à haute voix.

Le serveur revint, ricanant d'un air triomphant. Une calèche surmontée d'un grand parasol s'arrêta au bord du trottoir. Le cocher, la mine circonspecte, avait une sorte de bâche au-dessus de sa tête.

Grant essaya de leur faire part de sa perte. Grimaçant et gesticulant, il indiqua l'endroit où il avait posé son attaché-case. Puis, attrapant son recueil d'expressions italiennes, il le feuilleta fébrilement.

— *Ho perduto*, expliqua-t-il. *Ho perduto mia valigia.* L'avez-vous vue ? Ma mallette ? *Non trovo. Valigia.*

S'exclamant, le serveur regarda stupidement sous la table et, autour de lui, le trottoir inondé. Puis il courut se mettre à l'abri. Il n'était plus qu'un haussement d'épaules.

« Et voilà, se dit Barnaby. La pire chose qui me soit jamais arrivée. »

Le conducteur de la calèche l'interpella suavement,

semblant l'implorer de se décider. Il jeta un coup d'œil sur la désolation qui l'environnait et grimpa sur le siège.

— *Consolato Britannico*, hurla-t-il. Nom d'un chien ! *Consolato Britannico.*

III

— Si vous voulez tout savoir, dit le consul, comme si Barnaby Grant ne le savait pas déjà, je trouve cela malheureux. Vraiment malheureux.

— Vous n'êtes pas le seul, monsieur le consul.

— Nous allons voir ce que nous pouvons faire. Vous savez, ma femme vous admire énormément. Elle sera très peinée quand elle va entendre parler de ça. C'est une lettrée en quelque sorte, ajouta-t-il en guise de plaisanterie.

Barnaby ne répondit pas. Il contempla son compatriote par-dessus la pile des pansements obligeamment fournis par le consulat et posa sa main bandée sur son genou gauche.

— Évidemment, poursuivit le consul, pensif, ce genre de problèmes est en principe du ressort de la police. Quoique... Enfin, si vous avez une minute, je vais donner un coup de fil. J'ai un contact personnel... rien d'officiel, vous comprenez bien. Allons-y.

A une longue attente succéda une conversation tout aussi longue et incompréhensible, durant laquelle Barnaby crut s'entendre décrire comme le plus grand romancier britannique. S'interrompant de temps à autre pour consulter le principal intéressé, le consul exposa à la vitesse d'une dictée les détails de l'affaire et conclut l'entretien par une série de : « *E stato molto gentile. Grazie. Molto grazie, signore* », que même le pauvre Barnaby fut en mesure de saisir.

Le consul raccrocha, esquissant une grimace.

— Il n'y a pas grand-chose à espérer de ce côté-là.

Barnaby déglutit. Il avait la nausée.

Le consul l'assura qu'il ferait tout son possible. Bien qu'il ne sût pas très bien par où commencer. Cependant, ajouta-t-il avec entrain, il restait toujours une chance que Barnaby fût soumis à un chantage.

— Un chantage ?

— Ma foi, celui qui a pris la mallette s'attendait à trouver sinon de l'argent, du moins des documents de valeur qui donneraient lieu à une récompense. Bien sûr, « chantage » n'est pas le mot approprié. Il s'agirait plutôt de rançon. Encore que...

Le consul avait tendance à laisser ses phrases en suspens.

— Je devrais donc passer une annonce offrant une récompense ?

— Absolument. Nous allons arranger cela. Il suffit de remettre à ma secrétaire le texte anglais : elle le traduira et l'enverra à la presse.

— Je vous cause bien du dérangement, fit le malheureux Barnaby.

— Nous en avons l'habitude, soupira le consul. Vous dites que votre nom et votre adresse londonienne se trouvent sur le manuscrit, mais que l'attaché-case était fermé à clé. Remarquez, cela ne change pas grand-chose.

— En effet.

— Vous êtes descendu à... ?

— A la *Pensione Gallico*.

— Ah oui. Avez-vous son numéro de téléphone ?

— Je crois... oui... quelque part sur moi.

Barnaby fouilla distraitement dans sa poche de poitrine, sortit son agenda, son passeport et deux enveloppes. Il avait griffonné l'adresse et le téléphone de la *Pensione Gallico* sur le dos de l'une d'elles.

— Voilà.

Il poussa l'enveloppe vers le consul qui avait déjà aperçu son imposant en-tête.

— Ah... merci, fit celui-ci avec un petit rire. Je vois qu'on a déjà présenté ses respects.

— Comment ? Oh... ça. Pas vraiment, marmonna Barnaby. C'est... euh... une sorte de déjeuner. Demain. Il ne faut pas que je vous retienne davantage. Merci infiniment.

Le consul, rayonnant, se pencha par-dessus le bureau pour lui tendre la main.

— De rien, de rien. Je suis content que vous soyez venu nous voir. Tout compte fait, je me sens parfaitement optimiste. *Nil desperandum*, vous savez, *nil desperandum*. Prenez de la hauteur !

Mais Barnaby eut du mal à prendre de la hauteur, après que deux jours se furent péniblement écoulés sans une seule réponse à son annonce et sans que son entretien avec la jolie représentante de la *Questura* eût porté ses fruits. Il se rendit à son déjeuner à l'ambassade, où il essaya de prendre du mieux qu'il put les témoignages de sympathie de l'ambassadeur. Mais en dehors de cela, il passa le plus clair de son temps sur la terrasse de la *Pensione Gallico* au milieu des pots de géraniums et de nuées d'hirondelles. La porte-fenêtre de sa chambre donnait sur un coin abandonné de cette terrasse où il attendait, l'oreille aux aguets, que le téléphone sonnât à l'intérieur. De temps en temps, il songeait à l'abominable hypothèse de récrire les quelque cent mille mots de son roman, mais cette idée le rendait physiquement et moralement malade.

Parfois, il éprouvait la sensation d'une descente vertigineuse dans un ascenseur fou. Il sortait d'un sommeil agité pour retomber dans le cauchemar. Il se disait qu'il devrait écrire à son agent et à son éditeur, mais cette seule pensée lui donnait des crampes d'estomac, et il se contentait de rester sur la terrasse à attendre un coup de téléphone.

Le troisième jour, une vague de chaleur s'abattit sur Rome. La terrasse s'était transformée en fournaise. Barnaby était seul dans son coin avec une brioche non entamée, un pot de miel et trois guêpes. Il se sentait en proie à une lassitude nerveuse et à quelque chose qui, selon lui, devait friser le fin fond du désespoir. « Ce qu'il me faudrait, se dit-il, au bord de la nausée, c'est pleurer un bon coup sur l'épaule de quelqu'un. »

Un serveur fit son apparition.

— *Finito ?* chanta-t-il comme à l'accoutumée.

Puis, comme Barnaby acquiesçait, il sembla l'inviter à le suivre à l'intérieur. Tout d'abord, Barnaby crut qu'il cherchait à lui dire qu'il faisait trop chaud pour rester dehors ; ensuite que, pour une raison quelconque, la patronne désirait le voir.

Soudain, une bouffée d'espoir l'envahit. Un homme corpulent, un gilet sur les épaules, sortit par la porte centrale et s'avança vers lui. Placé entre Barnaby et le soleil, il paraissait irréel, noir et désincarné, mais Barnaby le reconnut tout de suite.

Dans un tourbillon d'images, il le revit entre les deux amoureux, accompagné par le tonnerre et les éclairs. Était-ce un soulagement sans nom ou simplement le contrecoup, il n'aurait su le dire. Et, quand l'homme tira un attaché-case de sous son gilet, il se demanda s'il allait s'évanouir.

— Monsieur Barnaby Grant ? fit le nouvel arrivant. Je pense que vous serez content de me voir.

IV

Ils quittèrent le *Gallico* qui semblait fourmiller de femmes de chambre et se réfugièrent dans un petit café à proximité de la Piazza Navona. C'était le visiteur de Barnaby qui l'avait suggéré.

— A moins, ajouta-t-il avec malice, que vous ne préfériez un endroit plus chic... comme la Colonna, par exemple.

Barnaby frissonna. Il avait emporté son attaché-case. Sur la suggestion de son compagnon, il l'ouvrit. A l'intérieur, dans deux chemises en papier cerclées d'épais élastiques, il y avait son livre. La dernière lettre de son agent était posée sur le manuscrit, là où il l'avait laissée.

Fébrile, il avait offert à son visiteur des cocktails au champagne, du vin, du cognac — tout ce qu'il voulait — mais quand celui-ci lui rappela qu'il n'était pas encore dix heures du matin, Barnaby opta pour le café.

— Dans ce cas, déclara-t-il, à une heure plus appropriée... permettez-moi... et, en attendant, je dois... naturellement...

Il glissa une main à l'intérieur de son veston. Son cœur continuait à cogner de manière désordonnée.

— Vous pensez à la récompense que vous avez si généreusement proposée, fit son interlocuteur. Mais je vous en prie... non. C'est hors de question. Avoir rendu un service, aussi insignifiant soit-il, à Barnaby Grant est la meilleure des récompenses. Croyez-moi.

Barnaby, qui ne s'était pas attendu à cela, comprit aussitôt qu'il avait commis une monumentale faute de goût. Il s'était fié à tort aux apparences. Mais ce n'étaient pas tant le vieux gilet d'alpaga qui avait remplacé le tweed, la chemise râpée aux poignets, le feutre noir aux reflets verdâtres ou encore les chaussures vraiment lamentables que quelque chose d'indéfinissable chez l'homme lui-même. « Pourquoi, songea-t-il, n'ai-je pas pu le trouver sympathique au premier coup d'œil ? Ç'aurait été la moindre des choses. »

Pendant que son compagnon parlait, Barnaby, par déformation professionnelle, se surprit à l'étudier. Il contempla la tête massive aux cheveux coupés à ras avec une frange clairsemée, comme chez un collégien américain. Il nota l'extrême pâleur de la peau, sa finesse et sa douceur quasi féminines, la bouche étonnamment rouge et charnue, et les grands yeux clairs qui l'avaient fixé si attentivement Piazza Colonna. La voix, assez haute mais assourdie, n'avait pas d'accent décelable. Pourtant, l'homme semblait quelquefois chercher ses mots. Peut-être n'avait-il plus l'habitude de parler anglais. Il s'exprimait avec pédanterie, comme s'il avait mémorisé ses phrases avant de prononcer un discours public.

Ses mains étaient délicates et potelées, et ses ongles, complètement rongés.

Son nom était Sebastian Mailer.

— Vous devez vous interroger, disait-il, sur les raisons de ce délai, qui, sans nul doute, a dû vous paraître insoutenable. Voudriez-vous en connaître les circonstances ?

— Absolument.

— Je n'ose espérer que vous m'avez remarqué l'autre matin Piazza Colonna.

— Mais si. Je me souviens très bien de vous.

— Peut-être vous ai-je dévisagé. Voyez-vous, je vous ai reconnu sur-le-champ, d'après les photos sur les jaquettes de vos livres. Je dois avouer que je suis l'un de vos plus fervents admirateurs, monsieur Grant.

Barnaby répondit par un murmure.

— Je suis également — et cela nous ramène à notre

sujet — ce qu'on pourrait appeler un « Romain d'adoption ». Je vis ici depuis des années et j'ai acquis une certaine connaissance de la société romaine à tous les niveaux. Y compris le plus bas. Vous voyez, je suis franc.

— Pourquoi pas ?

— Pourquoi pas, en effet ! Si j'ai choisi, comme diraient certains de nos compatriotes, de me vautrer dans la fange, je l'ai fait pour des raisons esthétiques et même, je n'ai pas peur des mots, philosophiques, mais je ne vais pas vous ennuyer avec tout cela. Il me suffit de vous dire qu'au même moment j'ai reconnu un individu peu recommandable connu dans le milieu de la pègre sous le nom de — je traduis — « Doigts-de-Fée ». Il se tenait à quelques pas de vous, les yeux rivés sur votre attaché-case.

— Seigneur Dieu !

— Vous l'avez dit. Souvenez-vous : l'orage a éclaté, et, dans la confusion provoquée par le déluge, il y a eu une bagarre entre les occupants des tables voisines de la vôtre.

— Oui.

— A la suite de quoi, vous avez reçu un coup violent dans le dos qui vous a fait perdre l'équilibre.

— C'est vrai, opina Barnaby.

— Naturellement, vous avez cru avoir été frappé par l'un des combattants, mais il n'en était rien. Le personnage dont je viens de vous parler a profité de la mêlée pour se précipiter en avant, vous donner un coup d'épaule, saisir votre mallette et disparaître. Une manœuvre admirablement minutée et exécutée avec une rapidité et une adresse ahurissantes. Pendant que ces jeunes gens ont continué à s'insulter, moi, mon cher monsieur Grant, je me suis lancé à ses trousses.

Il avala une petite gorgée de café et inclina légèrement la tête, comme en réponse à l'attention passionnée de Barnaby.

— La poursuite a été longue, reprit Mailer. Mais je ne l'ai pas lâché et j'ai fini par... comment dit-on, « dépister » ? Je vous remercie. J'ai fini donc par le dépister dans ce que la prose à sensations décrirait comme « un certain estaminet dans telle ruelle, pas très loin de... », etc. Mais peut-être ma formulation est-elle démodée. Bref, je l'ai rattrapé dans sa tanière et, par des moyens dont je vous épargnerai la description, j'ai récupéré votre attaché-case.

— Le jour même où je l'ai perdu ? ne put s'empêcher de demander Barnaby.

— Ah ! Très bonne question, comme disent les victimes acculées d'un interrogatoire. Si j'avais eu affaire à un homme moins distingué, monsieur Grant, j'aurais depuis longtemps inventé un prétexte plausible. Mais avec vous, je ne puis adopter ce genre d'attitude. Je ne vous ai pas rapporté votre mallette plus tôt parce que...

Souriant imperceptiblement, et sans quitter Barnaby des yeux, il retroussa une manche de sa chemise. Son bras était glabre et blanc. Il le posa, la paume ouverte, sur la table et le glissa vers Barnaby.

— Voyez vous-même. On dirait des piqûres de moustiques, n'est-ce pas ? Mais je suis sûr que vous savez ce que c'est.

— Je... Je crois que oui.

— Eh bien, voilà. Je suis cocaïnomane. C'est assez ringard de ma part, ne trouvez-vous pas ? Il faut vraiment qu'un de ces jours je passe à quelque chose de plus « in ». Vous voyez, je m'y connais en langage moderne. Mais je m'égare. J'avoue, à ma honte, que l'empoignade avec « Doigts-de-Fée » m'a grandement secoué. Mon penchant malheureux a dû avoir des répercussions sur mon état de santé. Je ne suis pas de constitution robuste. Pour me remettre d'aplomb, je me suis... shooté, selon le terme communément admis, et... bref, j'ai un peu forcé la dose, ce qui m'a mis hors circuit jusqu'à ce matin. Je n'ose, bien sûr, espérer que vous me le pardonnerez.

Barnaby prit le temps d'inspirer, puis — il était généreux de nature —, il répondit :

— Je suis tellement soulagé de l'avoir retrouvé que je ne ressens que de la gratitude, je vous le promets. Après tout, l'attaché-case était fermé à clé, et vous n'étiez pas censé savoir...

— Ah, mais si ! J'ai tout deviné. Quand je suis revenu à moi. A cause du poids, tout d'abord. Et d'après le bruit à l'intérieur. Et puis, évidemment, j'ai vu votre annonce : « Contenant un manuscrit n'ayant de valeur que pour son propriétaire. » Je ne puis donc me réfugier derrière ce paravent-là, monsieur Grant.

Il sortit un mouchoir d'aspect douteux avec lequel il s'épongea le visage et le cou. Bien que le petit café fût situé à l'ombre, M. Mailer transpirait abondamment.

— Encore un peu de café ?

— Merci. Vous êtes très gentil. Très.

Le café sembla le revigorer. Serrant la tasse entre ses mains crasseuses et grassouillettes, il contempla Barnaby par-dessus son bord.

— Je vous dois tant, dit Barnaby. Y a-t-il quelque chose que je puisse faire... ?

— Vous allez me prendre pour un insupportable flagorneur — j'ai dû, en ce sens, adopter les mœurs latines — mais je vous assure que le simple fait de vous rencontrer, et, à mon humble façon...

« Cette discussion commence à tourner en rond », pensa Barnaby.

— Eh bien, déclara-t-il, vous allez dîner avec moi. Choisissons un jour, d'accord ?

Mais M. Mailer, joignant les paumes de ses mains, était visiblement sur le point de prononcer un discours. Après maintes parenthèses dictées par l'humilité, il finit par avouer qu'il avait lui-même écrit un livre.

Il y avait passé trois ans : la dernière version était la quatrième. De par ses expériences pénibles, Barnaby savait ce qui allait suivre. Il savait également qu'il lui fallait se résigner à son sort. Les phrases familières résonnaient déjà à ses oreilles :

— ... votre opinion... une importance énorme... juste un coup d'œil... les conseils d'une personnalité aussi éminente... intéresser un éditeur...

— Je le lirai, bien sûr, répliqua Barnaby. L'avez-vous ici ?

Il s'avéra que M. Mailer était assis dessus. Pendant que Barnaby était occupé à examiner son bien retrouvé, il l'avait, par quelque tour de passe-passe, glissé sous son postérieur. A présent, il le sortit, enveloppé dans une feuille de journal légèrement humide, et le déballa, les doigts tremblants. Un manuscrit, rédigé d'une écriture serrée, à l'italienne, mais pas trop gros, constata Barnaby avec plaisir. Quarante mille mots peut-être ou, avec un peu de chance, encore moins.

— Ce n'est ni un roman ni une nouvelle, déclara son auteur, mais le sort l'a voulu ainsi, et je n'ai pu que m'incliner.

Barnaby leva rapidement les yeux. Les coins de la bouche de M. Mailer s'étaient retroussés. « Au fond, il n'est pas si timide que ça », se dit Barnaby.

— J'espère, fit M. Mailer, que mon écriture ne vous pose pas de problèmes. Je n'ai pas de quoi payer une dactylo.

— Ça a l'air très clair.

— Dans ce cas, cela ne vous prendra que quelques heures de votre temps. Dans un jour ou deux, peut-être... ? Mais je ne veux pas vous importuner.

« Et moi, je dois m'en tirer honorablement », décida Barnaby.

— Écoutez, fit-il, j'ai une proposition à vous faire. Si nous dînons ensemble après-demain soir, je vous dirai ce que j'en pense.

— Que vous êtes gentil ! Vraiment, je suis subjugué. Mais, s'il vous plaît, permettez-moi... si vous n'y voyez pas d'inconvénient... quelque chose de modeste... comme ici, par exemple. Comme vous avez pu le remarquer, il y a aussi une petite trattoria. Leurs *fettuccini* sont très bons, et le vin est tout à fait respectable. Le patron est un de mes amis. Il nous bichonnera.

— Cela me semble parfait. D'accord pour ici, mais c'est moi qui invite, monsieur Mailer. Vous, vous choisirez le menu. Je me remets entre vos mains.

— C'est vrai ? Sérieusement ? Alors il faudra que je lui parle avant.

Sur ce, ils prirent congé l'un de l'autre.

A la *Pensione Gallico*, Barnaby annonça à tout le monde — à la patronne, aux deux serveurs, même à la femme de chambre qui savait à peine deux mots d'anglais — qu'il avait retrouvé son manuscrit. Certains le comprirent, d'autres non. Mais tous se réjouirent avec lui. Il téléphona au consul qui le félicita bruyamment. Il régla également le prix de ses annonces.

Ensuite, il relut les passages de son livre qui, à son avis, demandaient à être récrits, sautant d'un chapitre à l'autre.

Tous ces tourments... et soudain, le retour à la normale, pensa-t-il, tournant une page.

Dans le sillon formé par la chemise en papier, il découvrit une tache, et, ouvrant davantage le manuscrit, il aperçut un léger dépôt de quelque chose qui ressemblait à de la cendre de cigarette.

Voilà deux ans qu'il avait arrêté de fumer.

V

Après réflexion (et après avoir examiné de près la serrure de son attaché-case), il se rappela que sa femme de ménage londonienne fumait comme un pompier, qu'elle était extrêmement curieuse et qu'il avait souvent laissé le manuscrit grand ouvert sur la table. Cette pensée le réconforta. Il put retravailler son livre et, à l'heure de la sieste, lire la presque nouvelle de M. Mailer avec une relative tranquillité d'esprit.

Angelo en août
de
Sebastian Mailer

Ce n'était pas mauvais. Un peu précieux. Un peu fantaisiste. Osé par endroits, mais rien à voir avec la pornographie. Et, compte tenu du fait que c'était le quatrième jet, plus que négligé : mots manquants, répétitions, redondances. Barnaby se demanda s'il fallait attribuer ces défauts à la cocaïne. Mais il avait vu publier bien pire ; si M. Mailer arrivait à concocter une ou deux histoires courtes pour remplir un volume, il pouvait très bien trouver un éditeur.

Une coïncidence amusante l'avait frappé, et, quand il revit M. Mailer le soir de leur dîner, il lui en fit part.

— Au fait, dit-il, emplissant le verre de M. Mailer, vous avez introduit un thème secondaire qui se trouve être la clé de voûte de mon propre roman.

— Oh, non ! s'exclama son compagnon.

Puis :

— Mais il n'y a, paraît-il, que... combien ?... trois ? quatre ?... thèmes principaux ?

— Auxquels on peut ramener le contenu de n'importe quelle œuvre ? Certes. Ce n'est qu'un détail de votre récit, que vous ne développez pas. En vérité, je le trouve superflu : vous pouvez très bien le supprimer. Cette suggestion, ajouta Barnaby, n'est *pas* dictée par la jalousie professionnelle.

Ils rirent tous les deux, M. Mailer beaucoup plus fort que Barnaby. Il répéta la plaisanterie en italien à quelques-unes de ses connaissances qu'il avait saluées en arrivant et qu'il avait présentées à Barnaby. Assises à la table d'à côté, ces personnes s'en divertirent de bon cœur et, profitant du moment, burent à la santé de Barnaby.

Le dîner dans son ensemble fut une franche réussite. La nourriture était excellente, le vin acceptable, le patron attentionné, et le décor sympathique. Tout au bout d'une ruelle étroite, ils pouvaient apercevoir la Piazza Navona et le souverain des eaux, *Il Moro*, superbement illuminé, luttant avec son Poisson. Ils entendaient presque jaillir ses fontaines au milieu des voix multiples de la nuit. Des groupes de jeunes flânaient élégamment sur la place ; les jeunes filles fendaient orgueilleusement la foule, le buste en avant, telles des figures de proue d'un navire. La nuit d'été vibrait au rythme de sa beauté. Barnaby sentit monter en lui une excitation qu'on ne pouvait pas attribuer uniquement au vin, somme toute assez léger. Il était exalté.

Se renversant sur son siège, il inspira profondément, croisa le regard de M. Mailer et rit.

— J'ai l'impression que je viens d'arriver à Rome.

— Et que, peut-être, la nuit ne fait que commencer ?

— Quelque chose comme ça.

— L'aventure ? suggéra Mailer.

Après tout, le vin n'était peut-être pas si inoffensif que cela. La vue de son compagnon plongea Barnaby dans l'incertitude, comme si une nouvelle personnalité venait de surgir devant lui. « Il a vraiment des yeux bizarres », pensa Barnaby avec indulgence.

— L'aventure ? insista la voix. Puis-je vous renseigner ? Un cicérone ?

« Puis-je vous renseigner ? » Barnaby avait l'impression d'entendre un vendeur dans une boutique. Il s'étira et répliqua légèrement :

— Pour quoi faire ?

— N'importe, murmura Mailer. Ce que vous voudrez, vraiment. Je suis très éclectique.

— Oh, vous savez, je suis assez orthodoxe. Un vieux réac, en réalité.

— Alors, permettez-moi...

Le patron arriva avec l'addition. Barnaby eut le sentiment que la petite trattoria était devenue très calme ; mais, regardant autour de lui, il constata que tous les clients étaient là et se conduisaient tout à fait normalement. Il eut du mal à trouver les billets qu'il fallait. M. Mailer l'aida, et Barnaby le pria de laisser un généreux pourboire.

— C'était très bon, dit-il au patron. Je reviendrai.

Ils se serrèrent chaleureusement la main.

Piloté par M. Mailer, Barnaby sortit dans le dédale des ruelles, passa près des fenêtres éclairées, des entrées obscures, entre des groupes de gens qui parlaient en hurlant et devant des impasses silencieuses, pour pénétrer dans une Rome entièrement différente.

CHAPITRE 2

Une visite organisée

I

Barnaby ne revit pas Sebastian Mailer avant le printemps suivant, quand il retourna à Rome après avoir assisté au lancement spectaculaire de son livre. Sa *Pensione Gallico* ne pouvant le loger au début, il descendit dans un petit hôtel, non loin de là, dans la vieille ville.

Le deuxième jour, il passa à la réception pour voir s'il y avait du courrier. Mais, à la vue des touristes fraîchement débarqués qui se pressaient autour du comptoir, il s'assit sur une chaise juste à côté de l'entrée et attendit.

Il ouvrit son journal, sans le lire car la foule des nouveaux arrivants absorba son attention. Parmi eux, un couple l'intrigua en particulier. Bien que faisant indiscutablement partie du groupe, l'homme et la femme se tenaient un peu à l'écart.

Ils formaient un tableau saisissant : tous deux très grands et lourdement charpentés, les épaules larges et la démarche étonnamment légère. Ils étaient sûrement mari et femme ; et pourtant, ils se ressemblaient étrangement, comme cela arrive parfois après des années de vie commune. Ils avaient tous les deux un visage massif : elle avait un menton rond, lui portait un bouc. Leurs yeux étaient saillants et globuleux. Lui était très attentionné ; il tenait sa compagne par le bras, et, par moments, prenait sa grande main dans la sienne, énorme. Il était vêtu d'un short, d'une chemise en coton bleue et d'une veste. Ses vêtements à elle devaient être de très bonne qualité, pensa Barnaby, mais ils pendaient plutôt gauchement sur sa silhouette disgracieuse.

Visiblement, ils étaient dans l'embarras. Ils consultèrent un dépliant sans trouver de réponse à leur problème. Il y avait un grand plan de Rome sur le mur : ils se postèrent devant et se mirent à l'examiner anxieusement, échangeant des regards perplexes.

Un nouvel afflux de touristes cacha momentanément l'étrange couple aux yeux de Barnaby. Puis un guide vint chercher son troupeau, et ils reparurent dans son champ de vision.

Ils n'étaient plus seuls. M. Mailer était avec eux.

Bien qu'il tournât le dos à Barnaby, il n'y avait nul doute possible sur son identité. Il était habillé exactement comme ce fameux matin Piazza Colonna, et il y avait quelque chose dans sa dégaine qui le rendait reconnaissable entre tous.

Barnaby n'avait pas franchement envie de le revoir. Le souvenir de sa virée nocturne dans Rome en compagnie de M. Mailer, bien que flou et confus, lui avait laissé la désagréable impression d'être allé beaucoup trop loin. Il préférait ne pas y penser, et la simple idée de récidiver lui donnait le frisson. Barnaby n'était pas bégueule, mais il avait bel et bien tourné la page.

Il allait se lever et tenter de s'éclipser par la porte à tambour quand Mailer se tourna à demi vers lui. Il releva précipitamment son journal, espérant l'avoir fait à temps.

« Quelle situation grotesque, songea-t-il derrière son écran. Je me demande ce qui m'a pris. C'est incroyable. Je n'ai rien fait, et pourtant, je me sens... » Il chercha le mot approprié et n'en trouva qu'un, passablement ridicule : « ... contaminé ».

Malgré lui, il regretta qu'il n'y eût pas une petite fenêtre dans son journal par laquelle il pourrait observer M. Mailer. Aussitôt, il en éprouva de l'aversion pour lui-même. C'était comme si la moindre pensée liée à Mailer déclenchait en lui quelque chose de furtif ; or Barnaby était direct de nature, et cette réaction lui déplut fortement.

Tout de même, il ne put s'empêcher de bouger son journal très légèrement, de façon à voir le petit groupe du coin de l'œil.

Ils étaient toujours là. Mailer continuait à tourner le dos à Barnaby. Il semblait parler avec une certaine animation, et les deux géants l'écoutaient avec une attention déférente. Soudain, ils sourirent.

C'était un sourire familier. Il fallut à Barnaby quelques instants pour le situer, puis il se rendit compte, médusé, que c'était le sourire des statuettes étrusques en terre cuite de la Villa Giulia, le sourire d'Hermès et d'Apollon, sourire fermé et acéré, et toujours — qu'il fût cruel, paisible ou mondain — toujours énigmatique. Intensément vivant, il paraissait aussi entendu que le sourire des morts.

Il s'éteignit sur les lèvres du couple, mais ne disparut pas tout à fait, si bien qu'aux yeux de Barnaby ils devinrent les jeunes mariés du sarcophage de la Villa Giulia. L'air gentiment protecteur de l'homme ne fit qu'accentuer cette similitude. « Comme c'est étrange », songea Barnaby. Fasciné, il oublia Sebastian Mailer et baissa son journal.

Il n'avait pas remarqué qu'au-dessus de la carte, sur le mur, il y avait un miroir oblique. La lumière provenant de la porte à tambour joua brièvement sur sa surface. Barnaby leva la tête et à nouveau, entre deux amoureux, vit M. Mailer qui le regardait droit dans les yeux.

Il réagit tout à fait instinctivement. Se levant précipitamment, il quitta l'hôtel.

Cela avait été plus fort que lui. Il fit le tour de la Navona, se disant qu'il s'était conduit de manière abominable. « Sans cet homme que je viens de snober, se rappela-t-il, l'événement le plus marquant de ma carrière n'aurait pas eu lieu. A l'heure qu'il est, je serais en train de récrire mon livre le plus important, probablement en vain. Je lui dois tout ! » Pourquoi alors s'était-il conduit aussi abominablement ? Avait-il tellement honte de cette nuit romaine qu'il fuyait tout ce qui pouvait s'y rapporter ? C'était sans doute cela, se dit-il, tout en sachant qu'il y avait une autre raison, bien plus impérieuse.

M. Mailer lui était antipathique. Extrêmement antipathique. Et, paradoxalement, Barnaby avait peur de lui.

Il avait fait le tour complet de la grande Piazza avant de parvenir à une décision. Il allait, si possible, réparer le mal. Il retournerait à l'hôtel et, si M. Mailer n'y était plus, il irait à la trattoria où ils avaient dîné. Comme Mailer était un habitué, le patron connaissait peut-être son adresse. « C'est ce que je vais faire ! » se dit Barnaby.

Jamais il n'avait entrepris de démarche plus déplaisante. En pénétrant dans l'hôtel par la porte à tambour, il découvrit que les touristes étaient partis, mais que M. Mailer était toujours en conversation avec le couple « étrusque ».

Il aperçut Barnaby aussitôt, mais sans montrer d'aucune façon qu'il l'avait reconnu. Il continua à parler aux deux « Étrusques » sans quitter Barnaby des yeux. « Maintenant, c'est lui qui me snobe, pensa Barnaby. Bien fait pour moi. » Et il s'approcha d'eux.

— Rome est une ville déconcertante, disait M. Mailer. Même après de nombreuses visites, n'est-ce pas ? Peut-être puis-je vous renseigner ? Un cicérone ?

— Monsieur Mailer ? s'entendit prononcer Barnaby. Je ne sais pas si vous vous souvenez de moi. Barnaby Grant.

— Je me souviens très bien de vous, monsieur Grant.

Il y eut un silence.

« Tant pis, pensa Barnaby, je ne peux plus reculer. »

— J'ai vu votre reflet à l'instant dans la glace, déclara-t-il. Je ne comprends absolument pas pourquoi je ne vous ai pas reconnu tout de suite : ce doit être une distraction chronique. J'étais à mi-chemin sur la Navona quand le déclic s'est produit, et je suis revenu sur mes pas, espérant que vous étiez toujours là.

Il se tourna vers les deux « Étrusques ».

— Je vous demande pardon de vous avoir interrompus.

Ils protestèrent en chœur, puis l'homme, le visage illuminé par ce sourire aigu, s'exclama :

— Mais oui, je ne me trompe pas ! C'est bien M. Barnaby Grant ! N'est-ce pas ? fit-il, cherchant confirmation auprès de M. Mailer.

Sa femme émit un petit roucoulement.

— C'est exact, répondit M. Mailer. Puis-je vous présenter le baron et la baronne Van der Veghel ?

Ils s'empressèrent de serrer la main de Barnaby, parlant avec volubilité. Ils avaient lu tous ses livres, à la fois en néerlandais (ils étaient originaires des Pays-Bas) et en anglais (ils étaient citoyens du monde). Ils avaient même emporté son dernier (et sûrement son meilleur) roman avec eux... quelle coïncidence ! Ils se tournèrent vers M. Mailer. Il l'avait lu, évidemment ?

— C'est exact, répliqua-t-il à nouveau. De bout en bout. J'ai été complètement captivé.

Il l'avait dit d'une manière si curieuse que Barnaby, déjà sur les charbons ardents, le regarda nerveusement ; mais leurs interlocuteurs, lancés, continuèrent à chanter à qui mieux mieux les louanges des œuvres de Barnaby.

Il serait faux de dire que M. Mailer écoutait leurs transports d'un air sardonique. Il les écoutait, tout simplement. Son détachement embarrassa profondément Barnaby Grant. Une fois qu'ils eurent tout exprimé — l'espoir prévisible qu'il prendrait un verre avec eux puisqu'ils étaient dans le même hôtel, l'assurance que son travail avait eu une grande importance pour eux, les excuses pour l'avoir importuné — et qu'ils se furent retirés avec tact, Barnaby se retrouva seul avec Sebastian Mailer.

— Je ne suis pas surpris que vous n'ayez pas eu envie de renouveler nos relations, monsieur Grant, dit M. Mailer. Moi, en revanche, je voulais vous voir. Peut-être pourrions-nous aller dans un endroit plus discret ? Il y a un cabinet particulier ici, il me semble. On y va ?

Jusqu'à la fin de ses jours, Barnaby allait se souvenir avec dégoût de cette vulgaire petite pièce avec ses meubles pseudo-Empire, son tapis à fleurs et sa fausse tapisserie au mur : tapisserie banale, qu'on trouve souvent dans les petits hôtels, représentant la chute d'Icare.

— J'irai droit au but, déclara M. Mailer. C'est toujours mieux ainsi, n'est-ce pas ?

Aussitôt dit, aussitôt fait. Perché avec raideur sur une chaise à pieds dorés, M. Mailer joignit ses mains flasques, et, faisant tourner doucement ses pouces, entreprit de faire chanter Barnaby Grant.

II

Quinze jours plus tard, Sophy Jason accompagna son amie frappée par un deuil subit à l'aéroport Leonardo da Vinci. Elle prit le bus pour regagner Rome et la terrasse de la *Pensione Gallico* où, dix mois plus tôt, Barnaby Grant avait reçu Sebastian Mailer. Là, elle fit le point de la situation.

Elle avait vingt-trois ans et travaillait pour un éditeur londonien. Elle commençait à se faire un nom comme auteur de livres pour enfants. C'était sa première visite à Rome. Elle et son amie endeuillée devaient passer leurs vacances d'été en Italie.

Elles n'avaient pas établi d'itinéraire précis, mais, après s'être gavées de brochures et avoir lu l'incontournable Miss Georgina Masson, elles avaient parcouru en transe les rues et les monuments. Le père de l'amie, frappé par une mort brutale, était l'un des principaux actionnaires d'une imprimerie près de Turin : il s'était arrangé pour que les filles pussent puiser largement dans les caisses des bureaux situés à Rome. On leur avait remis des lettres d'introduction personnelles et professionnelles. Ensemble, elles avaient été au septième ciel ; seule, Sophy éprouvait une drôle d'impression, mais surtout une profonde exultation. Être livrée à elle-même... à Rome ! Elle avait les cheveux d'un blond vénitien, de grands yeux et une bouche généreuse ; déjà, elle avait constaté qu'il valait mieux se tenir le dos au mur dans les ascenseurs bondés et partout où il y avait deux ou plusieurs Romains à portée de main. « A portée de main », avait-elle fait remarquer à son amie, était l'expression appropriée.

« Je dois me fixer un programme », se dit-elle. Mais les jardinières étaient pleines de fleurs printanières, l'air vibrait de voix, de bruits de circulation, de pas et de cliquètement de sabots sur les pavés. Allait-elle claquer deux mille lires et prendre une calèche jusqu'à l'escalier de la place d'Espagne ? Ou bien allait-elle marcher, marcher, marcher jusqu'à s'user la plante des pieds ? Que faire ?

« Vraiment, il faut que je me fixe un programme », pensa la folle Sophy. L'instant d'après, elle se retrouva dans le Corso, béate et étourdie, avançant elle ne savait dans quelle direction. Très vite, elle perdit joyeusement son chemin.

Sophy s'acheta des gants, des lunettes de soleil roses, des espadrilles et une paire de semelles qu'elle glissa aussitôt à l'intérieur pour plus de confort. En sortant du magasin, elle aperçut un comptoir juste à côté de l'entrée. « S'IL VOUS PLAIT, proclamait une grosse pancarte en anglais, laissez-nous vous accompagner dans Rome. »

Une fille brune à l'air farouche trônait dédaigneusement sous l'inscription. Elle était en train de se faire les ongles.

Sophy lut quelques annonces et parcourut les brochures devenues familières. Elle allait partir quand une affichette attira son regard. Elle annonçait : « *Il Cicerone*, excursions particulières. Nous sommes différents ! Visites distinguées et pas trop épuisantes des endroits les moins fréquentés et les plus fascinants de Rome. Sous l'égide éclairée et hautement personnalisée de M. Sebastian Mailer. Dîner dans un restaurant de luxe et autres découvertes insolites à la carte.

Invité d'honneur : l'éminent écrivain britannique, M. Barnaby Grant, a gracieusement accepté d'accompagner les excursions du 26 avril au 7 mai, dimanche inclus. »

Sophy n'en crut pas ses yeux. Barnaby Grant était

le grand favori, le numéro un incontesté dans l'écurie de son éditeur. Son nouveau roman, le plus important, dont l'action se situait à Rome et qui s'appelait *Simon au Latium*, avait été leur événement le plus prestigieux et le best-seller de l'année. Dans toutes les librairies de Rome on trouvait déjà sa traduction italienne.

Une fois, Sophy avait offert un verre à Barnaby Grant lors d'un cocktail brillant dans sa maison d'édition, et, une autre fois, elle lui avait été présentée par son supérieur immédiat. Compte tenu de l'impression qu'elle avait gardée de lui, elle le voyait mal se balader dans Rome avec une poignée de touristes. Sans doute était-il payé une fortune pour cela. Cette pensée déplut à Sophy. De toute façon, comment une société aussi petite, comme c'était apparemment le cas, pouvait-elle débourser la somme susceptible de satisfaire Barnaby Grant ? Peut-être, songea-t-elle, brusquement inspirée, était-il copain avec cet éclairé et hautement personnalisé M. Mailer.

Elle regardait toujours distraitement l'annonce, quand elle sentit la présence d'un homme à côté d'elle. Elle eut le sentiment qu'il était là depuis un certain temps et qu'il avait dû la dévisager. Il continua à la fixer, et elle pensa : « Oh ! La barbe ! »

— Pardonnez-moi, fit l'homme, ôtant son chapeau d'un noir verdâtre. Surtout, ne croyez pas que je veuille vous importuner. Je m'appelle Sebastian Mailer. Je vois que vous avez remarqué mon petit encart.

La fille derrière le comptoir lui jeta un coup d'œil. Elle avait peint ses ongles et maintenant les secouait d'un air hautain. Sophy fit face à M. Mailer.

— Oui, effectivement.

Il s'inclina légèrement devant elle.

— Je ne voudrais pas vous déranger. Je vous en prie !

Et il s'écarta.

— Pas du tout, répondit Sophy.

Et, sentant que sa première supposition avait été stupide, elle ajouta :

— J'ai été très intéressée de voir le nom de Barnaby Grant sur votre annonce.

— J'ai beaucoup de chance, n'est-ce pas ? Peut-être aimeriez-vous... excusez-moi. Un instant. Vous permettez ?

Il dit quelque chose à la brune farouche qui ouvrit un tiroir, en sortit ce qui semblait être un paquet de bons de réservation et le jeta sur le comptoir.

M. Mailer l'inspecta.

— Ah oui, fit-il. D'autres, apparemment, ont été intéressés aussi. Je crois que nous sommes complets.

Instantanément, un sentiment d'intense déception submergea Sophy. Son seul souhait, à ce moment-là, était de pouvoir participer à l'une des expéditions sophistiquées de M. Mailer.

— Le nombre des places est strictement limité, n'est-ce pas ? demanda-t-elle.

— C'est indispensable.

Il était absorbé par ses bons.

— Pourrait-il y avoir une annulation ?

— Pardon ? Vous disiez ?

— Une annulation ?

— Ah... Oui. Enfin, c'est possible. Vous auriez envie de vous joindre à l'une de mes excursions ?

— Très, dit Sophy.

C'était certainement vrai.

Il pinça ses lèvres charnues et feuilleta la pile des bons.

— Ah ! Ça tombe bien ! Je vois une annulation, pour le samedi 26. Notre premier tour. L'après-midi et la soirée. Mais avant de prendre une décision, je pense que vous aimeriez connaître le prix. Permettez-moi...

Il sortit un classeur et se détourna galamment pendant que Sophy l'examinait. L'itinéraire était donné, tout comme le nom du restaurant où ils allaient dîner. Le soir, ils feraient un tour en calèche, puis se rendraient dans un night-club. A la vue de la note globale, Sophy cligna des yeux. Celle-ci était astronomique.

— *Je sais*, la rassura M. Mailer avec tact. Mais il existe des tours beaucoup, beaucoup moins chers que le mien. Cette *signorina* se fera un plaisir de vous renseigner.

De toute évidence, il se moquait éperdument de savoir si elle venait ou pas. Sa réaction éveilla le démon de l'insouciance chez Sophy. Après tout, aussi dément que cela pût paraître, elle en avait les moyens.

— Je serai ravie de profiter de cette annulation, déclara-t-elle, d'une voix qu'elle trouva elle-même à la fois pincée et provocante.

A nouveau, il dit quelque chose en italien à la fille brune, puis, soulevant son chapeau, murmura :

— Alors... *arrivederci*.

Et il laissa Sophy se débrouiller seule.

— Vous paya à moi, lança la fille férocement.

Cela fait, elle gratifia Sophy d'un ticket et d'un éclat de rire inattendu. Sophy rit en retour, ne sachant pas trop pourquoi, mais désireuse comme toujours de rester en bons termes avec tout un chacun.

Elle poursuivit sa promenade dans Rome, songeant, avec un sentiment qu'elle ne parvenait pas vraiment à définir, au samedi 26 avril.

III

— Je dois dire, murmura Lady Braceley, que tu n'as pas l'air de t'amuser follement. Je n'ai jamais vu une expression aussi lugubre.

— Désolé, tante Sonia. Je n'avais pas l'intention de paraître lugubre. Sérieusement, je vous suis terriblement reconnaissant.

— Oh, fit-elle, balayant ses paroles d'un geste, reconnaissant ! J'espérais simplement que nous passerions un séjour gai et agréable à Rome.

— Je suis désolé, répéta-t-il.

— Tu es tellement... bizarre. Agité. Et tu n'as pas très bonne mine non plus. Qu'as-tu fait pendant tout ce temps ?

— Rien.

— La noce, j'imagine.

— Je vais très bien. Je vous assure.

— Peut-être n'aurais-tu pas dû quitter Pérouse aussi précipitamment.

— Je m'ennuyais à pleurer à Pérouse. Ce que les étudiants peuvent être casse-pieds, tout de même ! Et après ma rupture avec Franky... enfin, vous savez bien.

— N'empêche, tes parents, tes avoués, le Grand Chancelier, que sais-je, vont être furieux contre moi. Parce que je ne t'ai pas renvoyé.

— Quelle importance ? Et puis... mes parents ! Nous savons, sauf tout le respect que je dois à votre exécrable frère, ma chérie, que moins il s'occupe de son petit garçon, mieux il se porte.

— Kenneth... chéri !

— Quant à maman... comment s'appelle déjà cette boîte pour alcooliques où on l'a installée ? Je n'arrive jamais à m'en souvenir.

— Kenneth !

— Allons, allons, trésor. Nous ne sommes plus dans les années vingt.

Ils se regardèrent pensivement.

— Menais-tu une vie de patachon à Pérouse, Kenneth ? demanda sa tante.

— Pas plus qu'une douzaine d'autres types.
— Quel genre de vie ? Que faisais-tu ?
— Oh, répondit Kenneth, des choses. Des choses amusantes.
A cet instant, il n'était plus que charme.
— Vous êtes beaucoup trop jeune pour le savoir, déclara-t-il. Quelle robe divine ! L'avez-vous eue chez cette drôle de bonne femme ?
— Elle te plaît ? Oui. Elle m'a coûté les yeux de la tête.
— Elle en a l'air.
Sa tante s'examina.
— Il vaut mieux, marmonna-t-elle.
— Oh, Seigneur, lâcha Kenneth, morose, se laissant tomber dans un fauteuil. Désolé ! Ce doit être le temps.
— A vrai dire, moi aussi, je me sens un peu énervée. Trouve-nous quelque chose d'exquis et d'outrancier à faire, chéri. Que pourrions-nous inventer ?
Kenneth avait joint les mains devant la partie inférieure de son visage, à la manière d'un litham. Ses grands yeux liquides se posèrent sur sa tante. Tous ses mouvements étaient empreints d'une sorte d'affectation saccadée : il essayait ses maniérismes et les repoussait avec autant d'agacement que sa tante, lorsqu'elle essayait ses chapeaux.
— Il y a une chose, mon chou, dit-il.
— Eh bien... laquelle ? Je ne t'entends pas quand tu parles à travers tes doigts.
Il forma avec ses doigts une ouverture triangulaire en guise de porte-voix.
— Je connais un petit homme.
— Quel petit homme ? Où ?
— A Pérouse, et maintenant ici.
— Et alors ?
— C'est un petit malin. Pas si petit que ça, d'ailleurs.

— Kenneth, cesse de parler ainsi. C'est exaspérant à la fin.

Puis :

— Dis-moi, à Pérouse, tu... tu fumais ?

— Inutile de baisser la voix, chérie. On vous a raconté les âneries habituelles, je vois.

— C'est donc vrai ?

— Mais oui, rétorqua-t-il impatiemment.

Il y eut une pause. Il noua ses mains autour de son genou et pencha la tête sur le côté.

— Vous êtes fantastique. Je peux tout vous dire. Comme si vous étiez de ma génération. N'est-ce pas que nous sommes merveilleux, tous les deux ?

— Tu crois ? Kenneth... comment est-ce ?

— L'herbe ? Vous voulez vraiment le savoir ?

— Puisque je te le demande.

— Infect la première fois, assez amusant si on persiste. De la rigolade, en fait. Des histoires pour rien.

— Cela se fait... dans des soirées, n'est-ce pas ?

— Oui, ma biche. Vous voulez essayer ?

— Cela n'entraîne pas une dépendance, hein ?

— Bien sûr que non. Ce n'est rien. On ne devient pas toxico avec de l'herbe. Il faudra que vous rencontriez mon petit homme. Pour vous offrir un petit voyage. En vérité, je pourrais organiser un trip fabuleux. Tout à fait « in ». Vous aimeriez ça. Des gens follement chic. Un cadre super-exotique. Le grand jeu.

Elle le contempla à travers ses cils incroyables, un regard de jeune fille qui semblait la défigurer.

— Peut-être, répondit-elle.

— La seule chose... c'est hors de prix. Le haut de gamme, mais ça vaut le coup. Il faut avoir beaucoup de pépètes, et moi — surprise, surprise ! — je n'ai pas un radis.

— Kenneth !

— En fait, si ma riche tante ne m'avait pas invité,

j'aurais été dans la dèche la plus noire. Ne me sautez pas dessus : je crois que je ne tiendrais pas le coup.

Ils se dévisagèrent. Ils se ressemblaient beaucoup : deux versions d'une même image désastreuse.

— Je vous comprends, dit Kenneth. Vous le savez, n'est-ce pas ? Je suis une éponge, O.K. ? Mais pas que ça. Je sais donner en retour. Non ?

Il attendit et, comme elle ne répondait pas, il hurla :

— Pas vrai ? *Pas vrai ?*

— Calme-toi. Si. Si, bien sûr.

— Nous sommes pareils, non ?

— Oui. Je l'ai déjà dit. Mais peu importe, chéri. Regarde dans mon sac. Je ne sais pas combien il me reste.

— Vous êtes merveilleuse ! Je... je vais y aller de ce pas. Je... j'arrangerai... un petit voyage.

Sa bouche se tordit.

— Nous allons passer... comment cette vieille outre égyptienne appelait ça, déjà ? Ou était-ce son petit ami ?... une soirée à tout casser. Hein ?

Le portefeuille de sa tante trembla dans sa main.

— Il n'y a pas grand-chose là-dedans.

— Ah bon ? fit-elle. Ils encaissent les chèques en bas. Je vais en faire un.

Après son départ, elle alla dans sa chambre à coucher, s'assit devant le miroir et examina le masque précaire qu'elle arborait encore aux yeux du monde extérieur.

Kenneth, bâillant et transpirant, s'en fut fébrilement à la recherche de M. Sebastian Mailer.

IV

— C'est un cas classique, dit l'homme de haute stature.

Il décroisa les jambes et se leva prestement. Son interlocuteur, pris au dépourvu, l'imita non sans effort.

— Les gros poissons, ajouta l'homme, se terrent tout au fond de l'eau, tandis que le fretin, leurs acolytes, se laisse parfois prendre dans nos drèges. Mais pas très souvent, malheureusement.

— Je vous demande pardon, cher collègue ? Nos drèges ?

— Désolé. Je voulais dire qu'il nous arrive d'épingler des fripouilles de second ordre, mais que leurs supérieurs nous glissent toujours entre les doigts.

— Ce qui est fort regrettable !

— En l'occurrence, le plus gros poisson de tous est indiscutablement Otto Ziegfeldt qui, pour l'instant, s'est retiré dans une espèce de château factice au Liban. Nous ne pouvons pas l'atteindre. Pas encore. Mais l'individu qui se trouve actuellement à Rome est un de ses lieutenants.

— Je tiens absolument à mettre fin à ses activités. Nous savons tous, cher collègue, que Palerme est tristement connue pour avoir été un port de transit. La Corse également. Mais qu'il ait étendu son champ d'action à Naples et à Rome ! Croyez-moi, vous pourrez compter sur toute l'aide possible.

— Merci infiniment, *signor Questore*. Le Yard tenait beaucoup à cet entretien.

— Mais je vous en prie ! Cela a été un immense plaisir.

Le *Questore* Valdarno avait une voix sonore et un physique de grand opéra. Une impression de mélancolie romantique se dégageait de lui : même ses plaisanteries avaient un arrière-goût d'apocalypse. Sa position au sein de la circonscription romaine correspondait, d'après ce que son visiteur avait cru comprendre, à celle d'un préfet de police.

— C'est un grand honneur pour nous, mon cher superintendant, poursuivit-il. Comme tout ce qui peut renforcer les liens déjà cordiaux entre nous et votre très distingué Scotland Yard.

— Vous êtes très aimable. Évidemment, en règle générale, ces affaires de trafic de drogue relèvent d'Interpol, mais dans ce cas précis, nous collaborons assez étroitement avec eux...

— Bien sûr, opina Valdarno, branlant du chef à plusieurs reprises.

— ... et puisque cet individu est censé être citoyen britannique...

Le *Questore* fit un large geste circulaire.

— Certainement !

— ... une arrestation éventuelle pourrait soulever la question de l'extradition.

— Je vous assure, plaisanta le *Questore*, que nous n'avons aucune intention de vous en priver.

Son visiteur rit obligeamment et lui tendit la main. Le *Questore* la prit et, de sa main gauche, lui assena une tape, selon la manière qu'ont les Latins de sceller leurs relations amicales. Puis il insista pour le raccompagner jusqu'à l'imposante entrée principale.

Dans la rue, un petit groupe de jeunes gens qui portaient des slogans incendiaires cria des insultes. Quelques policiers, superbement disposés, jetèrent leurs cigarettes et s'avancèrent vers les manifestants qui battirent en retraite au milieu des huées. Les policiers s'arrêtèrent aussitôt et rallumèrent des cigarettes.

— C'est stupide, observa le *Questore* en italien, et pourtant, nous ne pouvons pas l'ignorer. Tout cela est bien ennuyeux. Vous allez vous mettre à la recherche de cet homme, cher collègue ?

— Je pense que oui. Ses activités touristiques me paraissent offrir la meilleure opportunité. Je vais m'inscrire à l'une de ses excursions.

— Ah-ah ! Mais vous êtes un comique ! Un grand comique.

— Je vous assure que non. *Arrivederci.*

— Au revoir. Ravi de vous avoir rencontré. Au revoir.

Parvenus au terme de la discussion qu'ils avaient menée autant en anglais qu'en italien, ils se séparèrent meilleurs amis du monde.

Les manifestants échangèrent des remarques décousues sur l'Anglais de haute stature, tandis qu'il passait devant eux.

— 'ello, comment ça va ? l'interpella l'un d'eux d'une voix suraiguë.

Un autre hurla :

— La Rhodésie ! *Imperialismo !*

Mais un troisième, apparemment sans ironie aucune, observa :

— *Molto elegante.*

Rome resplendissait dans la clarté de cette matinée de printemps. Les hirondelles étaient arrivées ; les marchés regorgeaient de fleurs, de légumes, de bric-à-brac multicolore. Des façades magnifiques surgissaient çà et là devant le regard émerveillé ; de ravissantes cours et galeries s'évanouissaient dans la pénombre ; les fontaines aux voix multiples conversaient d'une *piazza* à l'autre. Derrière les porches imposants, les siècles déroulaient leur histoire à travers les couches successives. On aurait dit l'œuvre d'un pâtissier romain, pensa l'Anglais, irrévérencieux : les styles moderne, Renaissance, classique, mithriaque se superposaient en un seul édifice sublime et stratifié. Qu'il aurait été plaisant de flâner sur le Palatin où l'air sentirait l'herbe nouvelle et où le temps s'effacerait devant le règne de la paix et de l'ordre.

Au lieu de quoi, il devait se rendre dans une agence de tourisme, soit en ville soit dans le palace luxueux où on lui avait réservé une chambre de Londres. Il le regagna par la Via Condotti et s'approcha d'une vitrine recouverte de photos agrandies de Rome. C'était une agence très réputée : il connaissait bien son siège londonien.

Il pénétra dans un intérieur impressionnant, remarquant au passage que nulle pile de brochures n'encombrait le décor, et s'approcha d'un jeune homme frêle, mais certainement pas apathique, qui semblait y officier.

— Bonjour, monsieur, dit le jeune homme dans un anglais excellent. Puis-je vous être utile ?

— Je l'espère bien, rétorqua-t-il joyeusement. Je suis à Rome pour quelques jours. Je ne voudrais pas les gaspiller en visites bateau qui couvrent un maximum de monuments en un minimum de temps. J'ai déjà eu ma dose d'endroits célèbres. Il me faudrait quelque chose de tranquille et de civilisé, qui sorte des sentiers battus, mais qui n'en reste pas moins... enfin, typiquement romain, sans oublier l'histoire, bien sûr. Je crains de m'être très mal expliqué.

— Pas du tout, répondit le jeune homme, le dévisageant avec attention. Je vous ai parfaitement compris. Un accompagnateur individuel pourrait faire l'affaire, mais malheureusement, nous sommes en pleine saison, monsieur : je ne pourrai vous trouver personne de vraiment valable avant une quinzaine de jours.

— On m'a parlé d'un organisme qui s'appelle *Il Cicerone*. Des petits groupes accompagnés par — je ne sais plus très bien son nom — Sebastian quelque chose. Le connaissez-vous ?

Le jeune homme le contempla encore plus fixement.

— C'est curieux... vraiment, c'est une drôle de coïncidence, que vous me le citiez, monsieur. Une semaine plus tôt, je n'aurais guère été en mesure de vous renseigner sur *Il Cicerone*. A part, peut-être, que ce n'était pas une adresse très distinguée. En fait...

Il hésita, puis reprit :

— ... pardonnez-moi, monsieur. J'ai passé ces trois dernières années dans notre siège de Londres et je n'arrive pas à me défaire de l'impression que j'ai déjà eu le plaisir de m'occuper de vous. Ou, du moins, de vous rencontrer. J'espère que cela ne vous ennuie pas, ajouta-t-il précipitamment. Ne croyez surtout pas que c'est de l'impertinence de ma part : j'ai peur de ne pas avoir bien assimilé les manières anglo-saxonnes.

— Vous avez, en tout cas, bien assimilé la langue.

— Oh... après des études universitaires en Angleterre, rien de plus normal.

— Et vous avez une excellente mémoire.

— Ma foi, monsieur, vous n'êtes pas de ceux qu'on oublie facilement. Je ne me trompe donc pas en disant... ?

— Vous êtes venu dans le bureau du directeur général à Jermyn Street pendant que j'y étais. Il y a deux ans environ. Vous y êtes resté près de trois minutes : pendant ce temps, vous m'avez fourni un renseignement précieux.

Le jeune homme esquissa un geste très compliqué et très italien, et, pour finir, se donna une tape sonore sur le front.

— Ah-ah-ah ! *Mamma mia!* Suis-je bête ! s'exclama-t-il.

— Cela vous revient maintenant ? s'enquit son interlocuteur, amusé.

— Complètement.

Le jeune homme recula d'un pas et considéra son visiteur avec un grand respect.

— Bien, fit celui-ci, imperturbable. En parlant de *Il Cicerone*...

— Est-ce purement en tant que touriste que vous désirez des informations, monsieur ?

— Et pourquoi pas ?

— Bien sûr ! Absolument. Je me demandais simplement...

— Allons, que vous demandiez-vous ?

— Si ce n'était pas un intérêt professionnel.

— Pourquoi donc ? Écoutez, *signor* Pace... c'est bien votre nom, n'est-ce pas ?

— Vous-même, vous avez une mémoire remarquable, monsieur.

— *Signor* Pace, y a-t-il quelque chose dans cette entreprise, ou chez la personne qui la dirige, qui vous laisse supposer que je pourrais m'y intéresser pour des raisons autres que touristiques ?

Le jeune homme rosit, contempla ses mains jointes, regarda autour de lui bien qu'il n'y eût personne, et répliqua finalement :

— Le cicérone en question, *signore*, ce M. Sebastian Mailer, jouit d'une certaine — ou devrais-je dire *incertaine* — réputation. Rien de précis, comprenez-vous, mais il y a des...

Il remua les doigts.

— ... des rumeurs. Rome est l'endroit rêvé pour les rumeurs.

— Oui ?

— Comme je l'ai dit, c'est une drôle de coïncidence que vous m'ayez parlé de lui. Parce qu'il est passé ici ce matin. Et ce n'était pas la première fois. Il y a quelques semaines, il a demandé à être inscrit sur notre catalogue, mais sa réputation, son apparence — tout — ne nous ont pas inspiré confiance. Nous avons refusé. Alors aujourd'hui, pour mieux nous convaincre, il nous a apporté la liste de ses clients. Une liste très étonnante, *signore*.

— Puis-je la voir ?

— Nous ne l'avons pas encore accepté. Je... je ne...

— Vous avez deviné juste, *signor* Pace. Je m'intéresse à cet homme à titre professionnel.

— Ah !

— Mais je tiens absolument à passer pour un simple touriste. Je me souviens, à Londres, votre patron a dit le plus grand bien de votre discrétion et de votre avenir prometteur... promesse qui s'est réalisée, je vois.

— Vous êtes très aimable, monsieur.

— Visiblement, je ne peux pas obtenir une réservation chez vous, mais peut-être pourriez-vous m'indiquer...

— Je peux vous arranger cela avec une autre agence. Je serai ravi de le faire. Quant à la liste des clients, compte tenu des circonstances, je ne vois pas pourquoi je ne vous la montrerais pas. Voulez-vous venir dans le bureau ? Pendant que vous l'examinez, je vous réserverai votre place.

La liste en question énumérait jour par jour toutes les personnes qui s'étaient inscrites aux excursions de *Il Cicerone*. Elle était précédée d'une annonce qui laissa momentanément le visiteur sans voix : « Sous l'égide distinguée du célèbre écrivain Barnaby Grant. »

— Ça, par exemple, c'est un peu fort !

— N'est-ce pas ? répondit le *signor* Pace, composant un numéro avec empressement. Je me demande vraiment comment il a obtenu cela. Quoique...

Il s'interrompit et s'adressa courtoisement au téléphone :

— *Pronto ? Chi parla ?*

Puis, en aparté :

— Regardez les clients, *signore*. Tenez, pour le premier jour, le 26.

Les noms étaient rédigés d'une écriture nette.

Lady Braceley	Londres
L'Honorable Kenneth Dorne	Londres
Le baron et la baronne Van der Veghel	Genève
Le major Hamilton Sweet	Londres
Miss Sophy Jason	Londres
M. Barnaby Grant (invité d'honneur)	Londres

Après quelques minutes de conversation, le *signor* Pace se répandit en remerciements.

— Tout est arrangé, cria-t-il, couvrant le récepteur. Quel jour préférez-vous ?

— Le premier... sans hésitation. Le samedi 26.

Ainsi fut convenu. Le *signor* Pace raccrocha et pivota sur sa chaise.

— Très intéressante, cette liste, non ? Lady Braceley... quel chic !

— Vous l'avez dit.

— Ma foi, *signore* ! Une certaine réputation, peut-être. Ce qu'on appelle la « jet set ». Mais du point de vue de l'industrie du tourisme... c'est le nec plus ultra. Un prestige énorme. C'est toujours nous qui nous chargeons d'organiser ses séjours. Il y a aussi, bien sûr, cette immense fortune.

— En effet. Rien que la pension alimentaire...

— Oui, *signore*.

— Et l'Honorable Kenneth Dorne ?

— Son neveu, je crois.

— Et les Van der Veghel ?

— Aucune idée. Nous n'avons jamais eu affaire à eux. Pas plus qu'à Miss Jason ou au major Sweet. Mais le plus remarquable, *signore*, le coup de théâtre, si je puis dire, c'est la participation de M. Barnaby Grant. Que signifie, je me le demande, cet « invité d'honneur » ?

— « Attraction principale », à mon avis.

— Certainement ! Mais qu'il ait accepté ! Prêter sa renommée à une entreprise aussi obscure ! Et, reconnaissons-le, de toute évidence, cela a marché.

— Je ne m'attendais pas à ce que Lady Braceley se laisse allécher par un appât aussi intellectuel.

— *Signore*, il est imposant, beau, célèbre, prestigieux... ça se dit : « prestigieux » ?

— Dans l'acception originelle, ça signifie qu'il est quelque peu illusionniste. Et, en un sens, il l'est.

— Par conséquent, il doit appartenir à la collection de Lady Braceley. Ou du moins être pris en considération.

— Vous avez peut-être raison. Il me semble qu'elle est descendue à mon hôtel. J'ai entendu son nom à la réception.

— Son neveu, M. Dorne, est là en tant que son invité.

— Ce garçon a bien de la chance ! A propos, quel est le prix de cette bagatelle ?

— Il est extrêmement élevé. Indécemment, dirais-je, mais visiblement, il y en a qui ne se sont pas laissé décourager. J'espère seulement qu'ils trouveront leur bonheur.

— En tout cas, vous m'avez offert la possibilité de me forger ma propre opinion. Je vous suis infiniment obligé.

— Pensez-vous ! Allons-y, fit le désinvolte *signor* Pace, complétons la liste.

Il la saisit gaiement et y rajouta une inscription.

— Voyez ! s'écria-t-il, jovialement triomphant. Je me souviens de tout ! Du grade ! De l'orthographe !

— Si ça ne vous ennuie pas trop, je suggère d'oublier le grade et l'orthographe.

Le visiteur barra le mot « superintendant », ainsi que la lettre « y ». Si bien que la nouvelle inscription fut : « R. Allen. Londres. »

CHAPITRE 3

Le samedi 26

I

Dès le début, il devint parfaitement clair pourquoi M. Sebastian Mailer demandait une fortune pour ses excursions.

A quinze heures trente, deux superbes Lancia arrivèrent sur le lieu du rendez-vous près de l'église de la Trinité et non loin de l'hôtel où résidaient trois des clients de M. Mailer.

De là, ils pouvaient voir les azalées d'avril qui flamboyaient sur l'escalier de la place d'Espagne et Rome qui s'étendaient devant eux à perte de vue. Il y avait dans l'air une atmosphère d'opulence et d'excitation.

Alleyn, venu en avance, vit les voitures arriver. Sur leurs vitres, il y avait des autocollants au nom de *Il Cicerone*. De l'une d'elles descendit un homme brun d'apparence romantique, en qui il reconnut aussitôt Barnaby Grant. De l'autre sortit celui qu'il était venu voir : Sebastian Mailer. Il s'était arrangé depuis sa dernière rencontre avec Barnaby et portait un costume noir dont l'étoffe ressemblait à de l'alpaga. Cela et des grosses chaussures noires lui conféraient un air vaguement clérical. Sa chemise de soie blanche était propre ; et son nœud papillon noir paraissait neuf. A présent, il portait un béret sur sa tête tondue, et son allure n'avait plus rien de britannique.

Alleyn demeura à l'écart, se mêlant à un groupe de touristes occupés à prendre des photos. Alors que Sebastian Mailer, souriant, parlait avec animation, Grant, remarqua-t-il, desserrait à peine les dents. Il tournait le dos à Alleyn qui trouva que sa nuque avait une expression indignée. « On dirait, pensa-t-il, la nuque d'un apprenti conducteur vu de derrière. » Raide, mélange de colère et d'appréhension.

Une jeune femme s'approcha des voitures et, apercevant Mailer, se dirigea vers lui. Elle rayonnait comme si Rome lui était montée légèrement à la tête. Miss Sophy Jason, se dit Alleyn. Il la vit jeter un rapide coup d'œil sur Barnaby Grant. Mailer souleva son béret, s'inclina et fit les présentations. La jeune personne avait l'air timide, pensa Alleyn, mais pas godiche. Elle était même plutôt charmante. Néanmoins, elle dit quelque chose à Grant qui sembla le déconcerter. Il lui lança un regard noir, répliqua très brièvement et se détourna. La jeune fille rougit jusqu'à la racine des cheveux.

Cette courte scène fut interrompue par l'arrivée de deux géants qui portaient des sacs en toile et de coûteux appareils photo en bandoulière. Les Van der Veghel, conclut Alleyn. Tout comme Barnaby Grant, il fut frappé par leur ressemblance insolite et par l'aspect curieusement archaïque de leur visage. Ils étaient bien habillés, mais leurs tenues étaient strictement fonctionnelles : tous deux étaient vêtus de lin et tous deux avaient d'énormes chaussures de toile aux semelles de caoutchouc, des chapeaux pour se protéger du soleil, et des lunettes noires identiques à monture rose. Ils saluèrent les autres avec empressement.

Manifestement, ils connaissaient déjà Grant. « Comme vous avez de grandes mains et de grands pieds, monsieur le baron et madame la baronne », songea Alleyn.

Lady Braceley et son neveu n'étaient pas encore là. Il serait tout à fait dans leur style de faire attendre tout le monde. Alleyn décida qu'il était temps de se joindre aux autres et s'avança, son ticket à la main.

La voix de Mailer était telle qu'il l'avait imaginée : assez haute et fluette. Il avait un teint maladif, et ses mains tremblotaient. Cependant, il remplissait ses fonctions avec compétence, avec juste ce qu'il fallait de suavité et d'assurance, laissant entendre que tout se passerait dans les meilleures conditions possibles.

— Ravi de vous voir parmi nous, monsieur Allen, déclara Sebastian Mailer. Venez que je vous présente tout le monde...

Le baron et la baronne se montrèrent cordiaux. Grant le regarda avec attention, inclina la tête avec une réticence que masquaient à peine ses bonnes manières et lui demanda s'il connaissait bien Rome.

— Pratiquement pas, répondit Alleyn. Je n'ai jamais passé ici plus de trois ou quatre jours d'affilée et, en règle générale, je n'aime pas visiter les monuments.

— Ah oui ?

— Je veux qu'il se produise quelque chose, mais je dois rester trop longtemps à la terrasse des cafés, à attendre les événements qui, naturellement, ne viennent pas. Qui sait ? Un de ces jours peut-être les cieux vont s'ouvrir, et il va m'arriver une aventure extraordinaire.

Par la suite, Alleyn devait considérer cette remarque comme l'un des hasards les plus étonnants de sa carrière. Pour le moment, toutefois, il fut frappé par la réaction étrange de Barnaby Grant. Ce dernier changea de couleur, risqua un coup d'œil nerveux sur

Alleyn, ouvrit la bouche, la referma et pour finir, sans expression aucune, répliqua :

— Ah !

— En tout cas, reprit Alleyn, j'espère me rattraper aujourd'hui. Peut-être allons-nous suivre les traces de votre Simon ? Ce serait formidable.

A nouveau, Grant fut sur le point de parler, et à nouveau, il hésita. Après un silence passablement tendu, il rétorqua :

— C'est en gros le but de l'opération. Mailer vous l'expliquera. Excusez-moi.

Et il se détourna. « Très bien, pensa Alleyn. Mais si ça te déplaît autant, pourquoi diable le fais-tu ? »

Il s'approcha de Sophy Jason qui se tenait un peu à l'écart et qui parut contente de le voir. « Nous sommes tous trop vieux pour elle, se dit Alleyn. Peut-être le neveu de Lady Braceley sera-t-il plus à la hauteur, mais j'en doute. » Il engagea la conversation avec Sophy qu'il trouva intelligente et sympathique, avec du charme à revendre par-dessus le marché. Elle était vraiment ravissante sur fond d'azalées, de Rome et du ciel pontifical.

Rapidement, Sophy s'entendit raconter à Alleyn le deuil qui avait subitement frappé son amie, que c'était son premier séjour à Rome, qu'elle avait eu la chance de tomber sur une annulation, et, enfin, elle lui parla de son travail. C'était incroyable, pensa-t-elle soudain, la facilité avec laquelle elle se confiait à cet étranger calme et attentif. Elle se sentit rougir.

— Je ne sais pas pourquoi je suis devenue tout à coup si bavarde ! s'exclama-t-elle.

— C'est gentil à vous de me parler, fit Alleyn. Tout à l'heure, notre invité d'honneur m'a pratiquement envoyé sur les roses.

— Ce n'est rien par rapport à moi ! s'écria Sophy. Je ne savais plus où me mettre.

— Mais... n'est-il pas publié chez votre éditeur ?

— C'est notre auteur vedette. Stupidement, je lui ai rappelé que mon patron m'avait présentée à lui. On aurait dit que je venais de lui administrer une dose de poison.

— Étrange réaction.

— J'en suis restée baba. Il m'a semblé tellement sociable la première fois que je l'ai vu ; et puis, dans la maison, on dit toujours que c'est un amour. Nous sommes un peu longs à démarrer, ne trouvez-vous pas ? M. Mailer est en train de regarder sa montre.

— Le major Sweet a vingt minutes de retard, tout comme Lady Braceley et l'Honorable Kenneth Dorne. Ils sont descendus à...

Il s'interrompit.

— A mon avis, les voilà.

M. Mailer avait enlevé son béret et se hâtait déjà à leur rencontre, l'air à la fois engageant et possessif.

Alleyn se demanda quelle impression ils allaient produire sur Sophy Jason. Car, en dépit de son calme et de son intelligence incontestable, elle n'avait jamais dû croiser sur son chemin quelqu'un comme Sonia Braceley. Alleyn connaissait assez bien le personnage. Elle avait débuté dans l'existence comme l'Honorable Sonia Dorne, fille d'un magnat de la bière dont les enfants avaient tous plus ou moins mal tourné. Alleyn l'avait rencontrée des années plus tôt chez son ambassadeur de frère, dans l'une de ses résidences officielles. Déjà à l'époque, elle avait ce que sir George Alleyn, que son frère cadet considérait avec indulgence comme un grand benêt, appelait « une certaine réputation ». Avec le temps, cette réputation s'était consolidée. « Elle a tout expérimenté, avait décrété pesamment sir George, sauf la pauvreté. »

A la voir à présent, cela paraissait tout à fait plausible. C'étaient surtout ses jambes, pensa Alleyn. Plus que le masque précairement entretenu, les bras flasques ou le cou traître. C'étaient les jambes. Même si les bas les moulaient comme une seconde peau, on se demandait comment ils tenaient sur ces cannes décharnées ; et puis, elle avait tant de mal à garder son équilibre sur ses sandales de chevreau dorées... C'étaient les jambes.

Le visage n'était pas très glorieux non plus. Sans parler des poches sous les yeux et des yeux eux-mêmes, il y avait cette bouche molle, barbouillée d'une couleur livide à la mode. Et pourtant, elle attirait l'attention aussi inexorablement que si elle avait été écarlate : c'était la bouche d'une vieille ménade.

Son neveu lui ressemblait légèrement. Son père, se rappela Alleyn, le second Lord Dorne, avait rapidement divorcé de ses deux premières femmes. La troisième, la mère de Kenneth, avait été, comme l'aurait dit George, « écartée ». Pour un départ dans la vie, ce n'était guère encourageant, songea Alleyn avec compassion. Le vieux remède « Gagner son pain à la sueur de son front » pouvait-il changer quelque chose pour Kenneth Dorne ?

Tandis qu'ils se rapprochaient, il remarqua que le jeune homme regardait Mailer avec un mélange d'anxiété, de sournoiserie et, peut-être, de servilité. Il semblait agité, pâle, le front moite. Au moment des présentations, sa main s'avéra molle et tremblante. Curieusement, il portait un appareil photo en bandoulière.

Sa tante serra également la main à tout le monde. A l'intérieur du gant de daim, ses doigts se crispèrent, s'attardèrent momentanément, puis se retirèrent avec lenteur. Lady Braceley fixa Alleyn dans les yeux. « Elle n'a donc pas encore renoncé », se dit-il, atterré.

— Comme nous allons nous amuser ! fit-elle.

Elle avait une jolie voix.

Mailer l'escortait, Grant sur ses talons.

— Lady Braceley, permettez-moi de vous présenter notre invité d'honneur... M. Barnaby Grant.

— Savez-vous que je suis là uniquement à cause de vous ? dit-elle. Même avec un troupeau de chevaux sauvages, Kenneth ne m'aurait pas traînée en visite à une heure aussi incommode. Ma « visite », c'est vous.

— Je ne sais comment répondre à cela, répliqua Grant rapidement. Mais je suis sûr que vous trouverez l'église de San Tommaso in Pallaria infiniment plus digne de votre intérêt.

— Est-ce là que nous allons ? Est-ce une *ruine* ? s'enquit-elle, ouvrant très grand ses yeux dévastés et prononçant le dernier mot d'une voix traînante. Vous ne pouvez pas vous imaginer à quel point je déteste les ru-i-ines.

Le silence dura peut-être une fraction de seconde, puis Grant rétorqua :

— Ce n'est pas exactement cela. C'est... enfin, vous verrez vous-même sur place.

— En est-il question dans votre livre ? Je l'ai lu — l'histoire de Simon, vous savez — et c'est un grand compliment, figurez-vous, car ce n'est pas du tout mon genre de littérature. Ne vous renfrognez pas. Celui-là, je l'ai adoré, vraiment, bien que je n'y aie rien compris. Vous me l'expliquerez. Kenneth a déjà essayé, n'est-ce pas, trésor, mais je l'ai trouvé encore plus embrouillé que le livre. Monsieur Allen, venez ici et répondez-moi... avez-vous lu le dernier Barnaby Grant, et si oui, savez-vous de quoi ça parle ?

Sebastian Mailer vint à la rescousse d'Alleyn avec une plaisanterie de circonstance, mais qui n'eut guère de succès. A son espiègle :

— Voyons, vous vous moquez de nous, Lady Braceley. Je suis sûr qu'aucune nuance subtile de *Simon en Toscane* ne vous a échappé...

Elle répondit simplement :

— Comment ?

Et elle s'éloigna avant qu'il n'eût le temps de répéter sa remarque.

Ce fut alors le tour du baron et de la baronne. Lady Braceley subit les présentations d'un air vague.

— Pourquoi ne partons-nous pas ? demanda-t-elle à Alleyn et à Grant. Ne trouvez-vous pas qu'il est très désagréable de traîner ainsi ? J'ai horreur de ça. Qui est-ce qui manque ?

Sebastian Mailer expliqua que le major Sweet allait les rejoindre à la basilique et leur exposa le programme de l'après-midi. Ils allaient, en voiture, faire le tour du Colisée et du Forum et, ensuite, visiter la basilique San Tommaso in Pallaria où, comme ils le savaient tous, se situait la grande scène centrale du roman de M. Barnaby Grant, *Simon au Latium*, qui avait connu un succès retentissant. Il avait réussi à convaincre le célèbre romancier de dire quelques mots sur la basilique en rapport avec son livre qui, ainsi qu'ils allaient le constater, s'en était grandement inspiré.

Pendant toute cette tirade, nota Alleyn, Barnaby Grant parut être au supplice. Il fixa le sol, puis, rentrant la tête dans les épaules, faillit s'éloigner. Mais, ayant peut-être entendu M. Mailer hausser imperceptiblement la voix, il se ravisa et resta, résigné, à sa place.

M. Mailer conclut en disant que, puisque le temps était délicieusement clément, ils finiraient l'après-midi par un pique-nique sur le mont Palatin. Après quoi, chacun serait ramené à son hôtel pour se reposer et se changer pour le dîner. Le rendez-vous suivant était fixé à vingt et une heures.

Ensuite, il répartit les membres de l'expédition. Lui-même, Lady Braceley, Alleyn et Barnaby Grant prendraient la première voiture. Les Van der Veghel, Sophy Jason et Kenneth Dorne monteraient dans la seconde. Il leur présenta le chauffeur :

— Giovanni parle couramment l'anglais et s'y connaît en histoire ancienne. Il vous parlera des points intéressants en chemin. Allons-y, messieurs dames, fit M. Mailer, en route. *Pronto !*

II

Les quatre arcs qui constituaient l'accès au porche de San Tommaso in Pallaria étaient de dimension modeste, et leurs piliers, qui à l'époque classique devaient orner quelque temple païen, paraissaient fins et usés. Les circonvolutions du volubilis dont le sculpteur les avait parés étaient cassées par endroits, mais le travail était si délicat que la pierre semblait frémir. Dans le coin le plus sombre du porche, une femme était assise avec un plateau de cartes postales. Elle portait une robe noire, et un foulard noir lui dissimulait le visage. Elle cria quelque chose, probablement à l'intention de M. Mailer. A cause de sa voix stridente, ses paroles eurent l'air d'une insulte. Il ne lui prêta aucune attention.

Rassemblant le groupe autour de lui, il jeta un coup d'œil à sa montre.

— Le major Sweet est en retard. Nous n'allons pas l'attendre, mais, avant d'entrer, je voudrais vous donner un bref aperçu de ce monument extraordinaire. Au quatrième siècle avant Jésus-Christ...

Un homme en colère surgit de l'édifice sombre.

— Maudite camelote ! hurla-t-il. Bon sang, qui...

Voyant le groupe, il s'arrêta net, plissant ses yeux étincelants.

Avec sa moustache blanche et féroce, il ressemblait à une version improbable d'un guerrier du début du siècle.

— C'est vous, Mailer? cria-t-il. Sweet, ajouta-t-il en guise d'explication.

— Major Sweet, puis-je...

— Vous avez quarante-trois minutes de retard! Quarante-trois minutes!

— Malheureusement...

— Épargnez-moi, rétorqua le major Sweet, vos plates excuses. Il n'y a pas d'explication rationnelle au manque de ponctualité.

— Tout est de ma faute, major, intervint Lady Braceley. J'ai fait attendre tout le monde et je n'ai pas la moindre excuse : c'est ainsi. Je crois qu'on considère cela comme le « privilège des dames ». Je me trompe?

Le major Sweet darda son regard bleu sur elle.

— Comment allez-vous? aboya-t-il.

Puis il parut attendre la suite des événements.

M. Mailer, toujours aussi accort, fit les présentations. Le major Sweet s'inclina brièvement devant les dames et gratifia les hommes d'une sorte de borborygme.

— Bien, dit M. Mailer. Pour en revenir à nos moutons... Une fois dans la basilique, je céderai la place à notre distingué invité d'honneur. Mais avant, un petit survol historique pourrait s'avérer utile.

Il se montra succinct et pertinent, reconnut Sophy à contrecœur. La basilique de San Tommaso, expliqua-t-il, faisait partie de ces monuments de Rome où les visiteurs pouvaient redescendre, à travers les siècles, jusqu'à l'époque mithriaque. Au niveau supérieur, là où ils se trouvaient à présent, se dressait la basilique du XIIe siècle dans laquelle ils allaient pénétrer. En dessous, il y avait l'église du IIIe siècle, à laquelle elle avait succédé. Et plus bas encore...

— ... imaginez-vous, fit M. Mailer, une maison flavienne endormie depuis près de mille huit cents ans : une parfaite « gentilhommière » avec sa propre chapelle dédiée — M. Grant vous en parlera plus en détail — au dieu Mithra.

Il fit une pause, et Sophy, malgré l'aversion profonde qu'il lui inspirait, pensa : « Ça l'intéresse. Il possède bien son sujet et il a l'air d'y prendre plaisir. »

M. Mailer décrivit l'énorme travail de fouilles et conclut en disant :

— Depuis ce temps-là, Rome s'est élevée de plusieurs dizaines de mètres. Étonnant, n'est-ce pas ? Cela me surprend toujours, lorsque j'y pense.

— Pas moi, déclara le major Sweet. Rien ne me surprend. Sauf peut-être la crédulité de certains, ajouta-t-il sombrement. Enfin !

M. Mailer lui lança un regard gêné. Sophy se retint de pouffer et se rendit compte que Barnaby la contemplait avec une sorte d'approbation. Lady Braceley, qui n'écoutait pas, laissait errer ses yeux ravagés d'un homme à l'autre. Les Van der Veghel, qui se tenaient côte à côte, étaient tout ouïe. Kenneth Dorne, nota Sophy, paraissait agité et anxieux. Il se trémoussait et s'épongeait le visage avec son mouchoir. Quant à l'homme de haute stature — quel était son nom, Allen ? — il restait un peu à l'écart, poliment attentif et, songea Sophy, extrêmement observateur.

— Et maintenant, dit M. Mailer, si nous commencions notre voyage dans le passé ?

La femme aux cartes postales s'était glissée entre eux et l'entrée. Elle gardait la tête baissée, et son foulard noir dissimulait toujours ses traits.

— *Cartoline ?* Carta postale ? marmonna-t-elle d'une voix quasi inaudible, se frayant un chemin vers Sebastian Mailer.

Celui-ci déclara à la cantonade :

— Il y a mieux à l'intérieur. Ne faites pas attention.

Et il s'avança pour passer devant la femme.

D'un geste prompt, elle repoussa son foulard et, levant le visage vers lui, murmura :

— *Brutto! Farabutto! Traditore!*

Cela fut suivi d'un chapelet d'insultes. Ses yeux lançaient des éclairs. Ses lèvres, étirées en un rictus, se tendirent subitement. « Elle va lui cracher à la figure », pensa Sophy, alarmée. Telle, en effet, était son intention, mais M. Mailer s'avéra le plus malin des deux. Il s'écarta d'un mouvement brusque, et elle cracha à côté. Campée sur ses jambes comme une mégère d'opérette, elle éclata d'un rire grinçant. M. Mailer pénétra dans la basilique. Ses compagnons déconcertés contournèrent prudemment la vendeuse de cartes postales et lui emboîtèrent le pas.

— Kenneth, chéri, marmonna Lady Braceley. Franchement, ce n'est pas l'idée qu'on se fait d'habitude d'une charmante petite promenade !

Sophy s'était retrouvée entre Alleyn et Barnaby Grant.

— Cette dame, demanda Alleyn à Grant, a-t-elle été placée là pour ajouter un peu de couleur locale ? Allons-nous la revoir, ou bien était-ce un accident pittoresque ?

— Je ne la connais absolument pas, répliqua Grant. Elle doit être folle. Horrible vieille, ne trouvez-vous pas ?

« Oui, mais il n'a pas répondu à la question », se dit Sophy.

— Croyez-vous, remarqua-t-elle, s'adressant à Alleyn, que la même chose, traduite en termes anglo-saxons, se limiterait à un regard froid et un pincement de lèvres ?

Grant lui jeta un coup d'œil et dit avec un certain empressement :

— Sûrement ! Il faut tenir compte de leur sens du théâtre.

— Plutôt excessif en l'occurrence, rétorqua Sophy sèchement, profitant de l'occasion pour lui rendre la monnaie de sa pièce.

Se rapprochant d'elle, Grant déclara précipitamment :

— Je sais qui vous êtes, à présent. Tout à l'heure, je ne vous ai pas reconnue. Nous nous sommes vus chez Koster Press, n'est-ce pas ?

Koster Press était le nom de son éditeur londonien.

— Très brièvement, répondit Sophy. Oh, mon Dieu, que c'est beau !

Ils venaient d'entrer dans la basilique.

Celle-ci rayonnait comme illuminée de l'intérieur. Elle vibrait de couleurs : rouge « méditerranéen », roses clairs, bleus et verts. Le marbre était ivoire et incarnat; les mosaïques étincelaient d'or. Mais la dominante dans cette orgie de couleurs, c'était ce vermillon profond qui se mêle si étroitement à l'histoire de Rome et de Pompéi.

S'éloignant du groupe, Sophy se plongea dans une contemplation extatique de cet enchantement. Grant, resté avec Alleyn, la rejoignit brusquement.

— Il va falloir parler de tout ça, marmonna-t-il. Dieu, quelle barbe !

Elle lui lança un regard rapide.

— Alors pourquoi le faites-vous ?

— Vous croyez que c'est de l'affectation de ma part. Désolé.

— Honnêtement, mon opinion n'a pas la moindre espèce d'importance.

— Ne soyez donc pas aussi agressive.

Ils se dévisagèrent avec stupeur.

— Je n'y comprends rien, fit Grant tout à coup. Je ne vous connais même pas.

Et Sophy, affolée, balbutia :
— Ce n'est rien. Cela ne me regarde pas. Je regrette de vous voir rembarré.
— Et maintenant, susurra Sebastian Mailer, je vais passer la parole à mon très éminent collègue, M. Grant.
Grant s'inclina avec raideur devant Sophy et fit face à son public.
Une fois lancé, lui aussi s'avéra un excellent conteur, pourvu de surcroît d'un charme indéniable, ce qui n'était vraiment pas le cas de M. Mailer. Pour commencer, reconnut Sophy, Grant était bien plus beau. Son visage osseux aux traits sculptés avait un aspect médiéval qui s'harmonisait à merveille avec leur environnement. Il les conduisit plus loin dans l'église. Il y avait deux ou trois troupes de touristes hormis eux, mais ce n'était rien comparé à l'affluence qui régnait dans les monuments les plus célèbres.
Même dans cette partie la plus récente de San Tommaso, expliqua Grant, les époques se côtoyaient de près. Lorsque l'ancienne église fut découverte en dessous, les trésors qui l'emplissaient, y compris des pièces provenant de la maison païenne située sous ses fondations, furent transférés dans la nouvelle basilique.
— Des siècles ont passé, dit Grant, et ils se sont fondus en un tout indissociable. Voyez comme ils s'accordent les uns avec les autres.
— Ça peut arriver également à l'échelle d'une maisonnée, ne croyez-vous pas ? observa Alleyn. Dans les demeures ayant appartenu pendant des générations à une même famille. Il s'y crée une sorte de consonance des différences.
— Absolument, acquiesça Grant, lui lançant un regard. Allons plus loin, voulez-vous ?
Une bouffée de parfum annonça à Alleyn la proximité de Lady Braceley.

— Quelle merveilleuse façon de formuler les choses, murmura-t-elle. Comme vous êtes intelligent !

La main squelettique gainée de daim lui effleura le bras. Elle le regardait, la tête penchée sur le côté. Sophy, qui avait assisté à la scène, eut l'impression qu'un voile impénétrable s'était abattu sur le visage d'Alleyn. En effet, saisi de répulsion et de pitié, il avait reconnu l'empreinte du désespoir. « Je donnerais n'importe quoi, pensa-t-il, pour qu'on me débarrasse de cette dame. »

Sebastian Mailer s'approcha de l'autre côté de Lady Braceley et lui murmura quelque chose d'indistinct. Grant s'était remis à parler. La main se retira du bras d'Alleyn, et tous deux s'éloignèrent derrière la saillie formée par deux pilastres. Mailer avait-il voulu se porter à sa rescousse, se demanda Alleyn, ou bien souhaitait-il avoir un entretien confidentiel avec Lady Braceley ?

Grant conduisit son groupe au milieu de la nef et à travers le chœur, parlant, se dit Sophy, ni trop ni trop peu, mais exactement comme il fallait. Elle-même tomba en admiration devant la coupole dorée de l'abside. L'acanthe et la vigne vierge s'entrelaçaient tendrement autour de petits groupes de personnages médiévaux vaquant à leurs occupations quotidiennes. La croix, aussi imposante fût-elle, semblait avoir jailli de quelque arbre pré-chrétien.

— Je ne dirai rien sur l'abside, fit Grant. Elle parle d'elle-même.

Mailer et Lady Braceley refirent leur apparition. Elle s'assit sur un banc du chœur et — était-ce un effet d'éclairage, ou bien avait-elle succombé à un brusque accès d'épuisement comme cela arrive aux personnes âgées ? — on aurait dit qu'elle s'était recroquevillée à l'intérieur de sa coque usée. Cela ne dura qu'une seconde. Elle redressa ses épaules et fit signe à son neveu qui trépignait aux abords du groupe, mi-attentif, mi-impatient. Il la rejoignit, et ils tinrent un conciliabule à voix basse, lui bâillant et se trémoussant, elle en proie à une certaine agitation.

Le groupe poursuivit le tour de la basilique. Les Van der Veghel prenaient des photos et posaient constamment des questions. Ils s'étaient laborieusement informés sur l'histoire de la Rome antique. Finalement le baron, l'air espiègle, orienta la conversation sur les traits particuliers qui ressortaient si vivement dans le roman de Grant. Ne se trouvaient-ils pas, en ce moment même, à l'endroit où ses personnages s'étaient rassemblés ? Pouvait-on suivre précisément l'itinéraire qu'ils avaient emprunté dans la scène la plus palpitante de la narration ?

— O-o-oah ! s'écria la baronne, vocalisant d'enthousiasme. Ce serait *fantaxique* !

Grant réagit à cette demande comme il avait réagi précédemment : avec une aversion contenue. Il lança un regard perçant sur Alleyn et Sophy, contempla Mailer avec une haine non déguisée et répondit confusément qu'un auteur ne reproduisait pas plus un décor dans ses détails réels qu'il n'utilisait un matériau humain brut.

— Je ne nie pas que je me sois inspiré de San Tommaso, assena-t-il à Sophy. Mais je l'ai baptisé autrement et je l'ai modifié conformément à mon propos.

— C'était votre droit le plus strict, affirma Sophy hardiment.

Et Alleyn se dit que leur activité commune venait de les réunir momentanément.

— Oui, mais montrez-nous, pressa Lady Braceley. Ne soyez pas odieux. *Montrez-nous*. Vous l'avez promis.

— C'est pour ça que nous sommes venus, non ? fit Kenneth Dorne. J'avais cru que vous étiez la grande attraction.

S'approchant de Grant, il prit une attitude élégante : le bras gauche sur la balustrade du chœur, la main droite sur sa hanche. Sans être provocante, cette pose n'en fut pas moins explicite ; elle dévoila au moins une des facettes de Kenneth. Les yeux grands ouverts, il dévisagea Grant.

— Y aurait-il un changement de programme, hein ? Aurais-je tout confondu ? Ou bien c'est moi qui suis impertinent ?

Le major Sweet étouffa un juron violent.

— Je m'excuse, tonna-t-il, fixant d'un œil torve une fresque représentant les Vierges Folles.

— Oh, mon Dieu ! fit Kenneth, toujours à l'adresse de Grant. Voilà que le major se fâche. Qu'ai-je donc dit ?

Il bâilla à nouveau et s'épongea le visage avec son mouchoir.

Grant le balaya du regard.

— Rien qui relève de notre propos, rétorqua-t-il, laconique, avant de tourner les talons.

M. Mailer s'empressa de combler la brèche.

— Petit coquin ! lança-t-il à Kenneth.

Puis, prenant la défense de Grant devant son auditoire déconfit, il expliqua que celui-ci était impardonnablement modeste.

Lady Braceley et les Van der Veghel renchérirent sur ce thème. Grant coupa court à leurs exclamations en adoptant, au prix d'un immense effort, pensa Alleyn, un air énergique et en reprenant son exposé.

— Naturellement, dit-il, si vous tenez à voir les lieux qu'on retrouve dans le livre, je vous les indiquerai avec joie ; encore que, si vous l'avez lu, il vous sera facile de les reconnaître. Ici, dans la travée de droite, par exemple, il y a ce tableau que Simon a tant admiré... tout comme moi, d'ailleurs. Saint Thomas l'incrédule en personne, par Masolino da Panicale. Regardez ce rose et ce rouge « pompéien ».

— Fabuleux ! commenta Kenneth qui ne tenait pas en place. Complètement psychédéliques, ces couleurs, hein ?

Grant l'ignora.

— Il est vraiment *très* sceptique, n'est-ce pas ? dit-il à Sophy. La tête sur le côté, la moue, et ces doigts crochus ! Notre énorme hôpital londonien a eu raison de l'adopter : c'est l'essence même du scientifique, ne trouvez-vous pas ?

Sebastian Mailer émit un petit gloussement appréciateur, ou était-ce de la surprise ?

— Pendant que nous sommes dans cette travée, dit Grant, les entraînant un peu plus loin, je voudrais vous montrer quelque chose que j'ai repris sans vergogne tel quel.

Il leur indiqua un enclos d'un mètre cinquante sur deux mètres entouré d'une rambarde métallique. L'ayant reconnu, ils s'attroupèrent autour du petit espace fermé en poussant des exclamations.

Celui-ci contenait une ouverture rectangulaire semblable à un puits. Une pancarte fixée aux barreaux annonçait en cinq langues qu'il était strictement interdit d'escalader la rambarde.

— Écoutez, fit Grant. Vous entendez ?

Ils s'immobilisèrent. Dans le silence résonnèrent les voix des autres touristes, les explications d'un guide dehors dans l'atrium, les pas sur le marbre et la rumeur lointaine de la cité.

— Écoutez, répéta Grant.

Finalement, sous leurs pieds, d'abord indistinct puis de plus en plus net, s'éleva le murmure ininterrompu d'eau courante.

— La *Cloaca Maxima* ? questionna le major Sweet.

— Un torrent qui y conduit, répliqua Grant. A plus de vingt mètres de dénivellation. En vous penchant par-dessus la rambarde, vous verrez un puits similaire juste en dessous, dans le sol de l'église antérieure. Une dizaine de mètres plus bas, à l'aide d'une torche, on peut voir la troisième ouverture ; et encore plus bas, il est possible, en abaissant la torche, d'apercevoir le torrent que nous entendons d'ici. Vous vous en souvenez peut-être : Simon a jeté un caillou de l'endroit où nous sommes, et celui-ci est tombé à travers les siècles dans les eaux souterraines.

Les Van der Veghel se mirent à parler avec effusion.

Grant, commentèrent-ils chaleureusement, avait fondé l'imagerie complexe de son livre sur ce phénomène passionnant. « Explorant au fur et à mesure les couches profondes de la personnalité de Simon »... et ils poursuivirent sur leur lancée, expliquant l'œuvre à son auteur. Alleyn, qui avait beaucoup aimé le roman, se dit qu'ils avaient probablement raison, mais qu'ils soulignaient bien trop lourdement le processus essentiellement subtil de la pensée.

Grant, lui, réussit à peu près à cacher l'embarras qu'il pouvait ressentir. Brusquement, le baron et la baronne éclatèrent de rire et battirent bruyamment leur coulpe. Quelle absurdité ! Quelle impertinence ! Ils se demandaient vraiment ce qui leur avait pris !

Pendant tout ce temps, le major Sweet avait contemplé les Van der Veghel en haussant les sourcils, un léger rictus aux lèvres. Sophy, prise d'un fou rire, se retrouva dans la ligne de mire d'Alleyn et de Grant, tandis que Lady Braceley braquait ses énormes lanternes éteintes sur les hommes, prête à réagir à la moindre humeur qu'elle aurait cru percevoir.

Kenneth, se penchant par-dessus la rambarde, scruta les profondeurs.

— Je suis en train de regarder à travers les siècles, annonça-t-il.

Sa voix était déformée, comme s'il parlait dans un mégaphone géant.

— Bou-hou ! Bou-hou ! cria-t-il.

L'écho lui répondit.

— Esprit, es-tu là ? tonna-t-il.

Puis :

— Oh, Seigneur !

Il se redressa, livide.

— J'avais oublié. J'ai le vertige. Quel endroit infect !

— On y va ? dit Grant.

Sebastian Mailer les précéda dans le vestibule où l'on vendait des cartes postales, des bibelots et des diapositives couleur. Là, il sortit des tickets qui allaient leur permettre d'accéder à la partie souterraine de San Tommaso.

III

Tout d'abord, ils descendirent un escalier de pierre séparé en deux par un palier. L'air, frais et sec, ne sentait que la pierre. Sur le palier, il y avait un plan du souterrain sur lequel Mailer attira leur attention.

— Il y en a un autre en bas, déclara-t-il. Plus tard, certains d'entre vous auront peut-être envie d'explorer les lieux par eux-mêmes. En fait, il est impossible de se perdre ; mais si vous avez l'impression de vous être perdus, empruntez le premier escalier qui monte : tôt ou tard, vous vous retrouverez ici. Ils sont beaux, n'est-ce pas ?

Il attira leur attention sur deux charmants piliers enguirlandés de boucles de convolvulus.

— Et si païens, roucoula M. Mailer, si délicieusement païens. Exhumés de leur harmonieux lieu de repos dans la maison flavienne d'en dessous. Par les serviteurs industrieux du Vatican. Il y a façon et façon de juger les appropriations de l'Église, n'est-ce pas ?

A la stupeur générale, le major Sweet l'approuva d'un grognement.

M. Mailer sourit.

— Avant de continuer, messieurs dames... regardez donc derrière vous.

Tout le monde se retourna. Dans les niches du mur d'en face se dressaient des sculptures en terre cuite : un homme souriant aux cheveux bouclés et une femme de haute taille avec un enfant endommagé dans les bras. Magnifiquement éclairées par en dessous, les deux statues paraissaient vivantes.

— On pense qu'il s'agit d'Apollon, fit M. Mailer, et peut-être d'Athéna. Étrusques, évidemment. Mais ces sourires archaïques sont grecs. Les Grecs, vous savez, méprisaient les Étrusques pour leur cruauté sur les champs de bataille, et certaines personnes discernent de la cruauté dans ces sourires-là, attribués à la statuaire étrusque.

Il se tourna vers Grant.

— Je crois que vous...

Il n'alla pas plus loin. Grant fixait les Van der Veghel avec une intensité qui se communiqua aux autres membres du groupe.

Ils se tenaient côte à côte, en admiration devant les sculptures. Leur ressemblance, déjà remarquée par Grant, avec les statues étrusques de la Villa Giulia, ressortait ici de manière saisissante. On eût dit que leurs visages étaient des miroirs dans lesquels Apollon et Athéna souriaient à leur propre reflet. Le même sourire aigu, les mêmes yeux saillants, la même curieuse impression de vie... tout y était, songea Alleyn.

Manifestement, tout le monde avait été frappé par cette similitude, sauf peut-être Lady Braceley que les Van der Veghel n'intéressaient guère. Mais personne n'osa la commenter, à l'exception de Sebastian Mailer qui, ricanant bizarrement, murmura comme pour lui-même :

— Extraordinaire ! *L'un et l'autre.*

Occupés à changer leurs flashes, les Van der Veghel ne semblèrent pas l'entendre. Les autres non plus du reste, nota Alleyn. Barnaby Grant les conduisait déjà en bas, dans l'église qui dormait sous terre depuis mille cinq cents ans.

Au cours des fouilles, de nombreux murs, arcs et piliers avaient été édifiés pour soutenir les fondations de la nouvelle basilique. En dehors de l'abside originale, l'ancienne église n'était plus qu'un royaume de couloirs bas et étroits, d'ombres insondables et d'échos. Dans les moments de silence, on distinguait clairement la voix du torrent souterrain. Çà et là, des éclairages astucieux révélaient des visages insolites aux yeux immenses : c'étaient des fresques que la terre compacte avait préservées pendant leur long sommeil.

— L'air ne les a pas arrangées, dit Barnaby Grant. Elles sont en train de s'effacer progressivement.

— Elles préféraient l'asphyxie, observa Sebastian Mailer quelque part à l'arrière avec un petit hennissement.

— Sûrement plus que moi, déclara Lady Braceley. C'est irrespirable ici, ne trouvez-vous pas ?

— Il y a plein de courants d'air, répliqua le major Sweet. On sent bien la fraîcheur, Lady Braceley.

— Pas moi, se plaignit-elle. Je n'aime pas beaucoup cet endroit, major. Je ne pense pas que je...

Elle poussa un cri.

Au détour d'un couloir, un homme blanc et nu s'était dressé devant eux. Dans ses cheveux bouclés, il portait une couronne de feuillages. Il avait des yeux saillants et fixes, et toujours ce même sourire archaïque. Son bras droit était tendu vers eux.

— Qu'avez-vous, ma petite tante chérie ? fit Kenneth. Moi, je le trouve fabuleux. Qui est-ce, Seb ?

— Apollon, une fois de plus. Apollon resplendit de tout son éclat dans le culte mithriaque. Il a été remonté lors des fouilles récentes pour orner ces couloirs.

— Tout ça, c'est du charabia prétentieux, commenta le major.

Il était impossible de savoir dans quel camp il se rangeait.

Ainsi donc, se dit Alleyn, Kenneth appelait Mailer « Seb ». Il n'avait pas perdu son temps !

— Sont-ils toujours en train de creuser ? demanda le baron à Grant, tandis qu'ils reprenaient leur chemin. Cet Apollon n'était pas là quand votre Simon est venu à San Tommaso. Il s'agit donc d'une résurrection moderne ?

— Un Lazare contemporain, susurra M. Mailer. Mais tellement plus séduisant !

Quelque part dans le noir, Kenneth gloussa avec lui.

Sophy, qui était entre Alleyn et Grant, dit à voix basse :

— A leur place, je m'en abstiendrais.

Grant acquiesça, et le major Sweet eut l'air de partager leur avis.

Ils longeaient le cloître de l'ancienne église quand le baron Van der Veghel fut pris d'un brusque accès d'espièglerie. Brandissant son appareil et fredonnant un petit air, il devança le groupe et se fondit dans l'obscurité.

M. Mailer, à cet instant, s'était lancé dans l'une de ses tirades.

— Nous approchons d'une autre statue étrusque, annonça-t-il. Elle est censée représenter Mercure. On tombe sur elle de manière assez inattendue : sur la gauche.

La rencontre fut, effectivement, soudaine. Mercure

se trouvait dans un renfoncement, qui avait peut-être servi d'entrée à quelque passage condamné. Il n'était pas aussi brillamment éclairé qu'Apollon, mais son sourire étincela avec suffisamment de netteté. Au moment où ils arrivaient devant lui, une seconde tête se dressa au-dessus de ses épaules, ricanant. Puis un éclair de flash les éblouit, et les couloirs résonnèrent du rire irrépressible du baron Van der Veghel. Lady Braceley poussa un nouveau cri.

— C'en est trop ! s'exclama-t-elle. C'en est vraiment trop !

Mais les éléphantesques Van der Veghel, en proie à une humeur folâtre, avaient déjà disparu. Le major Sweet maudit tous les plaisantins, et la petite troupe se remit en marche.

La voix du torrent souterrain se fit entendre plus nettement. A un autre détour du couloir, ils découvrirent un second puits. Grant les invita à lever la tête et, juste au-dessus d'eux, ils aperçurent la bouche du premier, celui qu'ils avaient vu dans la basilique.

— Mais à quoi servaient-ils ? questionna le major Sweet. Quelle était leur fonction, Grant ? ajouta-t-il rapidement, sans doute pour devancer tout commentaire de la part de M. Mailer.

— Le drainage, vraisemblablement, répondit Grant. Certains signes nous montrent que, pendant les fouilles, il y a eu des fuites et même des inondations.

— Ah, dit le major.

La baronne se pencha sur la rambarde du puits.

— Gerrit ! s'écria-t-elle. Viens voir ! Il y a un sarcophage ! Celui où Simon s'est assis pour méditer.

Sa voix avait tendance à sauter d'un registre à l'autre, comme celle d'un adolescent.

— Rega-a-arde ! Là, en bas !

Le flash de son époux illumina brièvement son vaste arrière-train pendant qu'il la prenait gaiement en photo. Intrépide, elle se pencha encore plus loin.

— Sois prudente, ma chérie ! lui intima son mari. Mathilde ! Pas si loin ! Attends que nous soyons descendus.

Il l'entraîna en arrière. Elle était extrêmement excitée, et ils rirent tous les deux.

Alleyn et Sophy s'approchèrent de la rambarde et regardèrent en bas. Un éclairage invisible illuminait la partie située en dessous, où l'on apercevait clairement l'extrémité d'un sarcophage de pierre. De leur place, ils pouvaient voir le couvercle grossièrement sculpté.

Tandis qu'ils regardaient, une ombre difforme longea le mur derrière le sarcophage, disparut, puis revint, se jetant d'un côté, puis de l'autre.

— Vous avez vu ? cria Sophy. C'est... c'est cette femme !

Mais l'ombre s'était évanouie.

— Quelle femme ? demanda Grant.

— Celle qui avait un châle sur la tête. La vendeuse de cartes postales. Là, en bas.

— L'avez-vous vue ? s'enquit M. Mailer aussitôt.

— J'ai vu son ombre.

— Ma chère Miss Jason ! Son ombre ! Il y a des milliers de Romaines qui portent des fichus sur la tête et qui pourraient projeter la même ombre.

— Non, je suis sûre que c'était elle. On aurait dit que... qu'elle cherchait à se cacher.

— Je suis de votre avis, dit Alleyn.

— Croyez-moi, Violetta n'est pas autorisée à pénétrer dans la basilique. Vous avez aperçu l'ombre de quelqu'un qui fait partie d'un autre groupe de touristes. A présent, venez... suivons M. Grant en bas, dans le temple de Mithra. Il a beaucoup à nous raconter.

Ils avaient fait le tour du cloître et s'étaient engagés dans un couloir qui aboutissait à un escalier métallique en colimaçon. La tête de la petite procession avait atteint le haut des marches quand Lady Braceley annonça à brûle-pourpoint qu'elle ne pouvait pas continuer.

— Je suis terriblement navrée, mais je voudrais revenir en arrière. Je sais, vous allez me traiter de trouble-fête, mais je ne peux pas rester dans cet horrible endroit une minute de plus. Il faut que tu me ramènes en haut, Kenneth. Je ne savais pas que ce serait ça. Je n'ai jamais pu supporter d'être enfermée. Tout de suite. *Kenneth ! Où es-tu ? Kenneth !*

Mais il n'était pas avec eux. Les couloirs lui renvoyèrent l'écho déformé de sa voix.

— Où est-il allé ? cria-t-elle.

Et tout l'édifice lui répondit :

— ... allé... lé... lé...

Mailer lui prit le bras.

— Tout va bien, Lady Braceley. Ne vous inquiétez pas. Kenneth est retourné sur ses pas pour prendre une photo d'Apollon. Dans cinq minutes, il sera là. Je vais vous le chercher.

— Je ne veux pas l'attendre. Pourquoi tout à coup s'est-il mis en tête de prendre des photos ? Je lui ai offert un appareil qui coûte une fortune, mais il ne s'en sert jamais. Je ne l'attendrai pas. Je veux y aller maintenant. *Tout de suite.*

Le baron et la baronne s'empressèrent, rassurants, autour d'elle. Elle les repoussa et se dirigea vers Grant, Alleyn et le major Sweet qui se tenaient à part.

— Je vous en supplie ! Je vous en *supplie* !

Puis, après un rapide tour d'horizon, elle jeta son dévolu sur le major.

— Emmenez-moi, l'implora-t-elle. *Je vous en prie !*

— Chère madame, commença le major sur un ton dans lequel perçait nettement « ma petite dame »... Chère madame, inutile de vous affoler. Évidemment... si vous insistez. Ce sera très volontiers. Nous rencontrerons sans doute votre neveu en chemin, ajouta-t-il avec espoir.

Se cramponnant à lui, elle se tourna vers Grant et Alleyn.

— Vous devez me croire désespérément sotte, n'est-ce pas ?

— Pas du tout, répondit Alleyn poliment.

Et Grant marmonna quelque chose qui ressemblait à « claustrophobie ».

— Cet escalier continue jusque dans la basilique, dit M. Mailer au major. Si vous raccompagnez Lady Braceley par là, moi, je vais chercher M. Dorne et je le lui enverrai.

— Il est exaspérant, déclara Lady Braceley. *Franchement !*

— Voulez-vous que je vienne avec vous, Lady Braceley ? demanda Sophy.

— Oh non, fit-elle. Non. Merci. Vous êtes très gentille...

Sa voix mourut. Elle continuait à fixer Alleyn et Grant. « Elle a besoin d'une cour », pensa Sophy.

— Alors ? intervint le major Sweet, tranchant. On y va ?

Il l'escorta vers la partie supérieure de l'escalier en colimaçon.

— Je reviens, cria-t-il, dès que ce garçon aura refait surface. J'espère qu'il ne sera pas long.

— Je vous confie la suite, dit M. Mailer à Grant.

— Très bien.

Grant, Alleyn et Sophy se mirent à descendre. Ils entendirent le cliquetis des talons de Lady Braceley décroître sur les marches métalliques, accompagné en sourdine par les brodequins du major. Derrière eux, les Van der Veghel s'époumonaient joyeusement.

— Vois-tu, rugit la baronne, je ne voudrais pas manquer un zeul mot de ce dont il pourrait nous régaler, mon chéri.

— Alors vas-y ! Je te rejoindrai. Après une photo de Mercure. Juste une ! cria le baron.

Elle acquiesça et aussitôt tomba dans l'escalier. Son mari poussa une exclamation consternée.

— Mathilde ! Tu es tombée.

— C'est vrai.

— Tu t'es fait mal.

— Non. Je ne suis pas blessée. Quelle blague !

— J'y vais, alors.

— Entendu.

Les marches en spirale décrivaient deux ou trois courbes. Le bruit de l'eau courante devint plus fort. Ils arrivèrent dans un petit couloir, et Grant les conduisit dans une sorte d'antichambre.

— Voici l'insula, fit-il. Autrement dit, un bloc d'appartements. Il a été construit pour une famille ou des familles romaines quelque part au milieu du Ier siècle. Évidemment, ils n'étaient pas chrétiens. Vous verrez tout à l'heure comment ils adoraient leur dieu. Venez dans le triclinium. Qui est également le mithraeum.

Il les introduisit dans un caveau dont le plafond voûté était constellé de petites pierres. De massifs bancs de pierre longeaient les murs. Au milieu se dressait un autel.

— Vous connaissez tous le culte mithriaque, dit Grant. Je n'ai pas besoin de...

— Oh, mais zi ! Z'il vous plaît ! supplia la baronne. Nous aimerions tellement ! Tout ! Z'il vous plaît !

Alleyn entendit Grant marmotter : « Oh, mon Dieu ! » et le vit se tourner, comme à la recherche d'un soutien, vers Sophy.

Pour sa part, Sophy réagit avec une chaleur qui la laissa pantoise.

— Seulement s'il en a envie, déclara-t-elle.

Mais Grant ferma momentanément les yeux et se

lança dans les explications. La baronne, tout yeux et dents, buvait ses paroles. Puis, tendant une main implorante, elle murmura :

— Excusez ! Je vous demande pardon ! C'est impossible que mon mari manque tout cela. Je vais l'appeler.

Et elle le fit, d'une voix qui n'eût pas déshonoré Brunehilde. Le baron descendit prestement et, la voyant presser un doigt sur ses lèvres, prit aussitôt une pose d'auditeur attentif.

Grant croisa le regard de Sophy, esquissa une grimace et, d'une voix mal assurée, leur parla du culte du dieu Mithra. C'était, expliqua-t-il, une religion particulièrement noble, qui avait persisté clandestinement après que les autres formes de paganisme furent abolies dans la Rome chrétienne.

Bien qu'au début il s'exprimât à la façon formelle d'un guide touristique, il s'adressait directement à Sophy, exactement comme s'ils avaient été seuls.

— Le dieu Mithra est né d'un rocher. Dans l'Antiquité, il était adoré un peu partout, y compris en Angleterre. C'était avant tout un dieu de lumière. D'où son association avec Apollon, qui lui avait ordonné de tuer le Taureau, symbole de la fertilité. Il a été aidé dans sa tâche par un Chien et un Serpent, mais un Scorpion l'a trahi, répandant le sang du Taureau qui a donné naissance à la vie. De cette manière, le Mal s'est propagé au sein de l'humanité.

— Encore un paradis perdu ? dit Sophy.

— En quelque sorte. C'est curieux, n'est-ce pas ? Comme si des doigts aveugles tâtonnaient autour d'un canevas fondamental et impénétrable.

— C'est une plaie de l'humanité ! clama le major Sweet.

Son retour était passé inaperçu, et son intervention les prit au dépourvu.

— Foutaises ! déclara-t-il. Toutes les religions, c'est du pareil au même. Bande de fripouilles !

— Vous croyez ? rétorqua Grant sans s'émouvoir. Pourtant, Mithra n'a pas l'air foncièrement mauvais, dans l'ensemble. Son culte était plutôt pacifique pour son époque. Il s'agissait de mystères, et les initiés devaient franchir sept degrés. Ils subissaient une purification lustrale, une longue abstinence et les privations les plus sévères. Les femmes en étaient exclues. Vous n'auriez pas été autorisée à pénétrer dans ce lieu, dit-il à Sophy, et encore moins à toucher l'autel. Venez y jeter un coup d'œil.

— A vous entendre, j'ai l'impression de ne pas y avoir droit.

— Ah, mais zi ! s'écria la baronne. Il ne faut pas être superstitieuse, Miss Jason. Allons voir, car c'est très beau, n'est-ce pas, et très intérezant.

L'autel était situé au centre du mithraeum. Le sacrifice du Taureau était, en effet, magnifiquement sculpté sur une face, tandis que sur l'autre on voyait l'apothéose de Mithra aidé par Apollon.

A la consternation manifeste de Grant, le baron Van der Veghel sortit de son vaste sac de toile un exemplaire de *Simon*.

— Il faut, décréta-t-il, que nous réécoutions ce merveilleux passage. Voici le livre, monsieur Grant. L'auteur acceptera-t-il de nous lire un extrait ? Sur la façon dont ce Simon anglais découvre en lui un équivalent des pouvoirs mithriaques. D'accord ?

— Oh non ! s'exclama Grant. Je vous en prie !

Il regarda rapidement autour de lui, comme pour s'assurer qu'il n'y avait personne d'autre en dehors de ses cinq auditeurs.

— Ce n'était pas dans le contrat.

Alleyn le vit rougir.

— Et de toute manière, je lis abominablement. Venez plutôt voir Mithra lui-même.

A l'autre bout de la pièce se dressait dans une niche le dieu né d'une matrice de pierre, potelé et robuste, avec un bonnet phrygien sur ses longues boucles : ni homme ni enfant.

— Il y avait des sacrifices ici, n'est-ce pas ? dit Alleyn.

— Bien sûr. Sur l'autel, répondit Grant rapidement. Imaginez-vous ! Des flambeaux tout autour, dont la lumière joue sur ces bancs de pierre et sur les visages des initiés, pâles et amaigris après leurs épreuves. Le feu de l'autel tremble ; on y traîne le taureau du sacrifice. Peut-être l'entend-on mugir dans les couloirs. Il y a un couloir, vous savez, qui fait tout le tour de la pièce. Le taureau entre probablement par une porte derrière Mithra. Peut-être est-il enguirlandé. Les acolytes le tirent vers le prêtre. On lui renverse la tête : le couteau plonge dans le cou exposé. Les effluves de sang chaud et la puanteur des offrandes qu'on brûle emplissent le mithraeum. En même temps, on doit chanter des hymnes.

— Je croyais, fit Sophy, ironique, que le culte mithriaque était tout douceur et, selon vos propres paroles, pacifisme.

— Il était extrêmement moral et relativement doux. La loyauté et la fidélité étaient les vertus suprêmes. Quant au sacrifice, c'était un ingrédient indispensable.

— C'est toujours la même histoire, rétorqua le major Sweet, comme il fallait s'y attendre. Le sacrifice. Le sang. La chair. Le cannibalisme. Les uns sont plus raffinés, les autres, plus brutaux. Mais c'est la même chose.

— Ne pensez-vous pas, remarqua Alleyn paisiblement, qu'il s'agit d'autant de tentatives pour découvrir quelque vérité primordiale ?

— La seule vérité primordiale que ça révèle... est que les humains sont des carnivores, cria le major, triomphant. Yak-yak-yak !

Les autres durent en conclure qu'il riait.

— Comme c'est malheureux, déclara le baron Van der Veghel, que Lady Braceley et M. Dorne ne soient pas là pour vous entendre. Et où est M. Mailer ?

— Les avez-vous vus ? demanda Alleyn au major Sweet.

— Non. Je l'ai mise, *elle*, dans le... comment ça s'appelle déjà ? Le jardin ? La cour ?

— L'atrium ?

— Si vous le dites. Sur un banc. Elle n'était pas vraiment ravie, mais enfin... Quelle dinde !

— Et le jeune Dorne ? s'enquit Alleyn.

— Je ne l'ai pas vu. L'affreux jojo.

— Et Mailer ?

— Non plus. Il ne se gêne pas, celui-là, je trouve. Que faisons-nous maintenant ?

— Il me semble, dit Grant avec cet air détaché qui ne le quittait pas, qu'il y avait un temps prévu pour ceux qui voudraient explorer les lieux par eux-mêmes. Nous pouvons nous retrouver ici ou, si vous le préférez, dans l'atrium. Je resterai là une dizaine de minutes, au cas où vous auriez des questions à poser, puis je monterai vous attendre dans l'atrium. Nous nous croiserons sans doute en chemin. En tout cas, vous ne pouvez pas vous perdre. Il y a des pancartes « sortie » partout. Je suis sûr que Mailer...

Il s'interrompit. Quelqu'un était en train de descendre l'escalier métallique.

— Le voici, fit Grant.

Mais ce n'était que Kenneth Dorne.

Il paraissait pressé, mais, quand il sortit de l'ombre et vit les autres, il fit une halte et les rejoignit d'un pas traînant. Il tenait son appareil photo à la main. Sophy fut frappée de le voir, d'une certaine façon qui lui sembla louche, calmé et assagi.

— Hello, lança-t-il. Où est ma tante ?

Grant le lui expliqua.

— Oh, mince ! fit-il en ricanant.

— Ne devriez-vous pas aller auprès d'elle ? demanda le major Sweet.

— Comment ?

— Votre tante. Elle est là-haut. Dans le jardin.

— Puisse-t-elle, répliqua Kenneth, fleurir et prospérer. Cher major.

Le major Sweet le contempla quelques secondes.

— Les mots me manquent, déclara-t-il.

Ce à quoi Kenneth rétorqua :

— Dieu soit loué.

La conversation s'arrêta là.

Sur ce, les Van der Veghel se mirent à expliquer avec effusion qu'ils avaient tant espéré (ah, *tant* espéré, glissa la baronne) pouvoir persuader M. Grant de leur lire le passage mithriaque de *Simon* dans le cadre même qui l'avait inspiré. Comme chacun l'avait constaté, ils avaient apporté leur exemplaire — était-ce trop demander ne serait-ce qu'une signature ? — expressément dans ce but. Bien sûr, ils comprenaient parfaitement la fameuse réserve britannique. Mais enfin, d'après les termes de la brochure, qu'il ne fallait certes pas prendre au pied de la lettre, ils avaient cru...

Ils poursuivirent ainsi leur antienne de lamentations, tandis que Grant — on le voyait même dans la semi-pénombre — devenait de plus en plus écarlate. Il se tourna désespérément vers Sophy qui marmonna :

— Peut-être devriez-vous accepter.

Elle se sentit inexplicablement flattée quand, aussitôt, il annonça à la cantonade :

— Entendu, si vous y tenez vraiment. Je ne voulais pas être désobligeant. Simplement, j'aurai l'air idiot.

Les Van der Veghel éclatèrent d'un rire ravi, et le baron eut une idée encore plus extravagante. Ils allaient prendre une photo : d'un groupe dont le centre serait Grant lisant à haute voix. Le dieu Mithra lui-même parrainerait l'œuvre qu'il avait inspirée. Cette version extraordinaire de la photographie de groupe victorienne fut réalisée après une dispute enjouée entre les Van der Veghel pour savoir qui allait tenir l'appareil. Finalement, il fut convenu que la baronne prendrait la première photo, et elle se mit à l'ouvrage avec enthousiasme. L'infortuné Grant fut placé, avec le livre ouvert, sur une vague saillie pierreuse à gauche de Mithra, flanqué d'Alleyn et de Sophy qui commençait à avoir le fou rire. Le major Sweet se mit derrière Sophy, et Kenneth Dorne, derrière Alleyn.

— Et toi, Gerrit, mon chéri, enjoignit la baronne à son époux, parce que tu es zi grand, tu vas tout au fond, d'accord ?

— Après, nous nous relayerons, insista-t-il.

— Mais oui.

— Nous devons tous nous concentrer sur la page ouverte.

— C'est vrai.

L'imprévisible major Sweet prit toute l'opération très au sérieux.

— Comment pouvons-nous nous concentrer sur quelque chose que nous distinguons à peine ? protesta-t-il.

Il n'avait pas tort. Bien que la tête du petit dieu, tout comme l'autel et les autres effigies, fût ingénieusement éclairée, ses abords immédiats étaient plongés dans l'obscurité. Le flash illuminerait toute la scène, expliquèrent les Van der Veghel. Ils tenaient absolument à ce que le dieu fût incorporé au tableau, quitte à recourir à ce subterfuge inoffensif. La déconfiture de Grant était si manifeste que, sans se concerter, Alleyn et Sophy Jason optèrent pour le gros comique.

— Je comprends, déclara Alleyn brusquement.

Nous allons regarder le livre, même si nous ne pouvons pas le voir, n'est-ce pas ? Parfait. J'imagine que M. Grant connaît le fameux passage par cœur. Peut-être pourrait-il nous le réciter dans le noir.

— Sûrement pas, rétorqua Grant avec chaleur.

La baronne expliqua qu'ensuite ils se mettraient dans un endroit plus éclairé, où Grant leur lirait l'extrait en question sans, cette fois, aucun artifice.

Entre-temps, répéta-t-elle, ils devaient tous se concentrer sur la page quasi invisible.

Après avoir longuement tâtonné dans le noir, le groupe finit par se constituer.

— Ce serait charmant, suggéra Alleyn, si Miss Jason pouvait indiquer un passage dans le livre et que moi, je pose mon bras sur les épaules de l'auteur, impatient de le lire.

— Quelle bonne idée ! s'écria Sophy. Et le major Sweet, lui, se pencherait de l'autre côté.

— Avec plaisir, répondit le major, empressé.

Et, en effet, il se pencha de très près vers Sophy.

— Bravo, lui siffla-t-il à l'oreille.

— Cela me rappelle, fit Alleyn, Tchekhov lisant à voix haute devant Stanislavski et les acteurs du Théâtre d'Art de Moscou.

La baronne applaudit énergiquement à cette remarque. Sophy et Alleyn se rapprochèrent de Grant.

— Vous me le paierez tous les deux, dit Grant entre ses dents.

— Regardez le livre, le livre, le livre ! chanta gaiement la baronne. Que personne ne bouge. Gerrit, recule un peu. Monsieur Dorne, êtes-vous là ?

— Mais oui, je suis là.

— Bien. Très bien. Prêts ? Ne bougez plus. J'appuie.

Il y eut un déclic, mais aucun éclair ne troua l'obscurité. La baronne, qui avait lâché un juron dans sa propre langue, s'en prit à son époux.

— Qu'est-ce que je te disais, chéri ! Elles sont inutilisables, les lampes d'ici. Non ! Ne parle pas. Ne bouge pas. J'en ai une autre dans ma poche. Je vous en prie, que personne ne bouge. Je vais la trouver.

Sophy pouffa de rire. Aussitôt, le major Sweet chercha à tâtons sa taille.

— Bien fait, chuchota Grant qui avait remarqué ce stratagème.

Quelque part de l'extérieur du mithraeum leur parvint l'écho, déformé comme tous les sons dans ce lieu, d'une voix haut perchée. Après une pause qui leur parut interminable, ils entendirent un bruit sourd, comme si une lourde porte venait de se refermer. La baronne s'affairait en marmottant. Kenneth se détacha du groupe et prit une photo du dieu au flash. On lui intima de regagner sa place, et, finalement, la baronne se déclara prête.

— Attention, s'il vous plaît. Ne bougez plus. J'appuie.

Cette fois, ils furent tous aveuglés par un éclair lumineux. La baronne poussa des cris de satisfaction et insista pour prendre encore deux clichés. Malgré l'impatience croissante des uns et des autres, le groupe se reforma ensuite, la baronne ayant remplacé son mari et surplombant le major Sweet telle une déesse-mère primitive. Le baron eut plus de chance avec son flash, et tout se passa sans encombre.

— Tout de même, observa-t-il, j'aurais préféré avoir notre cicérone parmi nous.

— Il prend tout son temps, celui-là, maugréa le major. C'est un drôle d'oiseau, si vous voulez mon avis.

Mais Kenneth fit remarquer que Sebastian Mailer devait probablement tenir compagnie à sa tante dans l'atrium.

— Après tout, il vous a cédé sa place, non ? dit-il à Grant.

Sur l'insistance des Van der Veghel, Grant se mit dans un endroit plus éclairé et, avec une répugnance extrême, lut le passage mithriaque de *Simon* à son public si curieusement assorti. Il lisait mal, vite, et d'une voix dépourvue d'expression, mais quelque chose de son style avait néanmoins survécu au massacre.

« ... Rien n'avait changé. Le dieu replet au bonnet phrygien, aux bouclettes en sucre d'orge, aux bras et au phallus brisés, se dressait de sa matrice de seins pierreux. C'était un dieu à l'apparence plutôt plébéienne, mais à sa vue, les petites oreilles charnues de Simon s'emplirent du mugissement silencieux du taureau sacrificiel ; le sang qui, dix-neuf siècles plus tôt, s'était répandu sur la pierre chauffée à blanc lui picota le nez et la gorge, et la puanteur des entrailles qu'on brûlait lui fit venir les larmes aux yeux. Il trembla ; une satisfaction ineffable l'envahit. »

La lecture saccadée continua ainsi jusqu'à la fin du passage. Grant referma le livre d'un coup sec, le rendit à la baronne comme s'il s'agissait d'une pomme de terre brûlante et rentra les épaules pour couper court aux murmures de circonstance. Ceux-ci s'éteignirent dans un silence gêné.

Sophy se sentit oppressée. Pour la première fois, la claustrophobie menaça de s'emparer d'elle. Le plafond lui parut plus bas, les murs, plus rapprochés, les alentours, plus calmes, comme si leur petit groupe était isolé, emprisonné même à des dizaines de mètres sous terre. « Pour un peu, se dit-elle, je pourrais me sauver comme Lady Braceley. »

Si les autres désiraient faire un tour, répéta Grant, il resterait pendant dix minutes au mithraeum, dans le cas où quelqu'un voudrait le rejoindre là avant de remonter à la surface. Il leur rappela qu'il y avait des sorties latérales et que celle du fond donnait sur les couloirs environnants et sur l'insula.

Kenneth Dorne déclara qu'il allait monter voir sa tante. Il semblait beaucoup plus détendu et riait sans raison précise.

— Vous avez lu d'une manière merveilleuse, dit-il à Grant, souriant de toutes ses dents. J'adore votre Simon.

Il rit à gorge déployée et sortit par l'entrée principale. Le major Sweet annonça qu'il allait jeter un coup d'œil sur les lieux et les retrouver en haut.

— J'ai une dent contre Mailer. Il se conduit d'une drôle de façon.

Il fixa Sophy.

— Voulez-vous venir vous balader?

— Je crois que je vais me reposer un peu, répliqua-t-elle.

Elle n'avait nulle envie d'explorer l'obscurité mithriaque en compagnie du major.

Alleyn dit qu'il remonterait lui aussi par ses propres moyens, et les Van der Veghel, qui étaient en train de se photographier tout contre l'autel sacrificiel, décidèrent de se joindre à lui. Ce qui ne parut pas l'enchanter outre mesure, pensa Sophy.

Le major Sweet sortit par l'une des portes latérales. Alleyn disparut derrière le dieu, suivi avec enthousiasme par les Van der Veghel. On les entendit s'exclamer à distance. Puis leurs voix s'évanouirent, et il n'y eut plus aucun bruit, à l'exception, songea Sophy, du clapotis glacé du torrent souterrain.

— Venez vous asseoir, fit Grant.

Elle prit place à côté de lui sur le banc de pierre.

— Vous sentez-vous un peu opprimée?

— En quelque sorte.

— Voulez-vous que je vous accompagne en haut? Il est inutile de rester. Ils se débrouilleront très bien tout seuls. Vous n'avez qu'à le dire.

— C'est très aimable à vous, rétorqua Sophy sur un

ton guindé, mais non, je vous remercie. Je ne suis pas vraiment impressionnée. C'est seulement...

— Quoi ?

— J'ai une théorie sur les murs.

— *Les murs ?*

— Les surfaces en général.

— Expliquez-vous.

— Ça va vous sembler foncièrement inintéressant.

— Qui sait ! Essayez toujours.

— Ne croyez-vous pas que les surfaces — bois, pierre, tissu, n'importe quoi — pourraient posséder une sorte de sensibilité physique dont nous ignorons l'existence ? A la manière de la couche qui recouvre les pellicules photographiques ? Ainsi, elles s'imprégneraient d'événements dont elles ont été témoins. Et certaines personnes pourraient avoir un élément dans leur physiologie — leur structure chimique ou électronique, que sais-je ? — qui leur permettrait de détecter ce phénomène.

— Comme si tout le monde ne voyait qu'en noir et blanc et qu'eux seuls savaient distinguer la couleur rouge ?

— C'est à peu près cela.

— Voilà qui réglerait vite fait, bien fait, le problème des revenants.

— Les surfaces ne retiendraient pas uniquement les impressions visuelles, mais aussi les émotions.

— Votre hypothèse vous paraît-elle inquiétante ?

— Plutôt troublante.

— Ma foi...

— Je me demande si on peut l'appliquer à votre Simon.

— Pour l'amour du ciel, s'exclama Grant, ne me parlez pas de ça !

— Pardonnez-moi, fit Sophy, décontenancée par sa violence.

Se levant, il s'éloigna et, le dos tourné, déclara rapidement :

— D'accord, allez, dites-le ! Si toute cette mise en scène me déplaît si fort, pourquoi diable ai-je accepté de m'y prêter ? C'est ce que vous pensez, non ? Allons, je me trompe ?

— Même si c'était le cas, cela ne me regarde pas. Je l'ai déjà dit. Là-haut.

Elle retint son souffle.

— J'ai l'impression que c'était il y a des siècles.

— Nous en avons traversé vingt, après tout. Je regrette d'avoir été aussi désagréable.

— N'en parlons plus, répondit Sophy.

Elle leva les yeux sur la tête brillamment éclairée de Mithra.

— Tout compte fait, il n'est pas tellement effrayant. Plutôt dodu et placide, n'est-ce pas ? Mais ce qui me frappe, c'est la fixité de son regard. Comme si ses yeux avaient des pupilles. A votre avis...

Elle poussa un cri. Le dieu avait disparu. L'obscurité se referma sur eux tel un couvercle de velours noir.

— Ne vous inquiétez pas, dit Grant. Ils font cela pour prévenir les gens qu'ils vont bientôt fermer. Ça va se rallumer dans une seconde.

— Dieu merci. Il fait si... si noir. Comme si on était aveugle.

— « Tout n'est qu'obscurité et désolation » ?

— C'est une citation de *Lear*, n'est-ce pas ? Elle n'est pas franchement rassurante, je trouve.

— Où êtes-vous ?

— Là.

Quelque part dans le dédale des couloirs résonna un vague bruit de voix. Grant saisit le bras de Sophy. Le dieu reparut, contemplant placidement le vide.

— Et voilà, fit Grant. Allez, venez. On va remonter dans la Rome d'aujourd'hui.

— Allons-y.

Ils prirent le chemin du retour, Grant tenant toujours Sophy par le bras.

Ils traversèrent l'insula, puis le cloître où l'on entendait le murmure perpétuel de l'eau. Puis ce furent l'escalier métallique, la seconde basilique, Mercure, Apollon, les marches de pierre conduisant vers la lumière et, enfin, la boutique où tout était clair et parfaitement normal.

Les personnes qui tenaient les stands de cartes postales et d'objets pieux, un moine et deux jeunes, étaient en train de les fermer. Ils jetèrent un regard perçant sur Grant et Sophy.

— Ça y est, leur dit Grant. Nous sommes les derniers.

Ils s'inclinèrent.

— Rien ne presse, ajouta-t-il à l'adresse de Sophy. La basilique elle-même reste ouverte jusqu'au coucher du soleil.

— Où sont les autres, à votre avis ?

— Sans doute dans l'atrium.

Mais le petit jardin était désert, tout comme le reste de la basilique, d'ailleurs. Les derniers retardataires se hâtaient vers la sortie.

— Il a dû les parquer dehors, fit Grant. Tenez... les voilà. Venez.

Les clients de M. Mailer étaient massés, moroses, sous le porche où ils s'étaient retrouvés en arrivant : les Van der Veghel, le major, Lady Braceley, Kenneth, et, un peu à l'écart, Alleyn. Les deux superbes autos stationnaient dans l'allée.

— Où est Mailer ? se demandèrent Alleyn et Grant en chœur l'un à l'autre.

Puis, presque immédiatement :

— Ne l'avez-vous pas vu ?

Mais personne, s'avéra-t-il, n'avait vu M. Mailer.

CHAPITRE 4

La disparition de M. Mailer

I

— Pas depuis qu'il est parti vous chercher, déclara le major Sweet, foudroyant Kenneth du regard. Là, en bas.

— *Me* chercher, répéta Kenneth avec indifférence. Je ne vois pas de quoi vous parlez. Moi, je ne l'ai pas vu.

— Il est allé à votre recherche, dit Alleyn, quand vous êtes revenu sur vos pas pour photographier Apollon.

— Il a dû changer d'avis. La dernière fois que je l'ai vu... c'était... vous savez... c'était juste avant que je retourne auprès d'Apollon.

La voix de Kenneth traînait étrangement. Il laissa échapper un petit rire insensé, ferma les yeux et les rouvrit mollement. A la lumière du jour, Alleyn vit que ses pupilles étaient contractées.

— Il ne vous a pas rejointe, Lady Braceley, dans l'atrium ?

— Si tel est le nom du sinistre petit jardin où notre valeureux major m'a plantée, fit-elle, la réponse est non. M. Mailer ne m'a pas rejointe, ni là ni ailleurs. Je ne sais pas pourquoi, ajouta-t-elle, dardant ses yeux terribles sur Alleyn, mais cela paraît légèrement inconvenant, ne trouvez-vous pas ?

Le major Sweet, cramoisi, répliqua sans conviction qu'il lui avait semblé que Lady Braceley préférait rester seule dans l'atrium.

— Cela dépend, observa-t-elle, de ce qu'on m'aurait proposé à la place.

— J'avoue... commença-t-il avec irritation.

Mais Alleyn l'interrompit.

— Voulez-vous rester là, tout le monde ?

Et, s'adressant à Grant :

— Vous êtes le responsable, n'est-ce pas ? Soyez gentil, veillez à ce que personne ne bouge d'ici, d'accord ?

Sur ce, il disparut à l'intérieur de l'église.

— Nom d'une pipe, il ne se gêne pas, lui, fulmina le major. Nous donner des ordres, bon sang, comme un flic ! Non mais, pour qui se prend-il ?

— A mon avis, fit Grant, nous devrions suivre ses instructions.

— Pourquoi ?

— Parce que, répondit Grant avec un demi-sourire à l'intention de Sophy, il semble posséder la qualité que Kent a reconnue à Lear.

— Qu'est-ce que c'est que ça encore ?

— L'autorité.

— Très juste, opina Sophy.

— Je le trouve magnifique, renchérit Lady Braceley. Tellement exigeant et dominateur !

Un silence long et embarrassé suivit cette remarque.

— Mais que fait-il ? demanda Kenneth soudainement. Où est-il allé ?

— Je vais voir ça, moi, annonça le major.

Mais au moment même où il allait mettre sa menace à exécution, ils virent Alleyn qui revenait rapidement de la basilique. Avant que le major ne passât à l'attaque comme il avait visiblement l'intention de le faire, Alleyn déclara :

— Toutes mes excuses. Je crains de m'être conduit en vrai tyran, mais j'ai voulu retourner dans la boutique pour leur demander s'ils n'avaient pas vu repasser M. Mailer.

— D'accord, d'accord, fit le major. Eh bien ?

— Ils disent que non.

— Ils n'ont peut-être pas fait attention, hasarda Grant.

— C'est possible, mais il se trouve qu'ils le connaissent de vue. Du reste, ils attendaient qu'il sorte. Ils vérifient toujours le nombre de tickets d'entrée dans la partie souterraine pour éviter d'enfermer quelqu'un en bas.

— Mais que fabrique-t-il ? questionna le major. Moi, je trouve ça lamentable de nous laisser moisir ici.

Puis il s'en prit à Grant.

— Écoutez, Grant, vous êtes aussi responsable, non ? Vous faites partie de l'organisation, quoi.

— Absolument pas. Je n'ai rien à voir avec ça. Ni avec lui, ajouta Grant dans un souffle.

— Votre nom figure dans leur littérature, mon vieux.

— Il s'agit d'une fonction purement honorifique.

— Ça doit vous faire de la publicité, j'imagine, dit Kenneth.

— Je n'ai pas besoin... commença Grant, pâlissant. Mais là n'est pas la question, n'est-ce pas ? demanda-t-il à Alleyn.

— En effet. Quelqu'un de la basilique est descendu le chercher. Il y a tout un système d'éclairage au néon destiné à l'entretien, aux fouilles et aux urgences. S'il est là, ils le trouveront.

— Peut-être qu'il a eu un malaise, risqua Sophy.

— C'est vrai, c'est vrai, s'écrièrent les Van der Veghel tel un chœur rudimentaire.

Ils parlaient souvent à l'unisson.

— Il n'a pas l'air bien portant, ajouta la baronne.

— Et il transpire beaucoup, conclut son mari.

Les deux chauffeurs traversèrent la chaussée. Giovanni, celui qui parlait anglais et qui servait d'assistant au guide, invita les uns et les autres à prendre place dans les voitures. Alleyn lui demanda s'ils avaient vu M. Mailer. Les deux hommes penchèrent la tête sur le côté et levèrent les bras au ciel. Non, ils ne l'avaient pas vu.

— Peut-être, fit Lady Braceley d'une voix épuisée, est-il tombé dans cet épouvantable escalier. Pauvre, pauvre M. Mailer. Vous savez, je crois que je vais aller m'asseoir dans la voiture. J'ai du mal à me tenir debout sur mes aiguilles dorées.

Selon son habitude, elle balaya du regard Alleyn, Grant et le baron et monta dans l'auto, prenant le temps de sourire à Giovanni tandis qu'il lui ouvrait la portière. Une fois installée, elle se pencha par la vitre.

— L'offre d'une cigarette, déclara-t-elle, sera accueillie dans l'esprit dans lequel elle aura été faite.

Mais apparemment, seul Kenneth était en mesure de satisfaire à sa demande. Il s'exécuta, rapprochant son visage de celui de sa tante pendant qu'il lui tendait son briquet. Ils échangèrent quelques mots, remuant à peine les lèvres. En cet instant, ils se ressemblaient énormément.

— C'est drôlement louche, cette histoire, marmonna Grant à l'adresse d'Alleyn.

— Assez louche, oui.

— Ils vont le trouver, n'est-ce pas? dit Sophy. Il faut qu'ils le trouvent.

— Vous êtes restés ensemble, après que nous sommes partis?

— Oui, répondirent-ils.
— Et vous êtes remontés ensemble ?
— Évidemment, répliqua Grant. Vous nous avez bien vus. Pourquoi ?
— Vous avez été les derniers à sortir. N'avez-vous rien entendu ? Mailer porte des chaussures assez lourdes. J'ai remarqué qu'elles faisaient pas mal de bruit sur les marches métalliques.
Non, ils n'avaient rien entendu.
— Je pense que je vais y retourner, Grant. Ça vous dit de venir avec moi ?
— Y retourner ? Comment cela... en bas ?
— Si besoin est.
— Je viendrai, fit Grant, jusqu'à la boutique. L'idée de me promener dans ce souterrain à la recherche de Mailer ne me sourit guère. S'il y est, le personnel finira par le retrouver.
— Très bien. Mais ne pensez-vous pas qu'il faut faire quelque chose de tous ces braves gens ?
— Écoutez, rétorqua Grant, courroucé, j'ai déjà dit que je n'assumais aucune responsabilité dans cette galère. Tout comme je ne suis pas responsable de ceux qui y participent...
Sa voix vacilla. Il jeta un coup d'œil sur Sophy.
— A l'exception de Miss Jason, qui est venue toute seule.
— Ne vous occupez pas de moi, lança Sophy sur un ton léger.
Puis, se tournant vers Alleyn :
— Que devrions-nous faire ? Avez-vous une idée ?
— Si vous enchaîniez par le pique-nique sur le mont Palatin ? Les chauffeurs vont vous y conduire. Je suis sûr que Giovanni prendra la relève. Ils sortiront les paniers et déploieront des prodiges de charme : ils sont très doués pour cela. Moi, je vais déterrer Mailer et, si tout va bien, nous vous rejoindrons. Il va faire bon ce soir sur le Palatin.

— Qu'en pensez-vous ? demanda Sophy à Grant.

— Pourquoi pas ? Désolé d'avoir été aussi déplaisant, dit-il à Alleyn. On y retourne ?

— Réflexion faite, je ne vais pas vous déranger. Si ça ne vous ennuie pas, je vous laisse vous arranger avec Giovanni. Même si je ne reparais pas avec Mailer sous le bras, je vous suggère de suivre le programme comme prévu. Le thé en plein air, puis retour à vos hôtels où les voitures viendront vous chercher à neuf heures. Vous, vous êtes à la *Pensione Gallico*, n'est-ce pas ? Pourriez-vous avoir la gentillesse de noter les hôtels des autres ? Voilà que je recommence à donner des ordres. Tant pis.

Il s'inclina devant Sophy et, comme le major Sweet allait fondre sur eux, il l'évita adroitement et retourna dans la basilique.

— Ça, par exemple, fit Grant.

— Peut-être, répondit Sophy. Mais vous le ferez quand même. Puisque vous l'avez dit.

— J'ai dit quoi, Miss Je-sais-tout ?

— Qu'il avait de l'autorité.

II

Lorsque Alleyn rentra dans le vestibule, il découvrit que la boutique n'était pas encore fermée. Une grille métallique munie d'un cadenas impressionnant interdisait l'accès à la partie souterraine. San Tammaso in Pallaria, tout comme sa jumelle, la basilique San Clemente, était placé sous le patronage des dominicains irlandais. Le moine de service — son nom était père Denys — parlait avec un inimitable accent du terroir. Pareil à la plupart des Irlandais en exil, il avait l'air d'en rajouter, comme s'il interprétait son propre rôle dans quelque comédie pseudo-typique. Il accueillit Alleyn comme une vieille connaissance.

— Ah, vous revoilà ! Je n'ai rien de nouveau pour vous. Ce gaillard, Mailer, n'est pas en bas. Nous avons branché toutes les illuminations, de quoi vous éblouir. J'ai tout inspecté avec ces garçons, fit-il, indiquant les deux jeunes vendeurs. Nous avons exploré le moindre recoin. Il n'y a pas à tortiller, il n'est pas là.

— Bizarre, répondit Alleyn. Il est responsable de notre groupe, vous savez. Qu'est-ce qui a pu lui arriver ?

— Pour sûr, c'est une drôle d'histoire. Il a dû filer à toute allure pendant que nous étions occupés, je ne vois que ça. Encore que ce soit difficile à croire, car, comme je l'ai expliqué tout à l'heure, nous procédons à une sorte de pointage depuis qu'une dame scandinave s'est fait enfermer là-dessous il y a cinq ans. Elle s'est époumonée toute la nuit en vain, la malheureuse, et, quand on l'a retrouvée le matin, elle était devenue complètement folle. Il y a autre chose également. Votre groupe a été le dernier à descendre, car les quelques visiteurs individuels sont partis avant votre arrivée. Votre M. Mailer aurait été le dernier à rester : nous n'aurions donc pas pu le manquer.

— Je ne voudrais pas vous contrarier, mon père, et je ne veux surtout pas dire que vous n'avez pas fouillé les lieux avec suffisamment de minutie, mais, si ça ne vous ennuie pas, je...

— Moi, ça ne m'ennuie nullement, mais je ne peux pas l'autoriser. C'est la règle ici, comprenez-vous. Aucun visiteur en bas sous aucun prétexte après la fermeture.

— Je vois. Dans ce cas... y a-t-il un téléphone ici que je puisse utiliser ?

— Absolument. Je vous en prie, par ici. Vous pouvez partir maintenant, dit-il à ses deux aides par-dessus son épaule.

Puis il le répéta en italien.

Ouvrant la porte d'un placard, il désigna l'appareil et alluma la lumière. Une fois la porte fermée, il n'y avait pas beaucoup d'air et d'espace à l'intérieur. Prudemment, Alleyn recula jusqu'à une caisse d'objets pieux ouverte, s'accroupit contre le bord d'une étagère et, ayant fouillé sa mémoire, composa le numéro approprié.

Le *Questore* Valdarno était dans son bureau. Il écouta le récit d'Alleyn avec une animation presque tangible et sans l'interrompre. Lorsque Alleyn eut terminé, Valdarno déclara en anglais :

— Il a couru.

— Couru ?

— Il s'est enfui. Il vous a reconnu et il a filé.

— Ici, ils sont convaincus qu'il n'aurait pas pu passer inaperçu.

— Ah, ah, ah, répondit le *Questore* avec dédain. Qui sont-ils ? Un moine et deux petits jeunes. Face à cet oiseau-là ! Pouah ! Il a décampé plié en deux derrière leur vitrine.

— A propos de cartes postales, il y avait une vieille assez féroce qui en vendait à l'entrée et qui a fait une scène à Mailer.

— Une scène ? Comment ça ?

— Elle l'a abreuvé d'insultes. Ce n'était pas vraiment de l'italien qu'on m'a appris dans le corps diplomatique, mais le ton général était celui de la fureur et de l'invective.

Alleyn entendit presque le *Questore* hausser les épaules.

— Peut-être a-t-il fait quelque chose pour l'ennuyer, suggéra celui-ci de sa voix mélancolique.

— Elle a craché sur lui.

— Ah, soupira le *Questore*. Il l'a exaspérée.

— Sans doute, acquiesça Alleyn faiblement. Elle s'appelle Violetta.

— Pourquoi vous préoccupez-vous de cette femme, cher collègue ?

— Eh bien, d'après ce que j'ai cru comprendre, elle a menacé de le tuer.

— De toute évidence, c'est une virago. Certaines de ces vendeuses de rue ont très mauvais caractère.

— A mon avis, cette altercation l'a grandement troublé. Il n'en a rien laissé paraître, mais il est devenu tout blême.

— Ah.

Il y eut un court silence.

— Elle vend des cartes postales à l'entrée de San Tommaso ?

— Oui. Quelqu'un de notre groupe a cru entrevoir son ombre sur le mur d'un couloir à proximité du mithraeum.

— Ces gens-là ne sont pas autorisés à entrer.

— C'est ce qu'on m'a dit.

— Je vais ordonner une enquête. Je ferai également surveiller les aéroports, les gares routières et ferroviaires. Il y a de fortes chances que Mailer vous ait reconnu et qu'il tente de s'échapper.

— Je vous suis infiniment obligé, *signor Questore*.

— Je vous en prie !

— Mais honnêtement, l'idée qu'il ait pu me reconnaître — nous ne nous étions jamais rencontrés — me paraît peu probable.

— Un de ses agents, en Angleterre peut-être, a pu vous voir et l'avertir. C'est tout à fait possible.

— Oui, répondit Alleyn. C'est possible.

— Nous verrons. Entre-temps, mon cher superintendant, puis-je dire deux mots à ce dominicain ?

— Je vais l'appeler.

— Nous resterons en contact, n'est-ce pas ?

— Naturellement.

— Alors au plaisir de vous revoir, fit tristement le *Questore* Valdarno.

Alleyn retourna dans la boutique et transmit le message.

— Le *Questore* Valdarno, hein ? fit le père Denys. Vous ne m'avez pas dit que c'était une affaire de police, mais ça ne m'étonne guère. J'y vais.

Après s'être entretenu avec le *Questore* dans un italien volubile, il revint, la mine préoccupée.

— C'est une drôle d'histoire, et je n'aime pas du tout la tournure qu'elle est en train de prendre. Il veut envoyer ses gaillards fouiller le souterrain et il va en parler au père supérieur. Je lui ai dit que nous avons tout passé au peigne fin, mais ça n'a pas eu l'air de le convaincre. Il m'a prié de vous dire que votre présence sera la bienvenue. Demain matin, à huit heures tapantes.

— Pas ce soir ?

— Eh, pourquoi ce soir, puisque, s'il est en bas — ce qui n'est pas le cas —, il est enfermé comme une sardine dans une boîte ?

Le père Denys jeta un regard pénétrant sur Alleyn.

— Vous-même, vous n'êtes guère taillé comme un policier. Mais ce ne sont pas mes affaires, bien sûr.

— Ai-je l'air d'un visiteur anodin ? Je l'espère de tout cœur. Dites-moi, savez-vous quelque chose au sujet de la dénommée Violetta, qui vend des cartes postales à l'entrée ?

Le père Denys se frappa le front.

— Mais oui, bien sûr, Violetta ! Une vraie peste, celle-là. Que le Seigneur me pardonne, mais elle n'a pas toute sa tête, l'infortunée créature. Avec toutes ces histoires, elle m'était complètement sortie de l'esprit. Venez dans l'atrium, que je vous raconte. Nous allons fermer ici.

Il verrouilla le vestibule avec grand soin à l'aide d'une énorme clé qu'il avait repêchée dans sa poche. Personne d'autre ne détenait un double de celle-ci, ni de la clé de la grille, déclara-t-il, à l'exception du frère Dominic, chargé d'ouvrir le matin.

Il était six heures, et la basilique était déserte. Toutes les cloches de Rome sonnaient l'Ave Maria, et le père Denys prit quelques instants pour se recueillir. Ensuite, il précéda Alleyn dans l'atrium et s'assit à côté de lui sur un banc de pierre, chauffé par le soleil couchant. C'était un homme sociable qui, manifestement, aimait bavarder.

Violetta, expliqua-t-il, vendait des cartes postales à l'entrée de San Tommaso depuis quelques mois. Elle était sicilienne, d'une origine douteuse, moins vieille que Alleyn ne l'avait supposé et, lors de sa première apparition, elle gardait les traces d'une beauté farouche. Son histoire, qu'elle ressassait en permanence, était que son mari l'avait abandonnée et, ce faisant, l'avait dénoncée à la police.

— Pour quelle raison ? demanda Alleyn.

— Ah, elle ne l'a jamais précisé. Quelque chose à voir avec le passage d'une marchandise illégale. Des objets volés, sûrement, bien qu'elle jure qu'elle n'y a vu que du feu jusqu'au moment où la police a mis la main sur elle. Elle est très incohérente dans ses récits, et les saints eux-mêmes ne sauraient y démêler le vrai du faux.

Toutefois, elle s'était conduite de manière relativement raisonnable, réservant ses éclats aux dominicains et se cantonnant à son territoire pour vendre ses cartes postales. Jusqu'au jour où il l'avait trouvée accroupie dans un coin du porche, sifflant les blasphèmes les plus effroyables et brandissant les poings. Elle écumait littéralement de rage, mais le père Denys la rappela à l'ordre, assez énergiquement, comprit

Alleyn, après quoi elle devint un peu plus intelligible. Sa fureur, s'avéra-t-il, était dirigée contre quelqu'un qui s'était rendu à la sacristie afin d'organiser des visites pour une nouvelle agence de tourisme appelée...

— Ne dites rien, fit Alleyn, comme le père Denys s'interrompait pour ménager son effet. Laissez-moi deviner. Appelée *Il Cicerone*.

— Exact.

— Représentée par M. Sebastian Mailer?

— Exact, une fois de plus, s'écria le père Denys, frappant dans ses mains. Et le mari de cette pauvre créature, ou, s'il ne l'était pas, il aurait dû l'être, que Notre-Seigneur ait pitié de lui.

III

Il était cinq heures passées ce même après-midi ensoleillé quand les deux voitures arrivèrent sur le mont Palatin. L'air sentait la terre chaude, l'herbe, le myrte et la résine. Les ombres qui s'allongeaient étaient ponctuées de taches écarlates de coquelicots, et des légions d'acanthes défilaient le long de la colline. Le bleu du ciel était devenu plus intense entre les colonnes et les arcs brisés, ossature de la Rome antique.

Giovanni, le chauffeur, prenait son rôle de guide très à cœur. Il n'avait pas la moindre idée de ce qui avait pu arriver à M. Mailer, mais il évoqua la possibilité d'un brusque accès de ce mal que les touristes nommaient « ventre romain ». Par sa nature même, leur rappela Giovanni avec tact, il nécessitait une retraite immédiate. Il conduisit son groupe à travers les ruines de la Domus Augustana, puis, par une courte volée de marches, en direction d'une pinède. Il les promena ainsi çà et là, désignant les ruines par leur nom et pointant le bras vers Rome qui s'étendait à leurs pieds.

Sophy regardait, rêvassait, le cœur chaviré de plaisir, et n'écoutait pas vraiment les explications de Giovanni. Elle s'était sentie tout à coup fatiguée et vaguement heureuse. Barnaby Grant marchait à côté d'elle dans un silence complice. Les Van der Veghel se ruaient d'un endroit à l'autre, poussant des cris de contentement, posant mille questions, photographiant tout. Lady Braceley fermait la marche au bras de Kenneth et du major récalcitrant, traînant les pieds et se lamentant faiblement sur la dureté du parcours.

— J'ai un seuil de saturation très bas pour les monuments, remarqua Sophy. Ou plutôt pour les informations sur ces monuments. Je ferme les écoutilles.

— Au moins, répondit Grant gentiment, vous le reconnaissez.

— Cela ne signifie pas que je suis insensible à tout ce qui m'entoure.

— Je n'ai pas dit que vous l'étiez.

— Au contraire. Je suis sans voix. Ou presque, rectifia Sophy. *Visuellement* muette, en quelque sorte.

Il la contempla d'un air amusé.

— Je pense que vous avez faim.

— Et moi, je pense que vous avez raison, opina-t-elle, surprise. Soif, en tout cas.

— Regardez, c'est là que nous allons prendre le thé.

Ils étaient arrivés dans un lieu nommé le Belvédère d'où, par-dessus la pinède, on voyait la monstrueuse splendeur du Colisée. Clochers, toits, jardins, un obélisque, immatériels dans la brume de fin d'après-midi, flottaient dans le lointain et se dissolvaient contre les monts Albains.

Ayant trouvé une place près d'une colonne gisante, Giovanni et son collègue étalèrent les nappes et les couvertures et ouvrirent les paniers.

C'était, comme le dit Sophy, un en-cas raffiné : petits canapés au caviar et au saumon fumé, pâtisseries romaines et napolitaines, fruits et vin blanc frappé. Il y avait aussi, curieusement, du whisky-soda. Et du thé à volonté pour tous ceux qui en voulaient, comme Sophy, thé glacé au citron, très parfumé.

« Nous formons une drôle d'équipe », songea-t-elle avec indulgence. Un léger souffle d'air apporta une senteur plus forte de myrte et d'aiguilles de pin et souleva momentanément ses cheveux. S'apercevant que Grant la regardait fixement, elle déclara à la hâte :

— Nous ne nous préoccupons guère du sort du pauvre M. Mailer, ne trouvez-vous pas ?

Les mains de Grant se crispèrent.

— Sans doute notre ami autoritaire a-t-il dû s'en charger, répliqua-t-il.

Le major Sweet, qui avait mangé d'un bon appétit et réglé leur compte à deux whiskies-sodas, s'était visiblement ramolli.

— Un type étrange, fit-il, paresseusement et sans rancœur. Drôlement bon, ce thé.

— Je crois, dit Lady Braceley, que nous nous débrouillons tous très bien... avec Giovanni.

Et elle décocha à Giovanni une œillade suffisamment appuyée.

— Encore qu'il soit dommage, ajouta-t-elle, que l'autre beau ténébreux nous ait faussé compagnie.

— Quel est exactement le programme de ce soir ? s'enquit Kenneth impatiemment. Les voitures reviennent nous chercher à neuf heures... pour aller où ? Où dînons-nous ?

— A la *Gioconda*, monsieur, répondit Giovanni.
— Bonté gracieuse ! s'exclama le major.
Il y avait de quoi : la *Gioconda* était le restaurant le plus chic et, indubitablement, le plus cher de Rome.
— Ah oui ? fit Lady Braceley. Dans ce cas, je dois me réconcilier avec Marco. La semaine dernière, nous nous sommes disputés pour une histoire de tables. Il a viré un attaché mexicain, ou quelqu'un de cet acabit, pour me donner sa table. Cela a presque provoqué un incident diplomatique. Je lui ai dit que j'avais horreur de ça. Non, mais franchement, il a un peu exagéré !
— Cette fois, ma chère petite tante, dit Kenneth, on vous donnera un menu et une table du fond, juste à côté de l'entrée de service. Ou je ne m'y connais pas en visites organisées.
— Je m'excuse, monsieur, répliqua Giovanni. Pas du tout. Il ne s'agit pas de ce genre d'organisation. Comme pour le reste, le service sera du plus haut niveau. Vous pourrez commander ce qui vous plaira.
— Et après, payer l'addition ? demanda Kenneth brutalement.
— Absolument pas, monsieur. C'est moi qui m'en occuperai.
Il se tourna vers Grant.
— Au moment du départ, monsieur, aurez-vous l'obligeance de m'envoyer le serveur ? Je me charge également du pourboire. Naturellement, si l'un d'entre vous désire...
Il fit un geste éloquent.
— Mais ce ne sera pas nécessaire.
— Ma parole ! s'écria le major. J'avoue que... euh... ça me paraît... euh...
Il semblait avoir un certain mal à rassembler ses idées.
— ... tout à fait convenable, acheva-t-il enfin. Hein !
Les Van der Veghel opinèrent avec empressement.

— Au début, confia le baron à Sophy, ma femme et moi avons trouvé le prix trop élevé — c'en était même ridicule — mais M. Mailer nous a beaucoup impressionnés, et puis...

Il s'inclina gaiement devant Grant.

— ... il y avait cette chance unique de rencontrer l'auteur de *Simon*. Nous avons été totalement conquis ! Et, maintenant, voyez comme tout se passe bien, à condition, évidemment, que rien ne soit arrivé à l'excellent Mailer.

— Ah, mais ! Ah, mais ! Ah, mais ! s'exclama la baronne comme si elle récitait quelque litanie sacrée. Il sera en pleine forme, vous verrez. Il y aura sûrement une explication très simple, et nous en rirons tous ensemble. Il ne faut pas se laisser gâcher le plaisir par ces choses-là. Il ne faut pas.

— Je dois dire, déclara le baron, facétieux, s'adressant à Grant, que j'ai été heureux de faire la connaissance de M. Barnaby Grant non seulement du point de vue esthétique, mais aussi professionnellement parlant. Car je suis moi-même dans l'édition, monsieur Grant. Ah-ha, ah-ha !

— Ah-ha, ah-ha ! confirma la baronne.

— Vraiment ? fit Grant avec un intérêt poli. Vous m'en direz tant !

— Chez Adriaan et Welker. Je dirige le département étranger.

Sophy avait laissé échapper une exclamation, et Grant se tourna vers elle.

— Ceci est votre rayon. Miss Jason travaille chez mon éditeur à Londres, expliqua-t-il aux Van der Veghel.

Tout le monde s'exclama et parla de coïncidence, tandis que Sophy retournait dans son esprit tout ce qu'elle savait au sujet d'Adriaan et Welker. Plus tard, alors que la voiture les emportait loin du Palatin, elle en fit part à Grant.

— Nous avons traduit quelques-uns de leurs livres religieux et pour la jeunesse. C'est une maison essentiellement spécialisée dans la religion, la plus grande d'Europe, je crois. Le ton général est calviniste et, en ce qui concerne les livres d'enfants, insupportablement pontifiant. Le directeur, Welker, est, paraît-il, le gourou d'une secte extrémiste en Hollande. Comme vous pouvez vous imaginer, ils ne publient pas beaucoup de romans contemporains.

— On voit mal les fringants Van der Veghel dans une ambiance pareille.

— Oh, je ne sais pas, répondit Sophy distraitement. A mon avis, ils n'ont pas eu énormément de peine à s'adapter.

— Regardez-moi cette enfant blasée! observa Grant en secouant la tête.

Sophy rosit et se tut.

Ils étaient dans la seconde voiture, avec le major Sweet qui dormait à poings fermés. Les quatre autres étaient prestement montés avec Giovanni. Prétextant le mal des transports, Lady Braceley s'était installée sur le siège avant.

La monstrueuse cohue du trafic romain avait déjà envahi les rues dans une cacophonie de klaxons et de crissements de freins. Les conducteurs se hurlaient des insultes, ôtant les deux mains du volant et les joignant dans une prière sarcastique devant les énormités perpétrées par leurs semblables. Les piétons se jetaient dans le maelström avec des gestes théâtraux à l'adresse des automobilistes. Sur les terrasses des cafés, les Romains lisaient le journal, se faisaient la cour, se disputaient bruyamment, ou bien, les bras croisés, contemplaient le paysage avec un détachement majestueux. Le major Sweet oscillait sur les coussins, la bouche ouverte, et, par moments, ronflait. Une fois, il se réveilla pour déclarer que ce qu'il leur fallait ici, c'était un « bobby » britannique.

— Il ne tiendrait pas trois minutes là-dedans, répondit Grant.

— Foutaises, lâcha le major en se rendormant.

Il rouvrit les yeux lors d'un brusque arrêt et ajouta :

— Je suis terriblement navré, je ne sais pas ce qui m'arrive.

Sur ce, il sombra définitivement dans le sommeil.

A sa surprise, Grant apprit que Sophy était descendue elle aussi à la *Pensione Gallico*. Lui-même y avait déménagé la veille et n'avait pas encore eu l'occasion d'y dîner. Il lui demanda s'il pouvait lui offrir un verre aux *Tre Scalini* sur la Navona.

— On viendra nous chercher là-bas.

— Très bonne idée. Je vous remercie.

— A huit heures et demie, alors?

Il réussit à le faire comprendre au chauffeur.

Le major fut débarqué à son hôtel, et Sophy et Grant au *Gallico*.

La chambre de Grant était une véritable étuve. Il prit un bain, s'allongea pendant une heure dans le plus simple appareil et dans un état d'agitation extrême, puis s'habilla. Une fois prêt, il s'assit sur son lit, la tête entre les mains. Si seulement c'était la fin ! Si seulement tout cela pouvait cesser... *maintenant!* Et la citation surgit, inévitable : *« Ici, la fin des fins, ici sur ce banc et écueil du temps... »*

Il songea à Sophy Jason, assise sur le mont Palatin, la brise du soir jouant dans ses cheveux, l'air à la fois ravi et déconcerté. Une fille distante, une fille reposante qui ne disait pas de bêtises, pensa-t-il. Puis il se demanda si, au fond, le mot « reposante » lui convenait vraiment. Se penchant par la fenêtre, il se perdit dans la contemplation des façades, des toits et des coupoles lointaines.

L'horloge sonna huit coups. Une calèche passa en brinquebalant sur les pavés, suivie d'un essaim de motos et de voitures. Dans la chambre d'en face montèrent des voix animées, et, quelque part dans la maison, un ténor amateur poussa la chansonnette. Plus loin, au deuxième étage de la *Pensione Gallico*, une fenêtre s'ouvrit à la volée, et Sophy, vêtue de blanc, jeta un œil dehors.

Il la regarda s'accouder au rebord de la fenêtre, les mains pendantes, et humer l'air du soir. Comme il était étrange d'observer quelqu'un sans qu'il s'en rendît compte ! Elle tendit le cou pour voir le bout de la rue où l'on apercevait à peine le jet irisé d'une fontaine de la Navona. Il l'observait avec un sentiment de plaisir et de culpabilité. Puis il dit :

— Bonsoir.

Elle se figea un instant avant de se retourner lentement.

— Vous êtes là depuis longtemps ?

— Quelques secondes. Je vois que vous êtes prête. On y va ?

— Si vous voulez. Allons-y.

Il faisait plus frais dehors. Quand ils débouchèrent sur la Navona, le simple clapotis de l'eau semblait déjà rafraîchir l'atmosphère. La belle *piazza* scintillait ; les lumières dansaient dans les cascades, étincelaient sur les réverbères et illuminaient le café *Tre Scalini*.

— Il y a une table vide, dit Grant. Sautons dessus, vite.

Leur table était située tout au bord du trottoir. Ils ne voyaient pas grand-chose de la Navona, mais Sophy ne s'en souciait guère. Elle préférait être là, serrée, bousculée, légèrement hébétée, tombée sans doute dans quelque parfait piège à touristes, plutôt que d'approcher Rome avec une discrétion savante, un goût et une réserve de bon aloi, ce qui du reste ne lui correspondait guère.

— C'est de la magie, fit-elle, rayonnante. De la magie pure. J'ai presque envie de la boire.

— Qu'à cela ne tienne, répondit Grant.

Et il commanda des cocktails au champagne.

Au début, ils n'eurent pas grand-chose à se dire, mais cette constatation ne les troubla nullement. Grant laissa échapper une ou deux remarques à propos de la Navona.

— C'était un cirque dans l'Antiquité. Imaginez tous ces jeunes gens nus vaquant à leurs occupations à la lueur des torches ou bien lançant le disque en pleine chaleur.

Puis, après un nouveau silence :

— Savez-vous que les personnages de la fontaine centrale incarnent les quatre grands fleuves ? C'est le Bernin qui les a conçus ; il a probablement sculpté le cheval lui-même, d'après nature.

Et, un peu plus tard :

— Cette énorme église a été construite sur l'emplacement d'un bordel. La pauvre sainte Agnès a été déshabillée ici, mais, dans un accès de pudeur spontanée, il lui a poussé aussitôt une chevelure magnifique, qui l'a dissimulée tout entière.

— Elle a dû être la sainte patronne de Lady Godiva[1].

— Et des librettistes de *Hair*.

— En effet.

Sophy avala une gorgée de son cocktail.

— On ferait mieux de se demander ce qui a bien pu arriver à M. Mailer.

Grant ne broncha pas, mais sa main gauche se crispa légèrement sur le bord de son verre.

1. Femme d'un comte de Chester au XIe siècle, elle a traversé la ville de Coventry entièrement nue, drapée seulement dans ses cheveux longs, pour plaider la cause des habitants écrasés d'impôts. *(N.d.T.)*

— Ne trouvez-vous pas ? s'enquit-elle, l'air vague.

— Personnellement, je n'en ressens pas l'obligation.

— A vrai dire, moi non plus. En fait, je pense qu'on est beaucoup mieux sans lui. Ça ne vous ennuie pas trop que j'en parle en ces termes-là ?

— Non, rétorqua Grant pesamment. Ça ne m'ennuie pas. Tenez, voici la voiture.

IV

De retour dans son élégant hôtel, à six heures dix, Alleyn trouva un message le priant de rappeler le *Questore* Valdarno. Il le fit et, avec une nonchalance qui dissimulait mal sa satisfaction, le *Questore* lui apprit que ses hommes avaient déjà dépisté la dénommée Violetta jusqu'au bouge qui lui servait de tanière. Elle-même n'était pas là, mais ses voisins savaient tout de ses déboires avec Sebastian Mailer. Certains la prenaient pour son ex-maîtresse, d'autres pour sa femme ou son obscure associée. Il l'avait odieusement trahie, disait-on, et elle passait son temps à le maudire. Violetta n'était guère appréciée des dames de sa rue : elle était hargneuse, vindicative et désagréable avec les enfants. On lui reprochait également d'empiéter sur les plates-bandes des mendiants du quartier. Apparemment, Mailer, dans sa verte jeunesse, avait abandonné Violetta en Sicile.

— Où, mon cher superintendant, déclara le *Questore*, elle aurait très bien pu lui servir d'agent dans le trafic d'héroïne. Nous savons tous que Palerme est une plaque tournante.

— Effectivement.

— Tout le monde a reconnu qu'elle était un peu folle.

— Ah !

Pendant quelque temps, reprit le *Questore*, Mailer avait réussi à éviter Violetta, mais, ayant su qu'il était d'abord à Naples, puis à Rome, elle l'avait poursuivi pour, finalement, établir ses quartiers sur le parvis de San Tommaso.

— J'ai parlé à ce dominicain irlandais, dit le *Questore*. Il est absurde d'affirmer que personne n'aurait pu échapper à leur vigilance pour sortir du souterrain ou bien y pénétrer. C'est ridicule. Ils vendent leurs cartes et leurs rosaires, comptent leur monnaie, passent dans leur réserve, dorment, discutent, disent leurs prières. Un homme comme Mailer n'aurait eu aucune peine à leur filer sous le nez.

— Et une femme comme Violetta ?

— Ah-ah ! Vous pensez à l'ombre sur le mur ? Pour ma part, je suis sûr qu'elle *aurait pu* tromper la vigilance de ces messieurs, mais je doute qu'elle l'ait fait. Si c'était le cas, cher collègue, où était-elle quand ils ont fouillé les lieux ? Cela, ils l'ont certainement accompli avec minutie : ils en sont parfaitement capables, et l'éclairage fonctionne très bien. Ils connaissent le terrain. Ils l'explorent depuis un siècle déjà. Non, non, je suis persuadé que Mailer vous a reconnu et, compte tenu de votre brillant et impressionnant passé, il a pris peur et s'est enfui.

— Hm, fit Alleyn, je ne suis pas certain d'avoir frappé de terreur ce vilain oiseau. J'ai eu l'impression que, d'une manière assez absconse, Mailer se comportait avec arrogance. Pour ne pas dire qu'il pavoisait !

— *Scusi ?* Absconse ?

— Obscure. Mais peu importe. D'après vous donc, pendant que nous tâtonnions dans ce monde souterrain, il a été frappé comme par une révélation et a pris la fuite. Dans l'instant qui a suivi ?

— On verra, on verra. Le filet se resserre. Le port, les aéroports, les *stazioni*.

Alleyn s'empressa de le féliciter de son efficacité.

— Nous allons tout de même examiner les lieux. Demain matin. Il ne relève certes pas de mes fonctions de superviser personnellement ce genre d'opérations. Normalement, si l'affaire est considérée comme suffisamment grave, mes subalternes s'adressent à quelqu'un de mon entourage immédiat.

— Croyez-moi, *signor Questore*...

— Mais en l'occurrence, alors que tant de choses sont en jeu, qui pourraient avoir des répercussions internationales, et surtout lorsqu'un collègue aussi éminent nous fait l'honneur... *ecco* !

Alleyn ponctua sa tirade d'interjections appropriées, se demandant jusqu'à quel point Valdarno le prenait pour un enquiquineur.

— Demain donc, résuma le *Questore*. Je laisserai mon bureau pour me rendre sur le terrain avec mes collaborateurs. Vous allez vous joindre à nous, n'est-ce pas ?

— Merci. Avec plaisir.

Après avoir échangé les compliments de routine, ils raccrochèrent.

Alleyn prit un bain, s'habilla et écrivit une lettre à sa femme.

« ... comme tu le vois, les affaires prennent une tournure bizarre. J'étais censé aborder Mailer sur la pointe des pieds afin de découvrir quelle position au juste il occupait dans cette histoire d'héroïne, et si, par son intermédiaire, je pouvais avoir des tuyaux sur ses patrons. Ma tactique initiale était l'approche indirecte, l'allusion, l'offre voilée, la conclusion d'une alliance et, pour finir, je lui mettais le nez dans les preuves accablantes et le prenais ainsi la main dans le sac. Et voilà qu'il disparaît, l'infâme, me laissant avec un ramassis d'individus dont certains pourraient bien être ses pigeons. Examine — si tu ne dors pas déjà du sommeil du juste, ma chérie — examine la situation.

« Pour lancer cette affaire du *Cicerone*, Mailer a dû avoir accès à des fonds considérables. On n'obtient pas ces choses-là à crédit. Les voitures, les chauffeurs, la nourriture, et, par-dessus tout, cet incroyable accord conclu avec le restaurant de la *Gioconda*, qui semble considérer les dîners de groupe, aussi chic soient-ils, comme une diva considérerait de sa loge une cargaison de paysans venus du fin fond de la campagne. Il se trouve que nous allons dîner *à la carte*[1] aux meilleures tables et boire de l'or distillé, s'ils en ont dans leurs caves. Et c'est Mailer qui paie le tout. Je sais, nous l'avons réglé rubis sur l'ongle, mais c'est une autre histoire.

« Puis il y a toute la bande. La bande dont chaque membre a déboursé cinquante tickets pour le plaisir d'entendre Barnaby Grant lire, très mal et avec une aversion manifeste, un extrait de son propre best-seller. Ensuite, au programme des réjouissances, il y a une promenade dans un site ancien ouvert au public, suivie d'un thé ou que sais-je sur le mont Palatin, le dîner à la *Gioconda*, qui leur aurait coûté vingt livres par tête de pipe, s'ils y étaient allés par leurs propres moyens, et d'autres distractions que la brochure se garde pudiquement d'expliciter. Il s'agit sans doute d'un spectacle de nus très sélect, au champagne, et pour finir, d'une haschisch-party. Ou pire.

« Bien. Prenons maintenant Lady B. Elle roule sur l'or. L'un de ses maris était un millionnaire italien, et elle doit toucher une pension alimentaire à Rome. De toute évidence, elle peut se permettre une sortie de ce genre. Elle est riche, dissolue, assez affreuse à voir et

1. En français dans le texte. *(N.d.T.)*

totalement absorbée par la *dolce vita*. C'est elle qui a dû payer pour l'inénarrable Kenneth, qui m'a tout l'air d'être un toxico et qui, de ce fait, pourrait peut-être nous introduire dans le champ des activités de Mailer. D'après ce que j'ai cru comprendre, la jeune Sophy Jason, qui est absolument charmante, avait décidé sur un coup de tête de claquer cinquante tickets du fonds mis à sa disposition par une relation d'affaires.

« Les Van der Veghel, ce couple de bouffons, m'intéressent énormément, comme ils t'auraient sûrement intéressée, toi. " Bouffons " n'est pas le mot exact. Tous deux, nous sommes attirés par tout ce qui est étrusque, pas vrai ? Tu te souviens ? Cette tête d'homme barbu et couronné de feuillages, au *Museo Barraco* ? Sa bouche souriante, rappelant, maintenant que j'y repense, un oiseau en plein vol, et cette fine moustache qui souligne et accentue la courbure des lèvres. Et ses yeux grands ouverts. Quel visage amusant, avons-nous pensé, mais n'était-il pas en même temps terriblement cruel ? Je t'assure, c'est le portrait tout craché du baron Van der Veghel. Mais aussi souviens-toi de ce couple tendre et épanoui d'un sarcophage de la Villa Giulia : n'est-ce pas la plénitude de l'amour absolu ? Rappelle-toi la main protectrice de l'homme. L'extraordinaire ressemblance conjugale, un soupçon de lourdeur dans les épaules, une sensation de plénitude. La réplique, je te le promets, des Van der Veghel. Ils sont peut-être hollandais d'origine, mais que le diable m'emporte s'ils ne sont pas étrusques par ascendance. Ou par tempérament. Ou par autre chose.

« L'effet général des Van der V. est cependant comique. L'anglais qu'on massacre, tout comme le français chancelant du reste, prête toujours à rire. Souviens-toi de cette nouvelle de Maupassant dont l'héroïne, une jeune Anglaise, perdait de son intérêt à mesure que son français s'améliorait. Les lapsus de la baronne, comme dirait l'immonde Kenneth, sont souvent rigolos.

« Leur présence dans ce décor est la plus facile à expliquer. Tous deux sont des touristes avides et implacables, et leurs réserves d'enthousiasme sont inépuisables. J'ignore si tel est le cas de leurs finances.

« Le major Sweet, maintenant. Voyons, pourquoi le major Sweet a-t-il craché cinquante tickets pour une expédition de ce genre ? A première vue, il a l'air d'une caricature, d'une pièce de musée : on dirait un officier de l'armée des Indes qui, il y a une trentaine d'années, aimait la grosse rigolade et hurlait à tout propos : " Sacrebleu ! " Moi, je le trouve peu convaincant. Il est irascible, à mon avis très porté sur la bouteille, ainsi que sur la bagatelle. Comme la jeune Sophy l'a constaté à ses dépens dans le sous-sol mithriaque. Il est violemment, agressivement et obscurément antireligieux. Quelle que soit la religion. Il les met toutes dans le même sac, vire au rouge violacé et, tirant ses impénétrables arguments des sacrements, chrétiens ou païens, affirme qu'elles sont toutes fondées sur le cannibalisme. Mais alors, pourquoi a-t-il payé une fortune pour explorer deux couches de christianisme et des fondations mithriaques ? Juste pour pouvoir blasphémer à sa guise ?

« Barnaby Grant, enfin. A mon sens, l'énigme principale de l'histoire. Sans détour, je dirais, tout à fait sérieusement, que je ne vois absolument pas pourquoi il a accepté ce qui, visiblement, lui est un supplice abominable, à moins que Mailer n'ait exercé un autre genre de pression sur lui. Le chantage. Cela pourrait très bien être une activité annexe de Mailer, qui compléterait joliment le trafic de stupéfiants.

« Et, pour la *bonne bouche*[1], nous avons cette vieille

1. En français dans le texte. *(N.d.T.)*

ruine, Violetta. Si seulement tu l'avais vue avec ses " *Cartoline! Carta postales!* " et son visage de harpie sous son fichu noir! Le *Questore* Valdarno a beau hausser les épaules en parlant des vendeuses de cartes postales qui ont mauvais caractère : celle-ci, je le jure, est habitée par une furie. Quant à Sophy Jason qui a cru voir l'ombre de Violetta sur le mur derrière le sarcophage, moi, je lui donnerais raison. Je l'ai vue également. Elle était déformée, mais il y avait bien le plateau, le châle et une épaule plus haute que l'autre. C'est clair comme la nuit, ou alors je m'appelle Van der Veghel.

« Je donne aussi raison à Valdarno quand il affirme que Mailer aurait pu filer sous le nez du père Denys et de ses garçons. Il y a plein d'endroits par où passer inaperçu.

« Mais, sans justifier d'aucune façon mon assertion, je ne pense pas qu'il l'ait fait.

« Par ailleurs, Violetta aurait pu, de la même manière, se glisser à l'intérieur, et je pense qu'elle l'a fait. Mais est-elle ressortie?

« Ceci est une autre affaire.

« Il est maintenant huit heures et quart, et la soirée est très chaude. Je vais quitter ma chambre cinq étoiles pour descendre au bar cinq étoiles, où j'espère faire copain-copain avec Lady B. et son neveu. De là, on nous conduira à la *Gioconda* où l'on nous servira peut-être des cailles farcies arrosées d'or liquide. Aux frais de Mailer? Eh bien... théoriquement.

« La suite du feuilleton mystère demain. Que Dieu te garde, mon cher amour, ma... »

CHAPITRE 5

La soirée

I

Ils avaient dîné dans le jardin à la lueur des chandelles. Tout en bas, entre les feuillages, on voyait étinceler Rome. On eût dit une maquette dressée sur du velours noir et si ingénieusement éclairée que ses grandioses monuments brillaient tels des joyaux dans leurs châsses. La nuit, le Colisée est illuminé de l'intérieur : à cette distance-là, ce n'était plus une ruine ; il semblait si vivant que, d'un instant à l'autre, on s'attendait à voir la populace se déverser par ses innombrables portes, imprégnée des effluves du cirque. C'était beau à couper le souffle.

Non loin de leur table, il y avait une fontaine, transportée de la vieille ville à une époque reculée. En son centre se prélassait Neptune ; lisse, nu et voluptueux, il jouait paresseusement avec les longues boucles de sa barbe. Il était entouré de Tritons et de toutes sortes de monstres. Ils crachaient des jets d'eau dans des bassins qui se déversaient les uns dans les autres, formant des rideaux de gouttelettes. L'odeur de l'eau, de la terre et des plantes se mêlait à celle du cigare, du café, des parfums et aux relents d'alcool.

— Comment est-ce ? demanda Sophy à Grant. Toute cette splendeur ? Je n'ai jamais lu Ouida, et vous ? De toute façon, ça n'a rien à voir avec la Belle Époque.

— Et Fellini ?

— Hum... peut-être. Mais pas *La Dolce Vita*. Je ne trouve pas vraiment que ça sent la corruption sociale. Et vous ?

Grant ne répondit pas, et elle regarda Alleyn par-dessus la table.

— Et vous ? le questionna-t-elle.

Le regard d'Alleyn tomba sur le bras de Lady Braceley, gisant sur la table comme si on l'avait oublié là. Rubis, émeraudes et diamants ornaient ce membre flasque ; les veines saillaient sur le dos de sa main ; ses bagues avaient glissé d'un côté, et ses griffes — en avait-elle de fausses ? apparemment, oui — laissaient des petites marques sur la nappe.

— Est-ce que vous flairez la société décadente ? insista Sophy.

Puis, se rappelant la présence de Lady Braceley et peut-être de Kenneth, elle s'empourpra.

Sophy avait le genre de teint qu'auraient chanté les poètes du début du XVIIe siècle : une roseur qui montait et se répandait délicatement sous sa peau. Ses yeux brillaient à la lumière des chandelles ; ses cheveux étaient auréolés d'un halo. Elle était fraîche comme une rose.

— Pour le moment, répondit Alleyn en lui souriant, non.

— Parfait ! dit Sophy.

Elle se tourna vers Grant.

— Je n'ai donc pas à me repentir de prendre du bon temps.

— Cela vous plaît donc tant ? Je vois que oui. Mais pourquoi devriez-vous vous repentir ?

— Oh, je ne sais pas... un relent de puritanisme peut-être. Grand-papa Jason était quaker.

— Lui arrive-t-il souvent de refaire surface ?

— Pas du tout, mais j'ai cru le voir resurgir à l'instant. « Vanité des vanités », vous savez, et aussi a-t-on le droit de s'offrir une soirée aussi somptueuse, alors que le monde est ce qu'il est.

— Autrement dit, vous auriez dû dépenser cet argent à faire le bien ?

— Oui. Ou ne pas le dépenser du tout. Grand-papa Jason était également banquier.

— Envoyez-le paître. Vous avez fait des montagnes de bien.

— Moi ? Comment ? C'est impossible.

— Vous avez transformé une soirée qui s'annonçait épouvantable en...

Grant s'arrêta net et, après une pause, se pencha vers elle.

— D'accord, d'accord, répliqua Sophy à la hâte. Ne vous dérangez pas. Cette conversation est stupide.

— ... en quelque chose de presque supportable, acheva Grant.

En face d'eux, Alleyn pensait : « Elle est sans doute parfaitement capable de se débrouiller par ses propres moyens, mais je ne l'aurais pas crue du genre à jeter son argent par la fenêtre. Au contraire. J'espère que Grant n'est pas un prédateur. Dans son univers, il fait figure de dieu, un dieu romantique et ravagé, pardessus le marché. Juste ce qu'il faut dans un décor tel que Rome. Il doit avoir vingt ans de plus qu'elle. Voilà qu'il la fait rougir à nouveau. »

Le major Sweet qui présidait la tablée commanda un second cognac, mais personne d'autre ne l'imita. Les bouteilles de champagne avaient été remises la tête en bas dans les seaux à glace ; les tasses de café avaient été enlevées. Giovanni parut, parla au serveur et s'éloigna avec lui, probablement pour régler l'addition. Marco, le maître d'hôtel, passa majestueusement devant eux et, une nouvelle fois, s'inclina, souriant et murmurant, au-dessus de Lady Braceley. Elle fouilla dans son réticule doré et, lorsqu'il lui baisa la main, laissa quelque chose dans la sienne. Il se livra à la même manœuvre, subtilement modulée, avec la baronne, salua gaiement Sophy et, après avoir tiré sa révérence à l'adresse de toute la tablée, repartit en ondulant imperceptiblement des hanches.

— Il est mignon, hein ? dit Kenneth à sa tante.

— Mon chéri, tu as une façon de parler ! N'est-ce pas qu'il est effroyable, major ?

Elle se tourna vers le bout de la table où le major Sweet, la mine congestionnée, contemplait Sophy pardessus son verre de cognac.

— Comment ? fit-il. Ah oui. Répugnant.

Kenneth éclata d'un rire aigu.

— Quand levons-nous le camp ? s'enquit-il à la cantonade. Où allons-nous maintenant ?

— Maintenant, nous sommes gais, s'écria la baronne. Maintenant, nous allons danser et jouer les noctambules. Au *Cosmo*, n'est-ce pas ?

— Ah-ha, ah-ha, au *Cosmo* ! fit le baron.

Ils gratifièrent leurs compagnons d'un sourire radieux.

— Dans ce cas, annonça Lady Braceley, prenant son sac et ses gants, moi, je vais à la *ritirata*.

Le serveur surgit en un éclair pour draper sa fourrure sur ses épaules.

— Moi aussi, moi aussi, déclara la baronne.

Sophy les suivit.

Le major termina son cognac.

— Au *Cosmo*, hein ? On continue sur la lancée, quoi. Eh bien, il faudrait se remuer, je suppose...

— Rien ne presse, dit Kenneth. Le meilleur temps

que ma tante ait fait à la *ritirata* est de dix-neuf minutes, et encore, parce qu'elle avait un avion à prendre.

Le baron s'absorba dans un conciliabule avec le major et Grant au sujet du pourboire. Leur serveur se tenait à l'entrée du restaurant. Alleyn se leva et s'approcha de lui.

— C'était excellent, fit-il, le gratifiant d'un pourboire suffisamment important pour appuyer ce qui allait suivre. Je me demande si je pourrais dire deux mots au *signor* Marco. J'ai une introduction personnelle pour lui. La voici.

C'était la carte de Valdarno avec un message approprié. Le serveur y jeta un rapide coup d'œil, un autre sur Alleyn et répondit qu'il allait voir si le grand homme était dans son bureau.

— Je pense qu'il y est, l'assura Alleyn joyeusement. Après vous.

Le serveur le précéda au trot dans un plus petit vestibule, où il le pria d'attendre. Il frappa discrètement à une porte avec la plaque « *Il direttore* », murmura quelque chose à l'élégant jeune homme qui lui ouvrit et lui tendit la carte. Le jeune homme disparut un court instant et revint avec un sourire engageant et l'invitation d'entrer. Le serveur s'éclipsa.

Le bureau de Marco était petit mais luxueux. Lui-même s'avança vers Alleyn, l'air cérémonieux, avec une cordialité réservée.

— Re-bonsoir, monsieur...

Il regarda la carte.

— ... monsieur Alleyn. J'espère que vous avez dîné agréablement.

Son anglais était impeccable. Alleyn décida, quant à lui, d'oublier son italien.

— C'était exquis, répliqua-t-il. Une soirée merveilleuse. Le *Questore* Valdarno m'a parlé de votre génie : il ne s'était pas trompé.

— J'en suis heureux.

— Je crois me souvenir de vous il y a quelques années, à Londres, *signore*. A la *Primavera*.

— Ah ! Toute ma jeunesse. Puis-je quelque chose pour vous, monsieur Alleyn ? Les amis du *Questore* Valdarno...

Alleyn prit une rapide décision.

— En effet. Vous êtes trop aimable. Sachez, *signore*, que je suis un collègue du *Questore* et que je ne suis pas à Rome uniquement pour mon plaisir. Permettez-moi...

Il sortit sa propre carte professionnelle. Marco la prit dans ses doigts soigneusement manucurés : pendant cinq secondes, il demeura parfaitement immobile.

— Ah oui, dit-il enfin. Bien sûr. J'aurais dû m'en souvenir. J'étais encore à Londres ; il y a eu une *cause célèbre*[1]... Votre brillante carrière... Et puis... votre frère... n'a-t-il pas été ambassadeur à Rome, il y a un certain temps ?

Alleyn avait pour habitude de ne jamais s'attarder sur le sujet quand on lui parlait de son frère George. S'inclinant, il dit :

— L'affaire est quelque peu délicate, en vérité.

Il avait l'impression de s'exprimer comme dans un roman policier du début du siècle, ou alors directement depuis le 221 B, Baker Street[2].

— Croyez-moi, si j'avais pu l'éviter, je ne serais pas venu vous importuner. Il se trouve que le *Questore* Valdarno et moi sommes dans l'embarras. Nous avons appris qu'un personnage peu recommandable, dont l'identité était jusque-là inconnue, vivait à Rome. Il a noué des relations avec les gens des milieux les plus prestigieux, qui seraient atterrés de savoir qui il est en

1. En français dans le texte. *(N.d.T.)*
2. Domicile de Sherlock Holmes. *(N.d.T.)*

réalité. Comme vous le seriez indubitablement vous-même.

— Moi ? Vous voulez dire que... ?

— Il s'agit d'un de vos clients. Nous avons jugé bon de vous avertir.

Si, pour un Italien, Marco avait un teint plutôt florissant, ce ne fut plus le cas. Il était devenu si livide que, par contraste, son menton impeccablement rasé parut violacé. Alleyn entendit un bruissement derrière lui et, se retournant, vit le beau jeune homme qui l'avait fait entrer. Assis à une table, il feuilletait bruyamment des papiers.

— Je ne m'étais pas aperçu...

— Mon secrétaire, expliqua Marco. Il ne parle pas anglais.

Et il ajouta en italien :

— Vous devriez nous laisser, Alfredo.

Puis, à Alleyn, toujours en italien :

— Ce serait mieux, n'est-ce pas ?

Alleyn le regarda d'un air interrogateur.

— Désolé, fit-il avec un geste d'impuissance.

— Ah, vous ne parlez pas notre langue ?

— Hélas, non.

— Des ennuis, *padrone* ? demanda rapidement le jeune homme en italien. Est-ce... ?

Mais Marco l'interrompit.

— Ce n'est rien. Tu m'as entendu. Laisse-nous.

— Je n'en ai pas pour longtemps, déclara Alleyn après son départ. L'homme en question se nomme Sebastian Mailer.

Il y eut une brève pause.

— Ah oui ? dit Marco. Vous êtes sûr de ce que vous avancez, je suppose.

— Suffisamment en tout cas pour vous en parler. Naturellement, vous pouvez le vérifier auprès du *Questore* lui-même. Mais soyez certain qu'il vous répétera exactement la même chose.

Marco s'inclina avec un air contrit.

— Bien sûr, bien sûr. Vous m'avez abasourdi, monsieur Alleyn, mais je vous remercie infiniment de m'avoir prévenu. Je veillerai à ce que M. Mailer ne remette plus les pieds à la *Gioconda*.

— Pardonnez-moi, mais n'est-il pas inhabituel pour la *Gioconda* d'étendre son hospitalité à un groupe de touristes ?

— Recevoir un groupe de touristes normal — en voyage organisé — serait hors de question, répondit Marco rapidement et sans hésiter. Un menu, un *fiasco* de vin et des petits drapeaux sur la table... vous pensez bien ! Mais cette formule est entièrement différente. Les convives passent leur commande individuellement, à la carte, comme dans un dîner normal. Le fait que le *conto* soit réglé par l'hôte — même si c'est un hôte professionnel — n'a pas grande importance. Quand ce Mailer m'a contacté, j'avoue que son offre ne m'a pas séduit d'emblée. Mais il m'a montré sa liste... une liste d'une distinction extrême. Rien que Lady Braceley... l'une de nos clientes les plus chic. Et M. Barnaby Grant... une personnalité très distinguée.

— Quand Mailer vous a-t-il contacté pour la première fois ?

— Il y a... une semaine, je crois.

— Ce soir, c'était donc le premier de ses dîners ?

— Et le dernier, je vous assure, si vous m'avez dit la vérité.

— Vous avez remarqué, j'imagine, qu'il n'était pas là ?

— Avec une certaine surprise. Mais son assistant, Giovanni Vecchi, jouit d'une excellente réputation de guide. Il nous a informés que son employeur était souffrant. Dois-je comprendre... ?

— Souffrant peut-être, mais, en tout cas, il a disparu.

— *Disparu ?*

La couleur revint lentement et de façon inégale aux joues de Marco.

— Vous voulez dire... ?

— Précisément ce que j'ai dit. Il s'est volatilisé.

— C'est très étrange. Entendez-vous par là qu'il a...

Les lèvres pleines de Marco formèrent silencieusement un ou deux mots avant de choisir le bon :

— ... pris la fuite ?

— Telle est l'hypothèse du *Questore*.

— Mais pas la vôtre ? demanda-t-il aussitôt.

— Je n'en ai pas. Bien, je ne voudrais pas vous monopoliser davantage. Si jamais — cela me semble peu probable — si jamais M. Mailer refait son apparition ici...

Marco poussa une exclamation et esquissa une légère grimace.

— ... le *Questore* Valdarno et moi-même vous saurions gré de ne pas mentionner cette conversation devant lui. Vous n'aurez qu'à appeler le... mais le numéro est marqué sur la carte du *Questore*, je pense.

— Le *Questore*, répliqua Marco précipitamment, comprendra, j'en suis sûr, qu'un scandale ici, au restaurant...

Il leva les bras au ciel.

— ... serait inconcevable, acheva Alleyn. Rassurez-vous, ce sera accompli avec tact et entièrement en coulisse.

Il lui tendit la main. Celle de Marco était moite et glacée.

— Mais vous-même, insista-t-il, vous pensez qu'il ne reviendra pas, n'est-ce pas ?

— Telle est mon opinion, acquiesça Alleyn. Pas de son propre gré, en tout cas. Au revoir.

En sortant, il s'arrêta à la cabine téléphonique et

appela le *Questore*. Celui-ci lui apprit que l'enquête suivait son cours, mais qu'il n'y avait rien de neuf. On avait retrouvé l'appartement de Mailer. D'après le concierge, Mailer l'avait quitté vers quinze heures et n'était pas rentré depuis. La police avait brièvement inspecté l'appartement, qui semblait être en ordre.

— Pas de traces d'un départ subit ?

— Aucune. Néanmoins, je suis convaincu que...

— *Signor Questore*, puis-je vous demander une nouvelle faveur, en plus de toutes celles, nombreuses, que vous m'avez déjà accordées ? Je ne connais pas bien votre règlement interne, mais j'ai l'impression qu'il est moins strict que le nôtre. Serait-il possible de placer un homme chez Mailer, tout de suite ? Qu'il réponde au téléphone et note soigneusement tous les appels, localisant éventuellement leur provenance. A mon avis, Marco de la *Gioconda* doit tenter de le joindre en ce moment même, et il essayera encore et encore.

— *Marco !* Ah bon ? Mais... oui, bien sûr. Mais...

— Je lui ai parlé. Il a été discret, mais en apprenant la disparition de Mailer, il a réagi de manière intéressante.

— Comment ça ? A-t-il été consterné ?

— Consterné... oui. Pas tant par la disparition de Mailer, je crois, que par la perspective de son retour. Cette idée, à moins que je ne me trompe complètement, le terrorise.

— Je vais m'en occuper sur-le-champ, dit le *Questore*.

— Si Mailer n'est toujours pas revenu demain, me permettrez-vous de jeter un coup d'œil sur son logement ?

— Mais certainement. Je préviendrai mes hommes.

— Vous êtes trop aimable, répondit Alleyn.

Lorsqu'il retourna au vestibule de la *Gioconda*, il y

trouva tous ses compagnons à l'exception de Lady Braceley. Giovanni, remarqua-t-il, se concertait en aparté avec les hommes. Il s'entretint d'abord avec Kenneth, qui prit un air de connivence tout en jetant des coups d'œil furtifs autour de lui. Ensuite, il aborda le major qui l'écouta avec avidité, tout en affichant une indifférence démentie par le petit sourire qui jouait aux coins de sa bouche. Puis Giovanni parut envoyer un message muet au baron Van der Veghel, qui les rejoignit. Lui aussi l'écouta attentivement, son sourire étrusque se dessinant clairement sur ses lèvres. Il parla peu et finit par retourner auprès de sa femme. Passant un bras sous le sien, il se baissa vers elle. Elle le regarda, la tête penchée. Il prit le bout de son nez entre ses doigts et, espiègle, tira doucement. Elle sourit et lui tapota la joue. Il porta sa main à sa bouche. Jamais, pensa Alleyn, il n'avait vu un témoignage aussi explicite d'amour charnel. Le baron secoua légèrement la tête à l'adresse de Giovanni qui s'inclina avec grâce et regarda Grant, plongé dans une conversation avec Sophy. Grant dit aussitôt, haussant la voix :

— Non, merci.

Et Giovanni s'approcha d'Alleyn.

— *Signore*, déclara-t-il, nous allons nous rendre au *Cosmo*, un night-club très sélect, où les uns et les autres resteront aussi longtemps qu'ils le souhaitent. Éventuellement jusqu'à deux heures, heure de la fermeture. Là s'arrête notre programme. Néanmoins, le *signor* Mailer a prévu une autre sortie, pour tous ceux qui seraient curieux de mieux connaître la vie nocturne de Rome. Il s'agit d'un endroit où l'on peut boire un verre, fumer... Les gens sont très sympathiques. Des garçons et des filles, tous charmants. La discrétion est absolue. Les voitures seront gracieusement mises à la disposition de ceux qui désirent y aller, mais le droit d'entrée n'est pas compris.

— Combien ? s'enquit Alleyn.
— Quinze mille lires, *signore*.
— Très bien, dit Alleyn. C'est d'accord.
— Vous ne serez pas déçu.
— Parfait.

Lady Braceley pénétra dans le vestibule.

— Me voici ! s'écria-t-elle. Ronde comme un petit pois et prête à faire la nouba. Qu'on amène les danseuses !

Kenneth et Giovanni s'avancèrent vers elle. Kenneth la prit par la taille et lui dit quelque chose à voix basse.

— Évidemment ! répliqua-t-elle tout haut. Quelle question, chéri ! Ce sera avec grand plaisir.

Elle rapprocha son visage de celui de Giovanni et ouvrit grands les yeux. Il s'inclina et lui lança un regard si révérencieux, et en même temps si subtilement impertinent, que Alleyn se sentit partagé entre l'envie de l'assommer et le besoin de dire à Lady Braceley ce qu'il pensait d'elle. Il vit que Sophy Jason la considérait avec horreur.

— Allons-y, messieurs dames, lança Giovanni. Au *Cosmo*.

II

Le *Cosmo* offrait à ses clients un spectacle fastueux. A peine furent-ils assis qu'on leur apporta des bouteilles de champagne. Peu de temps après, les musiciens de l'orchestre quittèrent leur estrade et se dirigèrent séparément vers les premières tables. Les bassistes et les violoncellistes posèrent leurs instruments directement sur les tables et se mirent à pincer les cordes. Les violonistes et les saxophonistes s'approchèrent le plus possible. Le percussionniste tint ses cymbales en suspens au-dessus de la tête du major Sweet, qui s'était ratatiné sur son siège. Huit créatures nues et parées de fruits tropicaux envahirent l'espace. On annonça la « Lumière Noire », et elles furent métamorphosées en négresses. Le tintamarre était assourdissant.

— Alors, demanda Grant à Sophy, on tient toujours grand-papa Jason en respect ?

— Je ne suis pas vraiment sûre qu'il ne va pas repointer le bout de son nez.

Le vacarme était si fort qu'ils étaient obligés de se hurler dans les oreilles. Lady Braceley remuait les épaules en cadence avec le saxophoniste qui se tenait près de sa table et la lorgnait tout en jouant.

— Elle a l'air d'être chez elle ici comme à la *Gioconda*, observa Grant.

— Là, c'est un peu dur, je trouve.

— Si vous préférez partir, dites-le. Nous pourrions nous éclipser, vous savez. Ou bien voulez-vous voir le reste du spectacle ?

Sophy secoua vaguement la tête. Elle essayait de remettre de l'ordre dans ses réactions. Jamais elle n'avait ressenti une animosité aussi vive vis-à-vis de quelqu'un, suivie, sans raison apparente, d'un sentiment de complicité tout aussi profond. Tout d'abord, ils s'étaient empoignés comme des chiffonniers, et, un quart d'heure plus tard, voilà qu'ils s'étaient mis à causer dans le temple de Mithra non seulement comme s'ils se connaissaient, mais comme s'ils se comprenaient depuis des années. « Moi et Barnaby Grant », songea Sophy. Bizarre ! C'eût été renversant si elle avait pu attribuer tout cela au violent antagonisme qui précède parfois une attirance physique non moins violente, mais ce n'était pas le cas. De toute évidence, ils n'éprouvaient pas la nécessité de tomber dans les bras l'un de l'autre.

— Si nous restons, disait Grant, je vais vous emporter dans mes bras.

Sophy demeura sans voix devant cette curieuse distorsion de ses pensées.

— Pour une cachucha, un fandango ou un boléro, précisa-t-il. D'un autre côté... Vous pourriez m'écouter, ajouta-t-il, exaspéré. Je m'use à vous faire une cour effrénée.

— Formidable, rétorqua Sophy. Je suis tout ouïe.

Le vacarme cessa ; l'orchestre regagna l'estrade ; les négresses redevinrent roses et se retirèrent. Un ténor suave leur succéda et, le sanglot dans la voix, chanta « Santa Lucia » et d'autres morceaux célèbres. Lui aussi déambula au milieu du public. Lady Braceley lui donna un brin de verdure choisi parmi la décoration de sa table.

Il fut suivi par le clou du spectacle : une chanteuse noire, très réputée, de soul music. Elle était belle et troublante ; quand elle se mit à chanter, un silence absolu envahit le *Cosmo*. Une de ses chansons parlait de désespoir, de douleur et de déchéance. Elle en fit une sorte de réquisitoire. Sophy eut l'impression que son auditoire se désintégrait devant cette attaque ; elle trouva étrange que Lady Braceley et Kenneth pussent apprécier la chanson et se joindre aussi volontiers aux applaudissements.

Lorsqu'elle sortit, Grant observa :

— Remarquable, n'est-ce pas ?

Alleyn, qui l'avait entendu, répondit :

— Extraordinaire. Le public moderne n'est-il vraiment satisfait que quand on scie la branche sur laquelle il est assis ?

— Il en a toujours été ainsi, non ? fit Grant. Nous aimons bien qu'on nous rappelle qu'il y a quelque chose de pourri au royaume de Danemark. Cela nous redonne de l'importance.

Le programme s'acheva avec un groupe très chic, après quoi, les lumières baissèrent, et l'orchestre enchaîna imperceptiblement sur la musique de danse.

— Venez, dit Grant à Sophy. Que ça vous plaise ou non.

Ils dansèrent, sans se dire grand-chose, mais avec plaisir.

Giovanni reparut, et Lady Braceley dansa avec lui. Ils firent des choses compliquées avec beaucoup de virtuosité.

Les Van der Veghel, étroitement enlacés, un demi-sourire aux lèvres, tournoyèrent à l'extrémité la moins éclairée de la piste.

Le major Sweet, qui avait voulu, tardivement, tenter sa chance auprès de Sophy, retomba sur sa chaise et, tout en buvant du champagne, s'entretint sombrement avec Alleyn. Il était de ces buveurs invétérés, décida Alleyn, qui, loin d'être frais, gardent néanmoins l'esprit clair pendant un temps considérable.

— Charmante petite fille, déclara le major. Douce. Naturelle. Mais qui a du chien. Vous avez vu : elle vous regarde droit dans les yeux, pan !

— Allez-vous à cet autre endroit ? demanda Alleyn.

— Et vous-même ? répliqua le major. Il faut ce qu'il faut. Pas de noms, ajouta-t-il obscurément, pas d'exercices qui me soient connus. Les choses étant ce qu'elles sont.

— Moi, j'y vais, oui.

— Votre main, dit le major, tendant la sienne.

Mais sa main rencontra la bouteille de champagne, et il en profita pour remplir son verre. Puis il se pencha par-dessus la table.

— J'ai vu des choses curieuses dans ma vie, confessa-t-il. Des vertes et des pas mûres : c'est ça, l'expérience. Vous êtes un homme large d'esprit. Pas un mot aux dames : ce qu'elles n'ont pas vu, elles ne le regretteront pas. Quel âge me donnez-vous, hein? Allez, dites-le.

— Soixante?

— Plus dix. J'ai fait mon temps, mais tout ça, ce sont des foutaises. On se verra plus tard dans la soirée, vieux.

Il fixa Alleyn d'un œil torve.

— Au fait, elle y va, *elle*?

— Qui?

— La vieille Brassière.

— Je crois que oui.

— Nom d'une pipe!

— Ce n'est pas donné, observa Alleyn. Quinze mille lires.

— J'espère que ça les vaut. Sachez, vieux, que normalement jamais je ne me serais embarqué dans une affaire pareille. Mais voilà. J'ai joué. Tapis vert. Monte-Carlo. Et... pfuitt!

Il fit un moulinet avec ses bras.

— Un gros gain?

— Pfuitt!

— Magnifique.

Voilà qui expliquait le major, pensa Alleyn. Mais fallait-il s'y fier?

— Curieux, cette histoire avec Mailer, ne trouvez-vous pas? s'enquit-il.

— Pfuitt! fit le major comme s'il n'avait que ce mot-là à la bouche. Drôle de conduite. Plutôt inconvenante, si vous voulez mon avis. Mais passons.

Il sombra quelques instants dans un silence boudeur, avant de s'écrier si fort que les gens aux tables voisines se retournèrent sur lui :

— Sacré bon débarras, pardonnez-moi l'expression!

Comme il ne semblait pas enclin à poursuivre la conversation, Alleyn rejoignit Kenneth Dorne.

Après le départ de la chanteuse noire, Kenneth était retombé dans ce qui ressemblait à de l'apathie chronique, entrecoupée de signes d'agitation. Il ne voulut pas danser, mais resta assis à tripoter les manchettes de sa chemise, jetant des coups d'œil vers l'entrée comme s'il s'attendait à voir arriver quelqu'un. Il gratifia Alleyn d'un regard scrutateur.

— Vous avez l'air splendide, déclara-t-il. Qu'en dites-vous, vous trouvez ça gai ?

— Tout au moins intéressant. Je n'ai guère l'habitude de ce genre de choses. C'est une expérience.

— Ah ! fit Kenneth impatiemment. Ça !

Il remua les pieds.

— Vous avez été fantastique. La façon dont vous avez pris les affaires en main après la disparition de Seb. Dites... croyez-vous qu'il a... enfin... qu'en pensez-vous, au juste ?

— Je ne sais pas, répondit Alleyn. C'est la première fois que je vois cet homme. Mais vous, vous avez l'air de bien le connaître.

— Moi ?

— Vous l'appelez Seb, non ?

— Oh, vous savez. Je le fais comme ça.

— Il vous a rendu des services, peut-être.

— Comment ça ? fit Kenneth en le dévisageant.

— A Rome. J'espérais... mais je peux me tromper, bien sûr.

Alleyn s'interrompit.

— Allez-vous dans cette autre boîte ? demanda-t-il.

— Évidemment. J'ai hâte d'y être déjà.

— Ah oui ? dit Alleyn.

Et, espérant employer le bon terme et la bonne intonation, il questionna :

— Pensez-vous qu'il y aura une « partie » ?

Du bout du doigt, Kenneth écarta une mèche de cheveux de son front.

— Une partie de quoi ? fit-il prudemment.

— De... de... me suis-je fourvoyé ? Je ne suis pas encore dans le coup, vous savez. Mais je voudrais « expérimenter ». Vous me comprenez, n'est-ce pas ?

A présent, Kenneth l'étudiait ouvertement.

— Vous avez l'air superbe, évidemment. Ici, j'entends. Mais...

Il frotta la table avec son index.

— Trop clean. Disons-le, mon chou. Trop clean.

— Je suis navré, déclara Alleyn. Je comptais sur M. Mailer pour m'initier.

— Ne vous inquiétez donc pas. Toni est formidable.

— Toni ?

— Là où nous allons. A la *Bicoque à Toni*. C'est la plus chouette. Vous avez de l'herbe, des trucs plus forts, tout. Remarquez, il ne s'embête pas, lui. Il y aura un méga-trip.

— Un... ?

— Un genre de happening. Psychédélique.

— Un spectacle ?

— Si vous voulez... mais très spécial. Toujours à la page. Il y a des gens qui viennent juste pour se marrer et qui repartent. Mais si ça vous fait planer, ce qui est le but de l'opération, alors vous enchaînez sur la came.

— Visiblement, vous y êtes déjà allé.

— Pour ne rien vous cacher, c'est Seb qui nous y a emmenés.

— Nous ?

— Ma tante est venue également. Elle adore les expériences. Elle est fantastique... sérieusement. Je le pense.

Avec un effort considérable, Alleyn remarqua négligemment :

— Est-ce Seb qui vous a... branché là-dessus ?

— Exact. A Pérouse. Je songe, dit Kenneth, à sauter le pas.

— Pour... ?

— De l'herbe au grand jeu. En fait, j'ai déjà essayé. Mais enfin, je ne suis pas accro. C'était juste pour rigoler.

Alleyn contempla ce visage qui, récemment encore, avait dû être attirant. Les policiers se gardent bien de lire la personnalité de quelqu'un sur ses traits, tout comme ils évitent de trahir leurs propres pensées, mais il lui vint à l'esprit que si Kenneth avait un teint moins repoussant et qu'il fermait la bouche au lieu de la laisser bâiller dans un rictus flasque, il ne serait pas désagréable à regarder, loin de là. Peut-être, même à ce stade, était-il moins dissolu que son comportement ne le laissait entendre. En tout cas, se dit Alleyn, quoi qu'il pût arriver à M. Sebastian Mailer, ce n'était qu'une fraction infime de tout ce qu'il méritait.

Kenneth rompit le silence.

— Dites donc, c'est idiot, bien sûr, mais ne serait-ce pas tordant si, après toutes ces histoires de Seb et de la *Bicoque à Toni*, vous étiez l'Autre ?

— L'Autre ?

— Mais oui. Un flic en civil.

— En ai-je l'air ?

— Certainement pas. Vous êtes sublime. Mais après tout, c'est peut-être ça, l'astuce. Encore que vous ne puissiez pas m'épingler tant que nous ne sommes pas en territoire britannique. Pas vrai ?

— Je n'en sais rien, moi, répondit Alleyn. Demandez-le à un policier.

Kenneth laissa échapper un petit rire creux.

— Vous me tuez, sérieusement.

Puis, après une nouvelle pause :

— Et que faites-vous, si ce n'est pas trop indiscret ?

— A votre avis ?

— Je ne sais pas. Quelque chose de terriblement important et confidentiel. Comme la diplomatie. Ou bien cela a-t-il disparu avec le Grand Chambellan ?

— Pourquoi, le Grand Chambellan a-t-il disparu ?

— Il a reparu, alors. Il doit toujours trotter dans les couloirs du palais avec une clé sur son derrière.

Une pensée alarmante sembla traverser l'esprit de Kenneth.

— Oh, mon Dieu ! fit-il faiblement. Ne me dites pas que vous êtes le Grand Chambellan.

— Je ne suis pas le Grand Chambellan.

— Ç'aurait été ma veine.

L'orchestre fit une pause. Barnaby Grant et Sophy Jason regagnèrent leur table. Giovanni escorta galamment Lady Braceley jusqu'à la sienne, où le major était assis en transe. Les Van der Veghel les rejoignirent, main dans la main.

Le second chauffeur, expliqua Giovanni, allait raccompagner Sophy, les Van der Veghel et Grant à leurs hôtels quand ils le désireraient, tandis que lui-même allait se charger des autres membres du groupe.

Alleyn remarqua que pas une seule fois Giovanni n'avait nommé la *Bicoque à Toni* et qu'il n'avait pas annoncé ouvertement et à tout le monde cette sortie supplémentaire. Il n'y avait eu que des échanges furtifs avec les hommes. Et, par l'intermédiaire de Kenneth, avec Lady Braceley.

Les Van der Veghel déclarèrent qu'ils voulaient danser encore un peu avant de rentrer. Sophy et Grant acquiescèrent et, quand l'orchestre se remit à jouer, retournèrent sur la piste. Alleyn se retrouva seul avec les Van der Veghel qui sirotaient paisiblement leur champagne.

— Je ne suis pas très doué, madame la baronne, dit-il, mais peut-être accepterez-vous de prendre ce risque ?

— Bien sûr.

Elle-même, comme beaucoup de femmes de son gabarit, se révéla excellente danseuse, légère et sûre d'elle.

— Mais vous dansez bien, déclara-t-elle quelques instants plus tard. Pourquoi ne le dites-vous pas ? Toujours cette fameuse pudeur britannique dont on nous parle tant ?

— Il est difficile de cafouiller avec une telle cavalière.

— Ah-ha, ah-ha, un compliment ! De mieux en mieux !

— Vous n'allez pas à cet autre endroit ?

— Non. Mon mari pense que ce ne serait pas convenable. Le style de cette proposition ne lui a pas vraiment plu. C'est plus pour les hommes, dit-il. Et moi, je le taquine, disant qu'il est un grand naïf et que moi, je suis plus sophistiquée.

— Mais il demeure inflexible ?

— Il demeure inflexible. Et vous, y allez-vous ?

— J'ai donné mon accord, mais là, vous m'inquiétez.

— Non ! s'écria la baronne avec une gaieté de commande. Je ne vous crois pas. Vous êtes quelqu'un d'assuré. De sophistiqué. Je m'en suis bien aperçue.

— Changez donc d'avis. Venez veiller sur moi.

Cela provoqua l'hilarité de la baronne. Tout en évoluant avec brio, elle laissa cascader son rire, mais, comme il insistait, elle adopta soudain un air grave. D'une voix profonde, elle expliqua que, bien que Alleyn ne le croie certainement pas, le baron et elle professaient des opinions plutôt puritaines. Tous deux, dit-elle, étaient de souche luthérienne. Ainsi, par exemple, la vie nocturne de Rome, telle qu'elle était dépeinte dans les films italiens, ne les enthousiasmait guère. Alleyn avait-il entendu parler de la maison d'édition Adriaan et Welker? Sinon, elle devait lui préciser qu'ils veillaient avant tout au respect de la morale et qu'en tant que leur représentant à l'étranger, le baron souscrivait entièrement à ce principe.

— Dans nos livres, tout est propre, sain et honnête, déclara-t-elle, développant ce thème d'hygiène littéraire avec beaucoup de conviction.

Ce n'était pas une pose, pensa Alleyn, mais un état d'esprit. La baronne Van der Veghel (tout comme son mari, sûrement) était une véritable piétiste. Jetant un coup d'œil oblique sur ce sourire étrusque, il se dit qu'elle devait posséder ce calme impitoyable qui va souvent de pair avec le puritanisme.

— Mon mari et moi, reprit-elle, sommes totalement d'accord sur... je crois que vous appelez ça la société « permissive », n'est-ce pas? Sur tous les plans, ajouta-t-elle avec une effronterie pesante, nous sommes en harmonie absolue. Nous sommes sûrs de nous. Nous sommes heureux ensemble, et toujours du même avis. Comme des jumeaux, non?

Et elle rit à nouveau.

Tout dans sa façon de danser, sa complaisance, ses brusques accès d'exaltation, confirmait ses dires singuliers. C'était une femme comblée, pensa Alleyn, une femme physiquement satisfaite. Moralement et intellectuellement aussi, semblait-il. Elle tourna la tête vers la table de son mari. Ils échangèrent un sourire et un petit signe de la main.

— Est-ce votre premier séjour à Rome? demanda Alleyn.

Quand deux partenaires s'accordent dans leur manière de danser, aussi différents soient-ils à d'autres égards, il se crée entre eux une sorte de communion physique. Alleyn perçut aussitôt un léger mouvement de recul chez la baronne; elle répondit néanmoins que son mari et elle avaient déjà visité l'Italie, et notamment Rome, à plusieurs occasions. Les occupations professionnelles de son mari le conduisaient souvent ici et, quand les circonstances le permettaient, elle l'accompagnait.

— Mais cette fois, c'est pour le plaisir ?

Elle acquiesça.

— Vous aussi ?

— Tout à fait, répondit-il, lui faisant accomplir un tour supplémentaire. Avez-vous déjà effectué des visites guidées avec *Il Cicerone* lors de vos voyages précédents ?

Nouveau — et incontestable — mouvement de recul.

— Je crois que c'est tout récent. Tout neuf et très, très amusant.

— Ne trouvez-vous pas bizarre qu'aucun de nous ne se soucie particulièrement de l'absence de notre cicérone ?

Il la sentit hausser ses épaules massives.

— Oui, c'est étrange. On espère tous qu'il va bien. Que peut-on faire d'autre ? La visite guidée a été parfaite.

Ils passèrent devant leur table.

— Bravo, bravo ! cria le baron, frappant dans ses énormes mains pour les complimenter.

Lady Braceley, s'arrachant à la contemplation de Giovanni, leur lança un coup d'œil hagard. Le major dormait.

— Nous pensons, dit la baronne en reprenant leur conversation, qu'il a eu des ennuis avec cette vendeuse de cartes postales. La Violetta.

— En tout cas, elle lui a fait une scène.

— Apparemment, elle était descendue aussi.

— Vous l'avez vue ?

— Non. Miss Jason a aperçu son ombre. M. Mailer n'était pas heureux quand elle l'a dit. Il a fait fi de ses impressions, mais il n'était pas heureux.

— C'est vrai qu'elle est effrayante, cette créature.

— Terrible. Tant de haine qu'on montre ouvertement, c'est terrible. Toute haine, ajouta la baronne, réagissant prestement au changement de pas, est très terrible.

— Le moine chargé de la surveillance a fait fouiller les lieux. On n'a retrouvé ni Mailer, ni Violetta.

— Ah ! le moine.

Il était impossible de déchiffrer quoi que ce soit à travers cette remarque de la baronne.

— Peut-être. Oui. C'est possible.

— Vous a-t-on déjà dit, demanda Alleyn, combien vous étiez étrusque ?

— Moi ? Je suis hollandaise. Mon mari et moi sommes néerlandais.

— Excusez-moi, je songeais à l'apparence. Vous ressemblez de manière saisissante au couple sur ce beau sarcophage à la Villa Giulia.

— Mon mari vient d'une très vieille famille néerlandaise, annonça-t-elle, non pas en guise de rebuffade, mais, visiblement, comme un simple constat.

Alleyn décida qu'il pouvait très bien poursuivre la conversation de son côté.

— Vous ne m'en voudrez certainement pas de cette comparaison, car ils sont absolument magnifiques. Ils ont cette ressemblance conjugale qui témoigne justement d'une entente parfaite.

Elle ne fit aucun commentaire, mais se contenta de remarquer :

— Nous avons un vague lien de parenté. En fait, nous descendons, par le côté maternel, des Wittelsbach. Je me prénomme Mathilde Jacobea, d'après la très célèbre comtesse. Mais ce que vous dites là est tout de même étrange. Mon mari pense que notre famille a ses racines en Étrurie. Nous voilà peut-être revenus au bercail, ajouta-t-elle, espiègle. Il a l'intention d'écrire un livre sur ce sujet.

— Comme c'est intéressant, répondit Alleyn poliment, se lançant dans une pirouette extrêmement compliquée.

Il dut constater, non sans irritation, qu'elle le suivait avec une aisance totale.

— Oui, décréta-t-elle, confirmant son propre verdict, vous dansez bien. C'était très agréable. Si nous revenions à notre place ?

Ils retournèrent vers son époux, qui lui baisa la main et la contempla, la tête penchée sur le côté. Grant et Sophy les rejoignirent. Giovanni leur demanda s'ils désiraient rentrer et, comme ils étaient prêts, fit venir l'autre chauffeur.

Alleyn les regarda partir, puis, avec la résignation familière à tous les policiers en service, s'apprêta à se rendre à la *Bicoque à Toni*.

III

Le mot « bicoque », découvrit-il, ne faisait pas partie du nom officiel. L'établissement s'appelait tout simplement *Chez Toni*, mais ce n'était pas écrit sur la façade. Ils entrèrent par une grille en fer forgé, ouverte par un portier après des pourparlers à voix basse avec Giovanni. Ensuite, ils traversèrent une cour pavée et montèrent cinq étages en ascenseur. Giovanni avait collecté les quinze mille lires auprès de chaque membre de l'expédition. Il remit la somme à quelqu'un qui les observait par un judas. Une autre porte s'ouvrit de l'intérieur. On les introduisit dans une salle où il faisait noir comme dans un four, et on les installa sur des banquettes de velours qui longeaient le mur.

Il était impossible de définir combien de personnes s'y trouvaient déjà, mais partout on voyait rougeoyer des bouts de cigarettes, et la salle était remplie de fumée. Apparemment, on n'attendait plus qu'eux. Quelqu'un, armé d'une petite lampe de poche bleue, les aida à prendre place. Alleyn réussit à s'asseoir près de la porte. Une voix murmura :

— Un joint, *signore* ?

La lampe illumina un paquet contenant une seule cigarette. Alleyn prit la cigarette. De temps à autre, des murmures fusaient, entrecoupés de rires.

Le spectacle fut annoncé par Toni lui-même, qui tenait une torche sous son visage. C'était un homme soigné qui semblait être vêtu de satin à fleurs. Il parla en italien, puis dans un anglais hésitant. La représentation, dit-il, s'appelait « Plaisirs particuliers ».

Une lumière mauve inonda le centre de la salle, et le spectacle commença.

Dans son travail, Alleyn n'avait pas à émettre de commentaires personnels, mais plus tard, en rédigeant son rapport, il qualifia les « Plaisirs particuliers » de Toni d'« ignobles ». Et, puisqu'une description plus explicite n'était pas utile, il n'en donna pas.

Les interprètes étaient en pleine action quand, à tâtons, il trouva la poignée de la porte derrière un rideau de velours. Il se glissa dehors.

Le portier qui les avait fait entrer était dans le vestibule. C'était un colosse à la mine patibulaire, affalé dans un fauteuil en travers de l'entrée. La vue d'Alleyn ne parut pas le surprendre. Il fallait croire que les estomacs rebelles n'étaient pas chose rare chez Toni.

— Vous désirez partir, *signore* ? demanda-t-il en italien, désignant la porte. Vous, aller ? ajouta-t-il dans un anglais petit nègre.

— Non, répondit Alleyn en italien. Non, merci. Je cherche le *signor* Mailer.

Il contempla ses mains qui tremblaient et les enfouit dans ses poches.

L'homme posa les pieds par terre, gratifia Alleyn d'un regard appuyé et se leva.

— Il n'est pas là.

Alleyn retira sa main de la poche de son pantalon et regarda distraitement le billet de cinquante mille lires qu'il tenait entre ses doigts. Le portier se racla la gorge.

— Le *signor* Mailer n'est pas là ce soir, dit-il. Je regrette.

— C'est fort dommage, répliqua Alleyn. Je suis très surpris. Nous avions rendez-vous. Je m'étais assuré ses services. Vous comprenez ?

Il bâilla et sortit son mouchoir.

Le portier l'observa quelques instants.

— Peut-être a-t-il été retenu. Je peux en parler au *signor* Toni de votre part, *signore*. Je peux vous arranger ça.

— Le *signor* Mailer ne va probablement pas tarder. Je crois que je vais l'attendre un peu.

Il bâilla à nouveau.

— C'est inutile. Je peux tout arranger.

— Vous ne savez même pas...

— Vous n'avez qu'à parler, *signore*. Tout ce que vous voudrez !

Le portier devint explicite. Alleyn feignit l'agitation et le mécontentement.

— Tout cela est bien joli, mais je veux voir le *padrone*. J'avais rendez-vous.

Il attendit que l'homme rectifiât le terme « *padrone* », mais celui-ci n'en fit rien. Enjôleur, il se mit à murmurer des paroles d'apaisement. Il voyait bien, disait-il, que Alleyn était contrarié. De quoi avait-il besoin ? Étaient-ce H. et C. ? Et le matériel ? Il pouvait tout lui fournir sur-le-champ, ainsi qu'un endroit confortable et isolé. Ou bien préférait-il profiter de tous ces agréments chez lui ?

Alleyn comprit après une ou deux minutes que l'homme travaillait pour son propre compte et qu'il n'avait aucune intention de s'adresser à Toni pour l'héroïne et la cocaïne qu'il lui offrait. Peut-être volait-il dans la réserve. Lui-même continua à manifester tous les symptômes du « manque ». Le billet de cinquante mille lires tremblait entre ses doigts ; il avait du mal à garder la bouche fermée ; il se frottait le nez et s'épongeait le front et le cou. Il fit mine de se méfier du portier. Comment savoir si sa marchandise était de bonne qualité ? Celle de M. Mailer était la meilleure : pure, sans mélange. Ne l'importait-il pas directement du Moyen-Orient ? Comment savoir... ?

Le portier répliqua aussitôt qu'il lui donnerait de la drogue provenant du stock de M. Mailer. Ce dernier était effectivement une figure importante dans le « commerce ». Il commençait à s'impatienter.

— Dans un moment, *signore*, il sera trop tard. Le spectacle va se terminer. Il est vrai que les clients vont passer à d'autres divertissements. Pour être franc, *signore*, ils ne bénéficieront pas du service que je puis vous garantir.

Alleyn finit par consentir. L'homme pénétra dans un réduit qui devait lui servir de bureau. Alleyn entendit une clé tourner. Un tiroir se referma. Le portier revint avec un paquet scellé, enveloppé de papier glacé bleu. Le prix était exorbitant : trente pour cent au-dessus des cours du marché noir britannique. Alleyn paya et déclara avec agitation qu'il voulait partir sur-le-champ. L'homme ouvrit la porte, l'escorta dans l'ascenseur et le raccompagna dehors.

Une voiture était garée dans le passage. Au volant, l'assistant de Giovanni dormait à poings fermés. Alleyn en conclut que Giovanni devait être occupé ailleurs.

Il alla jusqu'au premier carrefour pour voir le nom de la rue principale — Via Aldo — et repérer ainsi les lieux. Ensuite, il revint vers la voiture et réveilla le conducteur qui le ramena à son hôtel. Il persista dans ses symptômes de manque pour le bénéfice du chauffeur, mit un temps fou à trouver l'argent et, finalement, lui donna un pourboire royal d'une main tremblante.

Après la *Bicoque à Toni*, il eut l'impression de se retrouver dans le Tyrol autrichien tant la quiétude de l'hôtel, son luxe discret, le murmure de ses fontaines et son hall désert lui parurent sains. Il monta dans sa chambre, prit un bain et, pendant quelques minutes, contempla Rome de son petit balcon. A l'est, le ciel commençait à s'éclaircir. Dans les églises, posées tel un lourd couvercle sur le monde souterrain de l'antiquité, on allumerait bientôt les cierges pour le premier office de la journée. Peut-être le frère lai de San Tommaso in Pallaria était-il déjà réveillé et s'apprêtait à sortir dans la rue déserte en faisant claquer ses sandales, la clé du souterrain dans son habit.

Alleyn enferma la cigarette et le paquet de cocaïne et d'héroïne dans sa mallette et, s'enjoignant de se réveiller à sept heures, alla se coucher.

IV

Bien plus tôt dans la nuit, Barnaby Grant et Sophy Jason avaient eux aussi regardé Rome du toit de la *Pensione Gallico*.

— Il n'est pas très tard, dit Grant. Si on allait sur la terrasse ? Voulez-vous boire quelque chose ?

— Plus d'alcool, je vous remercie, répondit Sophy.

— J'ai des oranges. Nous pourrions les presser et ajouter de l'eau fraîche. Allez chercher votre verre à dents.

La terrasse embaumait la giroflée, la terre humide et la fougère. Ils se confectionnèrent leur jus d'orange, se désignèrent les silhouettes des monuments se détachant sur le ciel et parlèrent très doucement car il y avait des chambres qui donnaient sur la terrasse.

— J'aurais bien aimé avoir l'une d'elles, fit Sophy.

— Moi, j'en ai eu une, la dernière fois que je suis venu ici. Celle-là, avec les portes-fenêtres.

— C'est formidable.

— Je... peut-être.

— Vous ne vous y plaisiez pas ?

— Quelque chose d'assez aberrant est arrivé à ce moment-là.

Si Sophy avait demandé « Quoi ? » ou manifesté de la curiosité tout court, Grant s'en serait sans doute tiré avec une ou deux phrases nébuleuses. Mais elle ne dit rien. Elle regardait Rome en sirotant son jus d'orange.

— Vous possédez le don virgilien, Sophy.

— Qui est ?

— Le silence gracieux.

Elle ne répondit pas, et soudain, il s'entendit lui raconter l'orage sur la Piazza Colonna et la perte de son manuscrit. Elle l'écouta, horrifiée, un doigt sur les lèvres.

— *Simon*, marmonna-t-elle. Vous avez perdu *Simon* !

Puis :

— Mais manifestement, vous l'avez retrouvé.

— Après trois jours d'enfer passés en grande partie sur ce toit. Oui, je l'ai retrouvé.

Il se détourna et s'assit dans un petit fauteuil de jardin.

— A cette même table, en fait, ajouta-t-il indistinctement.

— Ça m'étonne que vous soyez encore capable de la regarder.

— Vous ne me demandez pas comment je l'ai récupéré ?

— Eh bien... comment ?

— C'est Mailer... qui l'a apporté ici.

— *Mailer ?* Avez-vous dit *Mailer* ? Sebastian Mailer ?

— Lui-même. Venez vous asseoir par là. S'il vous plaît.

Elle prit l'autre fauteuil comme si, pensa-t-elle, le garçon allait leur servir le petit déjeuner.

— Qu'y a-t-il ? questionna-t-elle. Quelque chose vous tracasse. Voulez-vous en parler ?

— Il le faut, sans doute. Jusqu'à un certain point, du moins. Me croirez-vous si je vous dis qu'en ce moment je regrette presque qu'il l'ait retrouvé ?

— Si vous le dites, répliqua Sophy après une pause, alors je vous crois, mais c'est une idée monstrueuse. Vous... regrettez que *Mailer* l'ait retrouvé... oui. Ça, je peux l'imaginer.

— C'est ce que j'ai voulu dire. Vous êtes trop jeune pour vous souvenir de la sortie de mon premier livre. Vous étiez encore une enfant, bien sûr.

— *Le Verseau* ? Oui, j'avais quatorze ans. Je l'ai dévoré sans reprendre mon souffle.

— Mais ensuite... Quand vous êtes arrivée chez Koster Press ? Avez-vous entendu parler du... scandale ? Ne me dites pas que la rumeur ne court plus dans les couloirs de ce sanctuaire.

— Oui, fit Sophy. J'ai entendu parler de cette histoire de coïncidence.

— Cette histoire de « coïncidence » ! Nom d'un chien ! Croyez-vous que j'aurais pu reprendre en détail le thème central d'un livre que je n'avais jamais lu ?

— Certainement. C'est l'opinion généralement répandue chez Koster.

— Ce n'était pas l'opinion de douze bonshommes robustes et bien-pensants.

— Le préjudice n'a été que symbolique, pourtant. Et puis, il existe une longue liste de coïncidences littéraires prouvées. J'écris des livres pour enfants. L'année dernière, j'ai découvert que j'avais repris en entier l'intrigue de la *Pendule à coucou* de Mme Molesworth. En réalité, ce n'était pas une coïncidence. Ma grand-mère me l'avait lu quand j'avais six ans. Je suppose que l'histoire est restée stockée dans mon subconscient et qu'elle a émergé, ni vu, ni connu. Mais je jure que je l'ignorais.

— Qu'avez-vous fait, quand vous vous en êtes rendu compte ?

— J'ai tout bazardé. Juste à temps.

— Vous avez eu de la chance.

— Ça fait toujours aussi mal ?

— Oui, répondit Grant. Oui, ma petite, toujours.

— Mais pourquoi ? Parce que les gens pourraient encore croire que vous avez copié ?

— Oui, sans doute. Toute cette affaire a été un cauchemar.

— Je suis désolée, dit Sophy. Ça a dû être atroce pour vous. Mais je ne vois pas très bien...

— Le rapport entre ce livre... et Mailer ?

— Oui.

— Est-ce à trois heures et demie de l'après-midi que nous nous sommes rencontrés pour la première fois ? fit Grant.

— Contraints et forcés. Comme sur un bateau, répliqua Sophy, pratique, malgré le fait qu'elle était obligée de chuchoter.

— Mailer a gardé le manuscrit trois jours.

— Pourquoi ?

— Parce qu'il était dans les vapes, m'a-t-il dit. La cocaïne. Il m'a montré son bras en guise de preuve. Mais je n'en crois pas un mot.

— Attendait-il que vous offriez une récompense ?

— Il n'en a pas voulu.

— Incroyable ! dit Sophy.

— Je ne trouve pas. A mon avis, il n'est pas toxicomane. Je pense que c'est un dealer à grande échelle, or ces gens-là ne se droguent jamais. Il m'a amené là où ils sont allés ce soir. Chez Toni. Au palais de la came. Il y en a là-dedans pour tous les goûts. C'est abominable. Où en étais-je ?

— Vous disiez...

— Pourquoi il a attendu trois jours. C'est le temps qu'il lui a fallu pour concocter une nouvelle, dont le sujet ressemblait à un épisode de *Simon*. Il m'a demandé de la lire et de lui donner un avis. *Maintenant*, je suis certain qu'il avait ouvert ma mallette, lu le manuscrit et délibérément composé cette chose. Cela en avait toutes les apparences : seulement, j'étais trop jobard pour m'en apercevoir. Je lui ai fait part de mon opinion, en mentionnant cette ressemblance comme une coïncidence amusante. Nous étions au restaurant, et il en a parlé à des amis à lui. Plus tard, lors de cette soirée infâme, il l'a raconté à d'autres personnes. Il en a fait grand cas.

Grant se tut. Une calèche attardée passa en cliquetant dans la rue. Beaucoup plus loin, il y eut des éclats de voix, un sifflement, des rires, des bribes d'une chanson. Sur la Navona, un automobiliste changea de vitesse, et son moteur s'emballa.

— Est-ce que je commence à comprendre, interrogea Sophy, pourquoi vous avez consenti à... cet après-midi ?

— Si vous commencez à comprendre ! explosa-t-il. Bien sûr que vous commencez à comprendre. Et encore, vous n'en avez entendu que la moitié.

Il abattit violemment son poing serré sur la table, faisant sursauter leurs verres à dents.

— Excusez-moi, fit une voix féminine aiguë derrière une porte-fenêtre, mais est-ce trop de demander un peu de respect et de courtoisie élémentaire ?

Puis, dans un soudain accès de rage :

— Si vous ne pouvez pas parler à voix basse, alors bouclez-la et allez-vous-en !

V

Le jour était déjà levé quand Giovanni et Kenneth Dorne, maintenant Lady Braceley sous les bras et la portant plus que ne la soutenant, traversèrent le hall de l'hôtel et entrèrent dans l'ascenseur.

La femme de ménage aux yeux en boutons de bottine échangea un regard avec le portier de nuit qui s'apprêtait à quitter son poste. L'homme à l'aspirateur les regarda avancer vers l'ascenseur, puis les rejoignit et, leur tournant le dos, les yeux baissés, les fit monter jusqu'à leur étage. Une femme de chambre, les voyant arriver, ouvrit la porte de leur suite et s'éloigna à la hâte.

Ils mirent Lady Braceley dans un fauteuil.

Kenneth fouilla dans sa poche à la recherche de son portefeuille.

— Vous êtes sûr, hein ? dit-il à Giovanni. Ce sera O.K. ? Je veux dire... enfin, vous savez bien... ?

Giovanni, les mâchoires violettes, mais autrement impeccable comme toujours, répondit :

— Absolument, *signore*. Le *signor* Mailer m'a mis au courant de tout.

— Oui... mais... Cette affaire... à propos de la police, quoi... a-t-il... ?

— Je serais heureux de négocier.

Tous deux contemplèrent Lady Braceley.

— Il faudra attendre, déclara Kenneth. Tout se passera bien, je vous le promets. Plus tard. Disons, cet après-midi, quand elle sera... vous savez.

— Dès que possible. Un délai serait indésirable.

— D'accord. D'accord. Je sais. Mais... tenez, voici pour vous, Giovanni.

— J'ai déjà eu ma part, *signore*.

— Eh bien, en attendant... prenez ceci.

— Vous êtes très aimable, répliqua Giovanni, empochant son pourboire avec un aplomb enviable. Je reviendrai à quatorze heures trente, *signore. Arrivederci*.

Resté seul, Kenneth se mordit les doigts, regarda sa tante et ravala un sanglot. Puis il sonna sa femme de chambre et se retira dans ses appartements.

VI

— T'es-tu bien amusée, mon aimée ? demanda le baron dans sa langue maternelle, tandis que lui et sa femme se préparaient à aller dormir.

— Beaucoup. Ce grand Anglais est un bon danseur et, visiblement, quelqu'un de très distingué. Il m'a « charriée », comme disent les Anglais, parce que je n'allais pas à cet autre endroit. Il voulait que je vienne pour veiller sur lui. C'est un séducteur.

— Je suis jaloux.

— Excellent. Je regrette presque que nous n'y soyons pas allés.

— Maintenant, c'est toi qui me taquines, mon amour. Il est inconcevable que je t'emmène dans ce genre d'endroit, Mathilde. Ce serait une insulte pour toi. Je me demande comment cet Allen a pu proposer cela.

— C'était pour me « charrier », chéri.

— Il n'avait pas à le faire sur un sujet pareil.

La baronne tourna le dos à son mari, qui défit avec adresse la fermeture Éclair de sa robe et la gratifia d'une petite tape.

— C'est un tel soulagement, Gerrit, fit-elle. Je n'ose pas y croire. Raconte-moi, maintenant, ce qui s'est passé.

— En réalité... rien. Comme tu le sais, j'espérais pouvoir négocier. Je suis allé au rendez-vous. Pas lui. Je trouve cela très étrange.

— Alors, pour le moment du moins, nous pouvons oublier nos angoisses ?

— Je pense que nous pouvons les oublier définitivement, chérie. A mon avis, nous ne reverrons plus jamais ce Mailer.

— Tu crois ?

— J'ai l'impression qu'il a des ennuis avec la police. Peut-être a-t-il été reconnu. La femme qui l'a menacé avait peut-être barre sur lui. Je suis sûr qu'il a décampé. Il ne nous importunera plus, mon pauvre amour.

— Et notre secret... notre secret, Gerrit ?

— Restera notre secret.

Le sourire ailé du baron souleva les coins de sa bouche. Les yeux agrandis, il pencha la tête sur le côté.

— Quant à notre désastre financier, fit-il, c'est fini. Regarde.

Il ouvrit un placard, en sortit le grand sac dans lequel il transportait son matériel photographique et prit à l'intérieur un gros paquet scellé.

— Ça n'a pas été simple de tout réunir. Et maintenant... retour à Genève, au coffre. Quelle farce !

— Quelle farce, répéta-t-elle docilement.

Il rangea le sac, verrouilla le placard et, se retournant, ouvrit les bras.

— Voilà, dit-il. A présent... viens à moi, mon aimée !

VII

Le major Sweet fut le dernier du groupe à regagner ses quartiers. Le second chauffeur le reconduisit à sa chambre. Il était toujours dans un état de transe, quelque part à la frontière de la conscience et du néant. Le chauffeur le regarda fouiller avec difficulté ses poches à la recherche de monnaie et ne dissimula pas son dépit à la vue d'un pourboire plus que parcimonieux.

Une fois seul, le major eut beaucoup de mal à ramasser l'argent qu'il avait laissé tomber sur le tapis. Il en fut réduit à ramper à plat ventre, tel un botaniste à la recherche de quelque spécimen rare.

Ayant récupéré un certain nombre de pièces et deux billets, il s'assit par terre, le dos contre le lit, contempla son butin avec stupeur et, impulsivement, le jeta par-dessus son épaule.

Après quoi, il roula sur le côté, grimpa sur le lit, ôta sa cravate et s'endormit.

CHAPITRE 6

La réapparition de la vendeuse de cartes postales

I

Alleyn s'éveilla, conformément à ses propres instructions, à sept heures. Il commanda le petit déjeuner, se doucha, se rasa. Il était prêt à attaquer la journée quand on l'appela de la réception pour lui annoncer qu'une voiture l'attendait.

C'était la voiture du *Questore* Valdarno. A l'intérieur, auréolé de cette aimable mélancolie qui le caractérisait, se trouvait le *Questore* lui-même. Il salua Alleyn et, ce faisant, parvint à souligner l'immensité de la faveur qu'il accordait par sa présence même. Il y avait bien longtemps, comprit Alleyn, que le *Questore* ne s'était pas levé à une heure pareille ; quant au travail sur le terrain, il s'était contenté jusque-là de jeter un auguste coup d'œil sur la matière préalablement passée au crible par ses subalternes.

Pour la énième fois, Alleyn lui exprima sa profonde reconnaissance.

L'air était frais ; Rome brillait au soleil, les rues grouillaient de travailleurs matinaux. Au-dessus d'eux, sur fond de bleu pontifical, se dressaient des colosses dc marbre, les bras figés dans un geste de bénédiction.

A leur arrivée, ils furent accueillis par trois hommes, *agenti della Questura*, l'équivalent, pensa Alleyn, des officiers de police, par le père Denys et par le sacristain, le frère Dominic, un personnage bourru qui sortit la clé du souterrain de son habit comme si c'était un symbole de mortalité.

Valdarno se montra assez hautain et distant avec les moines. Néanmoins, il resta affable et, somme toute, obligeant.

Le père Denys salua Alleyn comme un vieil ami.

— Vous revoilà, tiens, et vous ne m'avez pas soufflé mot de votre véritable fonction. Je pensais bien, remarquez, qu'il y avait anguille sous roche, et puis on m'a appris que vous étiez un gros bonnet du Bureau criminel du Yard.

— C'était une omission innocente, mon père.

— Bien, bien, répondit le père Denys avec une indulgence, sentit Alleyn, réservée aux hérétiques. Vous êtes pardonné pour cette fois. Alors, vous êtes reparti à la chasse aux fantômes, hein ? Toujours à la recherche de ce drôle d'individu ? Soyez sûr qu'il nous a filé sous le nez, celui-là.

— En êtes-vous persuadé, mon père ?

— Il n'y a pas d'autre explication. Il n'est pas là-dessous.

Il se tourna vers Valdarno.

— Si vous êtes prêt, *signor Questore*, on peut y aller.

Les hommes de ménage s'affairaient déjà dans la basilique. Comme dans la plupart des églises catholiques, il y régnait cette ambiance chaleureuse d'un lieu toujours ouvert et prêt à accueillir les visiteurs. La messe venait de se terminer ; une poignée de vieilles femmes et de travailleurs matinaux se dirigeaient vers la sortie. Trois femmes et un homme étaient agenouillés en prière devant les petites chapelles individuelles.

La porte de la sacristie était ouverte : l'officiant était sur le point de partir. Ils entrèrent dans la boutique. Le frère Dominic ouvrit la grande grille de fer, et lui, Alleyn, Valdarno et les trois policiers commencèrent leur descente sous terre. Le père Denys resta à la surface, car, fit-il remarquer, il était entièrement convaincu de la non-présence de M. Mailer au sous-sol et il avait du travail dans la boutique.

Tandis qu'ils descendaient, le frère Dominic mit en marche l'éclairage au néon dont les moines se servaient pour l'entretien et les fouilles. L'atmosphère du souterrain en fut entièrement changée : ce n'était plus qu'un musée sans la moindre pénombre, dont les pièces s'offraient à tous les regards. Bien que rien ne pût altérer la beauté étrange et vivante des sculptures étrusques, elles ne surprenaient plus.

A l'entrée des couloirs où des fouilles avaient encore lieu, on voyait des petits tas de gravats, des outils et des rouleaux de corde disposés avec soin. Les *agenti* inspectèrent tout cela et reparurent en s'époussetant les genoux et les épaules. Le frère Dominic les regardait faire, les mains enfouies dans les manches et une expression de mécontentement sur le visage. Le *Questore* ne perdit pas une seule occasion de glisser à Alleyn, dans un aparté théâtral, que tout ceci n'était que routine et qu'il ne fallait pas s'attendre à trouver quoi que ce soit.

Alleyn lui demanda s'il y avait du nouveau du côté de l'appartement de Mailer. Oui, quelqu'un avait téléphoné aussitôt après son propre coup de fil : l'homme, visiblement agité, refusa de donner son nom et rappela plusieurs fois, ce qui permit d'identifier son numéro. C'était celui de la *Gioconda*. Et l'homme en question devait être Marco.

— Et la femme, Violetta?

Évidemment, l'enquête s'était poursuivie. Curieusement, il fallait bien l'admettre, elle n'avait pas remis les pieds chez elle et, jusqu'à présent, on ne l'avait pas retrouvée.

— Il est possible qu'ils soient ensemble, dit Valdarno.

— Vous croyez ?

— On ne sait jamais. Elle était peut-être dans le coup. Il a pu lui révéler votre identité et l'effrayer au point qu'elle a pris la fuite. Ce ne sont que des spéculations, mon cher superintendant, et je connais votre opinion là-dessus. J'ai lu votre livre. En anglais.

— Eh bien, je vais enfreindre ma règle et me livrer à quelques spéculations de mon cru. Je pense qu'il existe une autre explication plausible à cette double disparition.

Valdarno l'écouta, regardant droit devant lui et caressant sa superbe moustache. Quand Alleyn eut terminé, il le contempla d'un air incrédule, puis opta pour le ton de la plaisanterie.

— Ah-ah-ah, vous me faites marcher, déclara-t-il, menaçant Alleyn du doigt.

— Pas du tout.

— Ah bon ? Ma foi, fit le *Questore* en réfléchissant, nous verrons. Cependant, ajouta-t-il, gratifiant Alleyn d'une tape amicale, je crains que nous ne voyions... rien de particulier.

Ils continuèrent à descendre laborieusement vers l'ancienne église. Ils passèrent devant le premier Apollon souriant et la femme de haute taille avec l'enfant cassé dans les bras, ensuite devant l'Apollon blanc couronné de feuillage et le Mercure derrière lequel le baron Van der Veghel s'était caché pour folâtrer. Les hommes fouillaient de leurs torches les niches et les recoins. Alleyn les examinait de plus près. Derrière l'Apollon blanc, il trouva un bout froissé de papier glacé bleu qu'il enveloppa dans son mouchoir sous l'œil perçant de Valdarno. Il lui exposa scrupuleusement les raisons de son geste. Derrière Mercure, il découvrit une étiquette de pellicule photo, laissée là sans doute par le baron.

Ils s'arrêtèrent devant le trou dans le sol du second cloître, d'où la baronne Van der Veghel avait contemplé le monde souterrain et où Alleyn et Sophy Jason avaient entrevu l'ombre d'une femme qu'ils avaient prise pour Violetta.

Alleyn le rappela à Valdarno et l'invita à prendre la place de Sophy, tandis que lui-même regardait par-dessus l'épaule du *Questore*. Il n'y avait pas d'éclairage en bas, et ils ne virent que du vide.

— Vous voyez, *signor Questore*, nous sommes juste au-dessus du puits qui se trouve au niveau inférieur. Sur la droite, on aperçoit l'extrémité d'un sarcophage avec un couvercle sculpté. Je crois que vous arriverez à le distinguer. Je me demande... un de vos hommes pourrait-il descendre et allumer l'éclairage normal ? Ou peut-être...

Il se tourna, incertain, vers le dominicain.

— Cela vous ennuierait-il beaucoup de descendre, frère Dominic ? Vous connaissez les interrupteurs, pas nous. Si seulement nous pouvions avoir le même éclairage qu'hier. Et si vous pouviez avoir la gentillesse de passer entre la source lumineuse et le puits, nous vous serions infiniment obligés.

Le frère Dominic mit tant de temps à répondre que Alleyn se demanda si par hasard il n'avait pas fait vœu de silence. Néanmoins, il finit par répliquer d'une voix forte :

— Entendu.

— C'est très gentil de votre part. Et... j'espère ne pas demander quelque chose qui soit contraire à la règle... pourriez-vous relever votre capuche ?

— Pourquoi dois-je faire cela ? s'enquit le frère Dominic dans un brusque accès de loquacité.

— Simplement pour ajouter une note de vraisemblance, commença Alleyn.

A sa stupéfaction, le frère Dominic acheva instantanément :

— « A une narration autrement mince et peu convaincante » ?

— Que Dieu vous bénisse, frère Dominic. Vous le feriez ?

— Entendu, répéta le frère Dominic en s'éloignant.

— Ah, ces saints pères ! observa Valdarno, indulgent. L'un vous saoule de paroles, et l'autre a avalé sa langue. Que désirez-vous illustrer ainsi ?

— Seulement la manière dont l'ombre nous est apparue.

— L'ombre... Vous tenez absolument à cette ombre ?

— Accordez-la-moi.

— Pourquoi suis-je venu, cher collègue ? Je suis tout ouïe.

Ils se penchèrent par-dessus le garde-fou, scrutant les profondeurs. Le clapotis familier du torrent souterrain leur parvint aux oreilles.

— On a presque l'impression de le voir miroiter au fond du puits, dit Alleyn. Presque... mais pas tout à fait. Hier, j'ai cru l'apercevoir pour de bon.

— Un effet d'optique.

— Sûrement. Et voici, fidèle à sa parole, le frère Dominic.

Une lumière cachée illumina le couvercle du sarcophage, le mur adjacent et la barrière autour du puits. Vu d'en haut, le spectacle n'était qu'ombres étranges, formes indistinctes, perspectives et détails exagérés.

Comme pour accentuer la note macabre, une nouvelle ombre, celle d'une silhouette encapuchonnée, traversa le tableau. Elle tomba sur le sarcophage, escalada le mur, grandit démesurément et s'évanouit.

— Déformée, dit Alleyn, grotesque même, mais parfaitement nette, n'est-ce pas ? Impossible de ne pas reconnaître un moine. On voyait même que ses mains étaient dissimulées dans ses manches. L'ombre que Miss Jason et moi avons entrevue était tout aussi nette. Son épaule gauche était bien plus haute que la droite ; on voyait que c'était une femme, et même, qu'elle portait une sorte de plateau accroché à son cou. C'était, j'en suis convaincu, *signor Questore*, l'ombre de Violetta et de ses cartes postales.

— Mais je ne le conteste pas, cher ami. Je veux bien admettre comme hypothèse de travail que Violetta a échappé à la vigilance de ces bons pères et qu'elle est descendue ici. Pourquoi ? Peut-être dans l'intention de poursuivre sa querelle avec Mailer. Peut-être, peut-être... Peut-être, continua le *Questore* avec une inflexion sardonique, lui a-t-elle fait peur et c'est la raison pour laquelle il s'est enfui. Ou alors... ce que vous avez suggéré... mais venez, on avance.

Se baissant, Alleyn cria :

— Merci, frère Dominic. C'était parfait. Nous descendons.

Sa voix sonore éveilla une cascade d'échos :

— ... don... don... don.

Ils prirent l'escalier métallique en colimaçon, longèrent le couloir étroit et rejoignirent le frère Dominic, immobile, à côté du puits. Le décor était éclairé exactement comme la veille.

S'approchant de la bouche du puits, Alleyn leva la tête. Au-dessus de lui, il y avait un carré de lumière et, plus haut, l'ouverture qui donnait dans la basilique. Tandis qu'il regardait, la tête du père Denys apparut dans cette ouverture. « S'il venait au père Denys l'envie de cracher comme Violetta, pensa Alleyn, il cracherait droit dans mes yeux. »

— Tout va bien, en bas ? demanda le père Denys.

Sa voix semblait venir de nulle part.

— Ça va, tonna le frère Dominic sans bouger.

La tête disparut.

— Avant d'allumer les néons, dit Alleyn, si on vérifiait les mouvements de la femme au châle ? Frère Dominic, je suppose qu'à l'instant vous arrivez de l'escalier métallique au pied duquel vous avez mis en marche l'éclairage habituel. Vous avez longé le couloir et traversé la lumière pour être là où vous êtes maintenant.

— C'est ça.

— Elle aurait donc fait la même chose, non ?

— Bien sûr, répondit Valdarno.

— Eh bien, pas tout à fait. L'ombre de Violetta — prenons Violetta comme hypothèse de travail — est apparue à droite, comme celle du frère Dominic, pour traverser de droite à gauche. Mais il y a une suite. Elle a resurgi à la hâte, s'est posée en travers du sarcophage et sur le mur. Elle s'est arrêtée. S'est retournée çà et là et s'est précipitée vers la droite. On aurait dit, très nettement, quelqu'un de furtif cherchant une cachette. Miss Jason a eu la même impression.

— Et quelle a été la réaction de Mailer ?

— Il a balayé l'idée que ce puisse être Violetta et a changé de sujet.

Alleyn regarda autour de lui.

— Si on développe notre « hypothèse de travail » qui, par parenthèse, *signor Questore*, est une jolie variante du détestable mot « conjecture », force est d'admettre qu'elle avait plein d'endroits où se cacher. Regardez cette ombre noire que projette le sarcophage, par exemple.

Alleyn, qui avait apporté sa lampe de poche, la braqua sur le garde-fou, fabriqué avec des planches grossièrement assemblées.

— Voudriez-vous l'éclairage d'appoint, *signore* ? questionna l'un des hommes.

Mais le rayon lumineux s'arrêta et se focalisa sur le bois. Alleyn se pencha.

— Il y a un fil, d'un tissu quelconque, qui est resté accroché ici, fit-il. Oui, pourrions-nous avoir la lumière, s'il vous plaît?

L'homme retourna dans le couloir. Le bruit de ses pas décrut sur les dalles de pierre.

Le faisceau lumineux de la torche s'écarta de la barrière, joua sur le couvercle du sarcophage, faisant ressortir les petites guirlandes sculptées, trouva son extrémité. Et s'immobilisa.

— Venez voir.

Valdarno alluma sa lampe de poche; les deux autres hommes s'approchèrent avec les leurs. Le cercle de lumière s'intensifia.

Le couvercle du sarcophage n'était pas complètement fermé. Quelque chose de noir en dépassait, d'où pendaient trois brins de laine.

— *Dio mio!* chuchota le *Questore*.

— Frère Dominic, nous sommes obligés d'ôter le couvercle, dit Alleyn.

— Allez-y.

Les deux hommes le firent glisser sur le côté, l'inclinèrent et, dans un bruit de raclement, le firent descendre de biais. Le bord du couvercle heurta lourdement le sol. On eût dit qu'une porte monstrueuse venait de se refermer.

Les rayons lumineux se braquèrent sur le visage de Violetta.

Ses yeux ternes les regardaient sans les voir. Sa langue sortait, comme pour les insulter.

La torche de Valdarno rebondit sur le sol de pierre.

Une voix monocorde, grave, rapide, brisa le long silence.

Le frère Dominic priait tout haut pour la morte.

II

Une concertation eut lieu dans le vestibule. La basilique fut fermée, et la grille du souterrain, verrouillée, en attendant l'arrivée de la *Squadra Omicidi.* Il était bizarre, se dit Alleyn, d'entendre quelqu'un d'autre donner les ordres familiers dans une langue étrangère.

Valdarno ne perdit pas de temps en palabres. On appela une ambulance et le médecin légiste. La garde à toutes les sorties de Rome fut instantanément renforcée. L'établissement de Toni allait être fouillé, et son personnel, interrogé. L'appartement de Mailer allait être occupé de telle sorte que, s'il revenait, il tomberait dans un piège. Tous les proches de Violetta allaient être questionnés.

Alleyn écoutait, approbateur, sans rien dire.

Après avoir mis en branle les rouages de la machine, le *Questore* posa sur lui son regard trompeusement languide.

— *Ecco!* déclara-t-il. Pardonnez-moi cette précipitation, cher ami. C'est la routine. Maintenant, nous allons collaborer et vous m'indiquerez comment procéder.

— Loin de moi l'idée de faire une chose pareille, répondit Alleyn dans son italien le plus proche de l'idiome d'origine. Ne pourrions-nous pas continuer en anglais, s'il vous plaît ?

— Bien sûr que si ! s'écria le *Questore* dans ladite langue.

— Maintenant que vous avez si efficacement organisé les opérations, reprit Alleyn, je suppose qu'il faudra revenir aux personnes qui se trouvaient là à l'heure du crime.

— J'allais le dire. Vous allez donc vous interroger vous-même, remarqua Valdarno, malicieux.

— Entre autres. Mais peut-être pourrais-je me remettre entre vos mains ? Comment vous y prendriez-vous avec moi, *signor Questore* ?

Valdarno pressa deux doigts contre ses lèvres.

— Avant tout, il est nécessaire de déterminer les mouvements de ce Mailer. Je vous demanderais de me les récapituler. Quand l'avez-vous vu pour la dernière fois, par exemple ?

— Question classique. Quand le groupe se trouvait près de l'escalier métallique au niveau intermédiaire. On s'apprêtait à descendre au sous-sol mithriaque quand Lady Braceley nous a fait part de sa nervosité et de son désir de remonter. Elle voulait que son neveu la raccompagne, mais il n'était pas avec nous. Mailer a dit qu'il était retourné photographier la statue d'Apollon et qu'il irait le chercher. Comme Lady Braceley refusait d'attendre, le major Sweet l'a escortée dans le jardin de la basilique — l'atrium — avant de nous rejoindre. Après qu'ils nous ont laissés, Mailer s'est éloigné dans le couloir, selon les apparences pour récupérer Kenneth Dorne. Les autres — les Van der Veghel, Miss Jason et moi, avec Barnaby Grant pour guide — ont emprunté l'escalier métallique pour descendre au mithraeum. Nous y étions depuis huit minutes environ quand le major Sweet s'est manifesté... j'emploie cette expression parce qu'à ce moment-là il a parlé. Il était peut-être déjà revenu sans qu'on le remarque, avant de prendre la parole. Cet endroit est très sombre. Cinq ou six minutes plus tard, Kenneth Dorne a fait son apparition en demandant où était sa tante.

— Mailer n'a donc pas rencontré ce Dorne ?

— Apparemment non, cependant il y a des traces...

— Ah ! J'avais oublié. Mais *a priori*, personne n'a revu Mailer après qu'il s'est éloigné dans le couloir ?

— *A priori...* personne.
— Il faut interroger ces gens-là.
— Je suis bien de votre avis, dit Alleyn.
Le *Questore* le contempla d'un air morne.
— Nous devons agir avec tact. Ce sont des personnalités d'une certaine importance. Il pourrait y avoir des conséquences indésirables. Tous, sauf deux d'entre eux, sont des citoyens britanniques.
Alleyn attendit la suite.
— En fait, ajouta Valdarno, je ne vois pas, mon cher superintendant, pourquoi vous garderiez l'anonymat plus longtemps.
— Je n'y avais pas songé... mais, effectivement. Vous avez certainement raison.
L'un des *agenti* les rejoignit.
— La *Squadra Omicidi, signor Questore*, l'ambulance, le *Vice-Questore* et le médecin sont là.
— Très bien. Faites-les venir.
Après le départ du policier, Valdarno déclara :
— J'ai, bien entendu, envoyé chercher l'officier à qui il incombe normalement de mener cette enquête, le *Vice-Questore* Bergarmi. Il serait déplacé de me mêler des activités de mes subordonnés. Mais, compte tenu des circonstances extraordinaires et des répercussions internationales de cette affaire, je continuerai à la suivre de près. Qui plus est, ajouta-t-il dans un accès de candeur totalement inattendu, ça m'amuse énormément.
Pour sa part, Alleyn ne trouvait pas la découverte d'une femme étranglée particulièrement hilarante; néanmoins, il laissa échapper une vague observation à propos du travail sur le terrain en tant qu'antidote contre la routine de bureau. Valdarno s'empressa de développer ce sujet.
— Je vous suggère la chose suivante, fit-il, et vous me direz si j'ai tort. Je propose d'inviter ces gens-là à

mon bureau où ils seront reçus en grande pompe. Nulle contrainte, au contraire : on leur offrira un verre. Je vous présenterai en votre qualité professionnelle. Je leur donnerai quelques explications, pas trop, et, après avoir imploré leur aide, je vous les confierai.

— Je vous remercie. Mais il ne sera pas facile, ne croyez-vous pas, de mener l'entretien dans ces conditions. Kenneth Dorne m'a avoué lui-même que Mailer lui a fait connaître les drogues douces, puis les drogues dures. Depuis hier soir, c'est également le cas de Lady Braceley. Et je suis absolument convaincu que Mailer exerçait une pression sur Barnaby Grant. A mon avis, seul un chantage aurait pu pousser Grant à accepter ce rôle d'attraction principale dans le tour guidé d'hier.

— Auquel cas il sera heureux de nous aider à arrêter Mailer.

— Pas si ça peut entraîner une publicité préjudiciable.

— Mais, mon cher collègue, n'allez-vous pas leur faire comprendre qu'il s'agit uniquement d'une affaire de meurtre et de rien d'autre ? Rien de personnel, comme on dit chez vous.

— Je pense, répliqua Alleyn avec une pointe d'ironie, qu'ils ne sont pas suffisamment crédules pour gober ça.

Le *Questore* leva les bras.

— Nous pourrons leur garantir une discrétion totale.

— Quelle est la nationalité de Mailer ? questionna Alleyn. S'est-il fait naturaliser ici ?

— On peut le vérifier. Vous songez à l'extradition, bien sûr ?

— Vous croyez ? marmonna Alleyn distraitement.

Le médecin, les ambulanciers, le *Vice-Questore* Bergarmi et la version romaine de la brigade criminelle firent leur apparition, munis d'appareils photo, de trépieds, de torches, de mallettes, d'un brancard et d'un drap de toile : accessoires de routine dans le spectacle international du crime.

Après des présentations solennelles, les hommes reçurent leurs instructions. Tous témoignaient une déférence extrême à l'égard du *Questore* Valdarno et, partant, vis-à-vis d'Alleyn. On rouvrit la grille, et les nouveaux arrivants prirent le chemin du souterrain.

— Il est inutile que nous les accompagnions, dit Valdarno. Ce serait incongru. En temps voulu, ils nous présenteront leur rapport. Après tout, pas besoin d'être médecin pour voir que cette femme a été étranglée.

« Là, je vais devoir marcher sur des œufs », pensa Alleyn.

— Quand votre photographe aura fini, dit-il, pourrai-je, si possible, jeter un autre coup d'œil sur les lieux ? Plus particulièrement, sur la barrière qui entoure le puits. Avant que ce fragment de tissu ne disparaisse. Puis-je ?

— Mais certainement. Voyez-vous une signification dans ce fragment ? La barrière est rugueuse : beaucoup de gens ont dû la frôler. Je vous ai vu l'examiner de près à la lumière. Qu'avez-vous remarqué ? Quel genre de tissu était-ce ?

— Une espèce d'étoffe noire. Mais c'est sa position que je trouve intéressante. La rambarde fait environ six centimètres sur quinze. Sa surface interne est, en effet, rugueuse, et c'est à l'intérieur, tout en bas, que ce bout de tissu s'est accroché.

Après une pause considérable, Valdarno répliqua :

— C'est curieux, certes, mais à mon avis, pas très important. Quelqu'un a dû se pencher pour regarder en bas, laissant pendre ses bras...

Il s'interrompit en fronçant les sourcils.

— En tout cas, cher ami, vous êtes libre d'aller

examiner les lieux quand bon vous semble. Vous avez mon entière autorisation.

— Vous êtes très aimable, répondit Alleyn.

Et il décida de profiter de cette offre sans tarder.

En bas, les hommes de Valdarno s'affairaient sous la surveillance de Bergarmi. Violetta avait été photographiée *in situ* et étendue sur le brancard. Le médecin légiste était penché sur son hideux visage. L'officier spécialisé en empreintes digitales s'était attaqué au couvercle du sarcophage. Alleyn était à peu près sûr qu'il ne trouverait rien. Bergarmi accueillit le message de son supérieur avec une extrême courtoisie et un enthousiasme très mitigé.

Alleyn avait son propre appareil photo, petit et très sophistiqué. Pendant que Bergarmi et son équipe étaient occupés ailleurs, il prit rapidement trois clichés de la surface interne de la rambarde. Ensuite, il remonta dans la basilique. Il mit Valdarno au courant de ce qu'il venait de faire, ajoutant que, sur son aimable invitation, il allait maintenant visiter l'appartement de Mailer. Valdarno appela l'un de ses chauffeurs et, après avoir échangé, pour la seconde fois en une heure, une poignée de main cordiale, ils prirent congé l'un de l'autre.

L'appartement de Mailer se trouvait dans une ruelle latérale derrière le Panthéon. On y accédait par une petite cour miteuse et un étroit escalier extérieur. Le policier de garde fit entrer Alleyn et, après un coup d'œil sur la carte magique, le laissa explorer les lieux par lui-même.

Les pièces — il y en avait trois — témoignaient clairement d'un processus d'ascension sociale. Deux fauteuils neufs aux coussins moelleux, un beau bureau, un somptueux canapé et, sur le lit de M. Mailer, un couvre-lit de velours aux broderies tapageuses, assez vilain : tout cela trahissait l'opulence. La petite cuisine délabrée, la salle de bains crasseuse et les murs boursouflés indiquaient que celle-ci était toute récente. Sur les étagères, on apercevait tout ce que l'on pouvait imaginer en matière de pornographie ; certains ouvrages étaient luxueux, d'autres bon marché, mais tous étaient ignobles. Le policier de garde trompait l'ennui en lisant l'un d'entre eux.

Alleyn lui demanda si le contenu du bureau avait été examiné. Il répondit que si Mailer ne revenait pas, le *Vice-Questore* Bergarmi allait s'en charger plus tard.

— Il n'est pas revenu, dit Alleyn. Je vais y jeter un coup d'œil. Mais vous préférez peut-être appeler le *Questore* Valdarno d'abord.

Ses paroles produisirent l'effet escompté. L'homme retourna à sa lecture, et Alleyn inspecta le bureau. La seule serrure qui lui donna du fil à retordre fut celle du double fond. Mais ses efforts furent récompensés : il finit par découvrir à l'intérieur une sorte de registre, tenu avec soin. Là, par endroits, face à une date, il y avait une marque, suivie d'une ou de deux initiales. Alleyn consulta son propre agenda et constata que les dates correspondaient à celles du transit présumé des cargaisons d'héroïne expédiées de Smyrne à Naples et de là, via la Corse, à Marseille. Puis il aperçut une inscription datant d'un peu plus d'un an : « Ang. en A. B.G. » et, quatre jours plus tard : « B.G. S. au L. » Il trouva cela extrêmement bizarre jusqu'au moment où, dans un tiroir, il tomba sur le manuscrit intitulé *Angelo en août*. Il se replongea alors dans le registre.

Il n'y vit rien d'intéressant jusqu'au mois de mai de l'année précédente. Une inscription annonçait : « V. der V. Confirmé. Attendre. » A partir de là apparaissaient régulièrement de grosses sommes d'argent, sans explication mais en rapport avec les dates des cargaisons. Il poursuivit son examen. Le policier bâillait sur son livre. Notes pour l'année en cours : « Pérouse. K.D. 100 000 L. » Il y avait plusieurs autres mentions au-dessous de K.D. Après quoi, on ne trouvait plus que la recette du premier tour organisé par *Il Cicerone*.

Alleyn acheva l'exploration du bureau. Dans un coffret fermé à clé, il découvrit une pile de lettres, preuve manifeste des activités de maître chanteur de M. Mailer. L'une d'elles était rédigée dans une langue qu'il ne connaissait pas mais qu'il supposa être du néerlandais. Il la recopia et la photographia, ainsi que plusieurs passages du registre. Il était à présent onze heures et demie. Il soupira, salua le policier et prit le chemin du bureau de Valdarno, se disant qu'il venait probablement de commettre une grosse infraction, mais qu'il ne le regrettait pas le moins du monde.

III

A midi, les infortunés excursionnistes de M. Mailer se rassemblèrent dans le somptueux bureau du *Questore* Valdarno.

Lady Braceley, Kenneth Dorne et le major Sweet portaient tous les trois les traces éloquentes de leurs excès de la veille. Les Van der Veghel paraissaient stupéfaits, Barnaby Grant, anxieux, et Sophy Jason, en état de choc. Ils s'assirent en demi-cercle sur les magnifiques chaises pseudo-Renaissance, assez peu confortables, et Valdarno leur fit servir du vin sur un plateau royal. Lady Braceley, Kenneth et le major Sweet le contemplèrent d'un œil glauque et refusèrent. Les autres le sirotèrent, mal à l'aise, pendant que le *Questore* leur adressait un long discours.

Alleyn se tenait un peu à l'écart de ses compagnons qui, tandis que le *Questore* parlait, le considéraient avec une consternation grandissante.

Sans entrer dans les détails, Valdarno les informa de la découverte du corps de Violetta, remarquant au passage que Sebastian Mailer persistait à ne pas reparaître. Il trônait derrière son bureau luxueux. Le tiroir du milieu, nota Alleyn, était entrouvert et contenait un papier. Le *Questore* avait négligemment joint les mains par-dessus, mais, dans le feu de l'action, il n'y pensa plus et se mit à gesticuler sans retenue. Son auditoire s'agita. Le major Sweet sortit de sa torpeur pour annoncer que, depuis le début, Mailer lui avait paru éminemment louche. Personne ne le suivit sur cette voie-là.

— Milady, mesdames, messieurs, conclut le *Questore*, vous m'accorderez tous, j'en suis certain, qu'il est extrêmement important de retrouver ce M. Mailer. Soyez assurés que notre plus grand souci est de ne pas vous importuner sans raison et de veiller à ce que votre séjour à Rome, que nous espérons agréable, ne soit pas...

Il fit une pause et jeta un coup d'œil dans le tiroir de son bureau.

— ... compromis par cet événement malencontreux.

Il commit la légère erreur de refermer distraitement le tiroir d'un coup de pouce. Autrement, pensa Alleyn, il s'en était tiré à la perfection.

— Trop aimable, répliqua le major Sweet. On est à votre disposition.

— Bien sûr, opinèrent les Van der Veghel et Sophy.

Lady Braceley regarda autour d'elle d'un air vague.

— Non, mais, *vraiment* ! fit-elle. Tout ceci est très déconcertant.

Elle ouvrit son porte-cigarettes, mais sa tentative se

termina piteusement. Ses mains tremblèrent, et les cigarettes s'éparpillèrent sur le parquet.

— *Eccellenza!* s'exclama le *Questore. Scusi!* Vous permettez!

Il bondit sur ses pieds.

— Non! Non! Je vous en prie! Kenneth! Que je suis bête! Non!

Kenneth ramassa les cigarettes, les fourra dans leur étui et alluma, non sans peine, celle qui oscillait entre ses lèvres. Tout le monde détourna le regard.

— Vous ne nous l'avez pas dit explicitement, déclara Grant d'une voix forte, mais faut-il croire que vous soupçonnez Mailer d'avoir commis ce meurtre?

Kenneth Dorne eut un rire qui ressemblait à un grognement.

Le *Questore* esquissa un geste fleuri.

— N'anticipons pas. Je dirais seulement, monsieur Grant, qu'il pourrait sans doute...

— « Aider la police dans son enquête », fit Kenneth. J'ai déjà entendu ça quelque part! « L'inspecteur ou le superintendant Trucmuche tient à retrouver M. Sebastian Mailer, qui pourrait aider la police... »

Il s'interrompit, les yeux rivés sur Alleyn.

— *Mon Dieu!*

Il se mit debout.

— J'avais raison! *Mon Dieu!* Ça me revient maintenant. Je savais bien que j'avais déjà vu cette tête magnifique. Vous êtes policier!

Il se tourna vers les autres.

— C'est un flic. Le policier dont on parle toujours dans les journaux. « Le beau » quelque chose... comment c'est, déjà?... mais oui, « le bel Alleyn ».

Il pointa un doigt sur Alleyn.

— Ce n'est pas un touriste, c'est un espion. Hier, chez Toni. Il était là pour espionner.

Alleyn regarda toutes les têtes se tourner dans sa

direction et tous les visages se fermer. « Me voici de retour au turbin », pensa-t-il.

Il se leva à son tour.

— M. Dorne nous a battus d'une seconde au poteau d'arrivée, dit-il. Je crois que le *Questore* était sur le point de vous l'annoncer.

Le *Questore* se lança dans les explications. Alleyn releva dans ses propos une ou deux omissions de taille et quelques mensonges flagrants que lui-même aurait évités. Ainsi, il raconta que le très distingué superintendant était en vacances, qu'il avait rendu une visite de politesse au siège de la police romaine et exprimé le souhait de garder l'incognito. C'était par un pur hasard, mentit le *Questore*, que Alleyn s'était joint au tour organisé par *Il Cicerone*, mais après la disparition de Mailer, il avait cru de son devoir d'avertir ses collègues. Et le *Questore* et ses subalternes lui en étaient grandement reconnaissants.

Le *Questore* fit une pause. Parmi son auditoire, seuls Sophy et les Van der Veghel paraissaient entièrement satisfaits. Les autres affichaient à divers degrés la méfiance et le scepticisme.

Compte tenu du décès de cette malheureuse, reprit le *Questore*, et du fait que M. Mailer était un sujet de Sa Gracieuse Majesté, il avait sollicité la coopération du superintendant, que celui-ci eut l'obligeance de lui accorder. Le *Questore* était certain que les compatriotes d'Alleyn préféreraient avoir affaire à lui pour les quelques éclaircissements qui s'imposaient. De toute façon, conclut-il, la procédure serait probablement très courte et n'empiéterait en rien sur leurs vacances. Il s'inclina devant les Van der Veghel, ajoutant qu'il espérait que cet arrangement leur convenait également.

— Mais certainement, répondit le baron. C'est une suggestion très pertinente. Un crime a été commis. Il est de notre devoir de collaborer. Toutefois, je suis content d'apprendre qu'il n'y en aura pas pour longtemps. Après tout...

Il hocha la tête à l'adresse d'Alleyn.

— ... nous aussi, nous sommes en vacances.

Avec force considérations suaves, le *Questore* les invita à se retirer dans la pièce qui avait été mise à la disposition d'Alleyn.

Celle-ci était moins luxueuse que son bureau, mais plus que commode pour l'usage qu'elle devait remplir. Des chaises supplémentaires furent apportées pour les sept visiteurs. Alleyn remarqua que Barnaby Grant se plaça prestement à côté de Sophy Jason, que le major Sweet avait l'œil un peu moins vague, et que Lady Braceley avait eu plus de chance avec sa deuxième cigarette, ayant mieux réussi à maîtriser le tremblement de ses mains. Kenneth, morose et agité, contemplait Alleyn du coin de l'œil. Visiblement, les explications officielles ne l'avaient pas amadoué.

Le souci principal d'Alleyn fut de ne pas leur repasser le même disque que Valdarno.

— La situation est à la fois absurde et tragique, déclara-t-il. Pour la résumer en deux mots : une pauvre femme est assassinée, et un individu assez étrange, sans doute de nationalité britannique, disparaît. Nous sommes, apparemment, les derniers à l'avoir vu, et la police a besoin de nos témoignages. Le *signor* Valdarno occupe une position bien trop importante pour s'occuper personnellement de l'affaire : son rang est équivalent à celui d'un préfet de police. L'officier chargé de l'enquête ne parle pas anglais, et, comme je suis flic, il m'a demandé un coup de main. J'espère que cela ne vous ennuie pas trop. Je pouvais difficilement refuser, vous comprenez.

— Vous auriez pu nous dire votre métier, fit le major Sweet avec ressentiment.

— Pour quoi faire ? Vous ne nous avez pas dit le vôtre.

Le major rougit.

— Finissons-en, voulez-vous ? reprit Alleyn. Le plus tôt sera le mieux.

— Absolument, répondit Sophy Jason.

— Je vous en prie, dit Barnaby Grant d'une voix atone.

Lady Braceley et Kenneth exprimèrent leur assentiment par des interjections plaintives.

— Oh, oui ! s'écria la baronne. Plus de délais, n'est-ce pas ? Déjà nos plans pour aujourd'hui sont à l'eau. Au lieu des fontaines de la Villa d'Este, nous voici enfermés entre quatre murs. Allons-y !

Ainsi encouragé, Alleyn s'attela à sa tâche. Loin de l'environnement familier du Yard, privé du sentiment de faire partie intégrante d'une structure, sa position était des plus singulières. Ce genre de « match à l'extérieur » posait ses propres problèmes, dont l'un, et non des moindres, était de définir son champ d'investigation. A l'origine, celui-ci portait sur les activités présumées de Mailer dans le milieu international de la drogue et ses liens possibles avec le personnage clé : le prestigieux Otto Ziegfeldt. Mais depuis la découverte de Violetta, figée et terrifiante, dans le cercueil de pierre qui avait abrité Dieu sait quels ossements, l'affaire avait pris une tournure plus vaste et plus ambiguë. La situation devenait on ne peut plus délicate.

— Commençons, dit-il, par établir quand chacun de nous a vu Mailer pour la dernière fois. Pour ma part, c'était quand nous étions au niveau intermédiaire, juste après que le major Sweet et Lady Braceley nous ont laissés pour regagner l'atrium. M. Grant, Miss Jason, le baron et la baronne sont descendus avec moi dans la demeure mithriaque. Le major Sweet et

M. Dorne nous y ont rejoints séparément, cinq à dix... disons quinze minutes plus tard. Vous, Lady Braceley, avez-vous revu Mailer ou Violetta après nous avoir quittés ?

Non seulement, pensa Alleyn, elle avait une sacrée gueule de bois, mais, en plus, elle était déconcertée de se trouver dans une situation qui ne se prêtait à aucun cliché en vogue dans les années vingt.

Son regard terne allait d'un homme à l'autre. S'humectant les lèvres, elle répliqua :

— Non. Certainement pas.

— Et vous, major? Ne les avez-vous pas vus en redescendant ?

— Non.

— Vous êtes resté une minute ou deux avec Lady Braceley avant de descendre au mithraeum ?

— Oui.

— Et vous n'avez croisé personne en chemin ?

— Personne.

— A ce moment-là, observa Alleyn nonchalamment, il devait y avoir trois personnes, en dehors de vous, qui se trouvaient entre la basilique et le mithraeum. Mailer lui-même, Violetta et M. Kenneth Dorne. N'avez-vous aperçu aucun des trois ?

— Absolument pas.

— Monsieur Dorne, quand nous avez-vous laissés exactement ?

— Je n'en ai pas la moindre idée.

— Peut-être, dit Alleyn sans rien perdre de sa bonhomie, pouvons-nous vous aider. Vous étiez avec nous au niveau intermédiaire, lorsque Mailer a plaisanté au sujet d'Apollon, l'appelant le Lazare des temps modernes.

— Comment le savez-vous ?

— Parce que vous vous êtes esclaffé.

— Fantastique, déclara Kenneth.

— Ce n'était pas une bonne plaisanterie, fit la baronne. Nous ne l'avons pas trouvée drôle, n'est-ce pas, Gerrit ?

— C'est vrai, ma chère.

— Elle était plutôt bête.

— En effet.

— Vous trouvez sans doute plus drôle, s'enquit Kenneth, de vous cacher derrière les statues et de bondir sur des vieilles... sur des gens nerveux ? Chacun ses goûts.

— Vous n'étiez pas là, monsieur Dorne, rétorqua le baron. Nous avions traversé la nef de l'ancienne église, mais vous n'étiez pas avec nous. Comment savez-vous que j'ai bondi ?

— Par ma tante, lâcha Kenneth avec hauteur.

— Mailer nous a expliqué, poursuivit Alleyn, que vous étiez retourné sur vos pas pour photographier Apollon. Est-ce exact ?

— Parfaitement.

— L'avez-vous photographié ?

Kenneth remua les pieds et, finalement, après une longue pause, répondit :

— En fait, non. Je n'avais plus de pellicule.

Il sortit son paquet de cigarettes et découvrit que celui-ci était vide.

— Pas du tout, s'écria le major Sweet. Vous avez bien pris une photo de Mithra pendant que nous faisions tous les mariolles autour de Grant et de son livre.

Pour une raison inexplicable, Grant éclata de rire.

— Il arrive parfois qu'on change de pellicule, major Sweet, souffla Kenneth.

— En effet, répondit Alleyn. Dites-moi, Mailer vous a-t-il rejoint pendant que vous ne photographiez pas Apollon ?

Cette fois, le silence se prolongea de manière inconfortable. Le major Sweet parut en profiter pour faire un petit somme. Il ferma les yeux, baissa le menton et ouvrit la bouche.

— Non, dit enfin Kenneth, à voix haute. Non. Il ne s'est pas pointé.

— « Pointé » ? Vous l'attendiez donc ?

— Mais non. Pourquoi diable l'aurais-je attendu ?

Le paquet de cigarettes tomba de ses mains.

— *Qu'est-ce que c'est ?*

Alleyn avait tiré de sa poche un mouchoir plié. Il l'ouvrit, laissant apparaître un morceau froissé de papier glacé bleu.

— Reconnaissez-vous ceci ? demanda-t-il.

— Non !

Se baissant, Alleyn ramassa le paquet de cigarettes et le posa sur le bureau.

— Hier soir, chez Toni, j'ai reçu deux boîtes enveloppées dans le même papier.

— J'ai peur, fit Kenneth d'une voix blanche, que ma seule réponse à cela ne soit : « Et alors, mon cher superintendant ? »

— L'une d'elles contenait huit sachets d'héroïne. L'autre, une quantité égale de cocaïne sous forme de poudre. Tout cela provenant de la réserve personnelle de M. Mailer, m'a-t-on assuré.

Les Van der Veghel poussèrent des exclamations scandalisées, d'abord dans leur langue, puis en anglais.

— Vous n'avez pas jeté ce papier derrière la statue d'Apollon, monsieur Dorne ?

— Non. *Bon sang*, hurla Kenneth, qu'est-ce qui vous prend ? Quelle est cette histoire de débiles ? D'accord, c'est bien un emballage de H. et C. Mais combien de gens passent à Saint je-ne-sais-plus-qui tous les jours ? Et la vieille ? C'est peut-être elle qui l'a fourgué à quelqu'un. A n'importe qui. Pourquoi moi, nom d'un chien ?

— Kenneth, chéri... je t'en prie. Non !

— En partie, répondit Alleyn, parce que, jusqu'à ce moment-là, vous avez manifesté tous les symptômes du manque, qui ont disparu à votre arrivée au mithraeum.

— Non !

— Mais n'insistons pas. Le cas échéant, nous pourrons relever les empreintes.

Il désigna le papier et le paquet de cigarettes vide.

— Pourtant, hier soir vous m'avez parlé tout à fait franchement de vos expériences en matière de drogue. Vous m'avez dit que c'était Mailer qui vous y avait initié. Pourquoi faire tant d'histoires maintenant ?

— Je ne savais pas qui vous étiez.

— Je ne vais pas vous boucler ici, à Rome, parce que vous vous êtes fourré dans ce pétrin, espèce de grand nigaud ! Tout ce que je veux savoir, c'est si, oui ou non, vous avez rencontré Mailer devant la statue d'Apollon au niveau intermédiaire de San Tommaso.

— Kenneth... *non !*

— Ma tante, s'il vous plaît ! Je l'ai déjà dit... non, non et non.

— Très bien. Continuons. Vous êtes retourné photographier Apollon. Découvrant que votre pellicule était terminée, vous êtes descendu et nous avez rejoints au mithraeum. A quel moment avez-vous rechargé votre appareil ?

— Je ne sais plus.

— Où est l'ancienne pellicule ?

— Seigneur Dieu, dans ma poche. Dans ma chambre.

— Vous non plus, vous n'avez pas entrevu le major Sweet, bien qu'il ait dû vous précéder de peu ?

— Non.

— Curieux ! dit Alleyn. Et personne n'a vu, entendu ni senti Mailer et Violetta ?

Il y eut un silence.

— A l'exception de Lady Braceley, nous sommes tous restés environ un quart d'heure au mithraeum, pendant que la baronne, le baron et M. Dorne prenaient des photos et que M. Grant nous faisait la lecture. Après quoi, nous sommes remontés chacun de notre côté. Vous êtes sorti le premier, monsieur Dorne, par la porte principale.

— Très juste. J'ai pris le chemin le plus court, je n'ai rencontré personne, je n'ai rien entendu et j'ai retrouvé ma tante au jardin.

— Absolument. Moi, je suis parti avec le baron et la baronne. Nous sommes sortis par une porte située derrière la statue du dieu, avons tourné à droite à deux reprises, passé le puits et le sarcophage et, pour finir, nous avons abouti à l'escalier métallique.

Il se tourna vers les Van der Veghel.

— Êtes-vous d'accord avec moi ?

— Certainement, répondit la baronne. Nous nous sommes arrêtés de temps à autre pour...

Elle s'interrompit et se tourna, agitée, vers son mari, posant ses mains sur son bras. Puis, d'une voix tremblante, elle lui parla dans leur langue. Il se pencha vers elle, attentionné et anxieux, lui prit les mains et répliqua avec douceur :

— Ne serait-ce pas mieux en anglais, ma chère ? Je vais tout expliquer. Ma femme est peinée et bouleversée, dit-il, s'adressant à Alleyn. Elle s'est souvenue, comme vous vous en souviendrez sûrement, monsieur Alleyn... ou plutôt, non ! Vous vous étiez déjà engagé dans le couloir. Mais ma femme a pris une photo du sarcophage.

— Z'est affreux, se lamenta la baronne. Imaginez-vous ! Cette malheureuse créature... son corps aurait pu... non, Gerrit, z'est trop affreux.

— Au contraire, madame la baronne, rétorqua

Alleyn. Cela pourrait s'avérer très utile à l'enquête. Évidemment, je comprends que la chose ait une connotation déplaisante...

— *Déplaisante !*

— Eh bien, macabre... horrible, si vous préférez. Mais votre photographie pourrait au moins prouver qu'on n'avait pas encore touché au sarcophage à ce moment-là.

— C'est vrai, on n'y avait pas touché. Vous avez vu vous-même...

— Avec cet éclairage, tout avait l'air parfaitement normal, mais la lumière du flash peut très bien révéler une anomalie, vous savez.

— Comment était-ce, s'enquit Grant, quand vous l'avez examiné, comme vous avez dû le faire, avec Valdarno ?

— Quelque chose avait été... déplacé. Si ça n'apparaît pas sur la photographie de la baronne, ça signifie que le meurtre a été commis après notre départ du mithraeum.

— Et après notre départ de l'édifice ? demanda Grant.

— Pas forcément, mais ce n'est pas impossible. Voyons d'abord les mouvements du reste du groupe. Les vôtres, par exemple.

— J'avais proposé de rester au mithraeum, si jamais quelqu'un voulait des renseignements sur les autres parties de l'insula. Miss Jason m'a tenu compagnie pendant une dizaine de minutes ; ensuite, nous sommes remontés par le chemin le plus direct, par la porte principale du mithraeum, l'antichambre et le couloir qui mène à l'escalier. Nous ne sommes pas passés à côté du puits ou du sarcophage, bien sûr, et nous n'avons croisé personne.

— Rien entendu non plus ? Des voix ?

— Non. Je ne le crois pas.

— Attendez, dit Sophy.
— Oui, Miss Jason ?
— Ça ne compte sûrement pas, mais...
Elle s'adressait à Grant.
— Rappelez-vous, juste quand nous quittions le mithraeum, il y a eu un bruit de voix. C'était indistinct et très sonore, à cause de l'écho.
— Ah oui ? Je ne m'en souviens pas.
— Des voix d'homme ou de femme ? demanda Alleyn.
— Elles étaient tellement déformées que c'est difficile à dire. Un homme, je crois, et peut-être une femme. Ce pouvait être vous et la baronne Van der Veghel dans l'escalier. Ou bien le baron. Ou tous les trois.
— Possible. Par quel chemin êtes-vous ressorti, major Sweet ?
— Je... humm. J'ai traîné un peu. Jeté un autre coup d'œil sur le puits, mais demandez-moi si le couvercle du sarcophage était en place, et je vous répondrai que je n'ai pas fait attention. Je... euh... je suis monté dans la nef de la vieille église. D'ailleurs, pendant que j'y étais, je vous ai entendus, vous et les... euh... les Van der Veghel, dans le cloître. Vous preniez des photos.
— C'est exact, dit la baronne. J'ai pris la tête de Mercure.
— Vous y étiez toujours quand j'ai emprunté l'escalier en pierre. Sans me presser. Je n'ai pas vu la femme. Ni Mailer. A mon avis, il avait quitté les lieux. J'en suis même sûr.
— Pourquoi ?
— Pour être tout à fait honnête, parce que s'il avait été là, je l'aurais débusqué. Je trouvais bigrement louche qu'il nous plante là après nous avoir pris les yeux de la tête. Alors, me suis-je dit, s'il traîne dans les parages, je l'aurai. Et je ne l'ai pas eu.

— Je doute, répliqua Grant, que vos recherches aient été très approfondies, major Sweet. En si peu de temps ? Avec cet éclairage ? Avec tous ces passages latéraux et ces excavations ? Non !

— C'est vrai, renchérit le baron. Absolument vrai.

— Monsieur, je proteste, déclara le major en gonflant les joues.

Le baron l'ignora.

— Monsieur Alleyn, fit-il, est-il possible que ce Mailer se soit caché quelque part, peut-être déjà avec le cadavre de cette femme assassinée, et qu'il ait attendu notre départ avant de le mettre... là où on l'a trouvé ? Qu'en dites-vous, monsieur ?

— Oui, monsieur le baron, à mon avis, c'est possible. Mais dans ce cas-là, quand s'est-il échappé ?

— Peut-être qu'il est toujours là-bas, glissa Kenneth avec son petit rire hennissant.

— J'y ai pensé, déclara le baron, ignorant Kenneth. Il a peut-être attendu que les pères viennent inspecter les lieux. Après quoi, il s'est caché en haut et, pendant qu'ils cherchaient ailleurs, il a réussi à s'éclipser et à se dissimuler dans la basilique, d'où il est sorti après que nous sommes partis. Je ne sais pas. Mon idée est sans doute absurde, mais... après tout, il s'est sauvé.

— Moi, je trouve cette idée très intelligente, intervint Lady Braceley.

Elle réussit même à décocher l'ombre d'une œillade coquine au baron qui s'inclina, l'air atterré.

— Résumons-nous, dit Alleyn, bien que cette expression paraisse dérisoire dans ce contexte. Aucun de nous n'a revu Mailer ou Violetta, après que Mailer nous a quittés, en apparence pour rejoindre M. Dorne devant la statue d'Apollon dans la vieille église de San Tommaso.

Sophy laissa échapper une petite exclamation.

— Oui, Miss Jason ? Vous êtes-vous souvenue de quelque chose ?

— Juste à l'instant. Ce n'est sans doute — sûrement même — rien. C'était pendant l'épisode de la photographie de groupe.

— Oui ?

— Il y a eu un bruit quelque part à l'extérieur du mithraeum. Pas très loin, mais il a été déformé par l'écho. Une voix de femme, je crois... puis ça s'est interrompu. Et, plus tard... une sorte de bruit sourd. Sur le coup, j'ai pensé à une très lourde porte qui venait de se refermer.

— Je m'en souviens ! s'écria le baron. Je m'en souviens parfaitement. C'était pendant que moi, je prenais la photo.

— Vraiment ? fit Sophy. Une espèce de choc ?

— Exactement.

— Comme une porte ?

— Une porte très lourde.

— Effectivement, opina Alleyn. Ça en avait l'air.

— Seulement, dit Sophy en pâlissant, je ne me rappelle pas avoir vu la moindre porte en bas. Et vous ? demanda-t-elle à Grant.

— Non, répliqua-t-il. Il n'y avait pas de portes.

— C'était donc autre chose... quelque chose qu'on aurait laissé tomber, par exemple. Pas de très haut, non. Mais quelque chose de très lourd.

— Comme un couvercle de pierre ? suggéra Alleyn.

Sophy hocha la tête.

CHAPITRE 7

L'après-midi

I

Lorsque Alleyn demanda à ses compagnons de ne pas quitter Rome dans l'immédiat, Lady Braceley et le major Sweet poussèrent les hauts cris. Le major invoqua bruyamment ses droits de citoyen britannique. Lady Braceley se lamenta, mentionnant des personnages haut placés chez qui elle avait ses entrées. Finalement, à force de marmottements apaisants, son neveu parvint à la faire taire. Elle versa des larmes qu'elle sécha prestement avec un coin de son mouchoir.

Le major, lui, se laissa amollir par la promesse que tous les frais supplémentaires seraient pris en charge et s'enferma dans un silence résigné et bougon.

Grant, Sophy et les Van der Veghel réagirent avec plus de modération. Que pouvait-on contre le destin ? fut la question rhétorique de la baronne. Son époux, plus réaliste, observa que malgré les inconvénients ils étaient bien obligés de rester sur place, puisque les circonstances semblaient exiger leur présence. Grant déclara impatiemment que, de toute façon, il avait eu l'intention de rester à Rome ; et Sophy expliqua qu'elle avait encore quatre semaines de vacances. Elle avait vaguement songé à visiter Pérouse et Florence, mais elle était prête à reporter ses projets.

Ils se séparèrent à une heure et demie. Tout le monde, à l'exception de Grant et de Sophy, décida de profiter de la limousine mise à leur disposition par Valdarno. Alleyn s'entretint brièvement avec le *Questore*, déclinant, avec les regrets d'usage, l'invitation à déjeuner. Il avait, dit-il, son rapport à rédiger.

Quand enfin il sortit du bâtiment, il tomba sur Grant et Sophy qui l'attendaient.

— J'aimerais vous parler, fit Grant.

— Mais certainement. Voulez-vous déjeuner avec moi ?

Alleyn s'inclina devant Sophy.

— Tous les deux. D'accord ?

— Pas moi, répondit Sophy. Je ne suis qu'une pièce rapportée.

— Absolument pas, protesta Grant.

— Enfin, quoi qu'il en soit, j'ai rendez-vous. Merci, monsieur Alleyn... mais maintenant, il faut que j'y aille.

Et, avant qu'ils ne pussent la retenir, elle traversa la rue en courant et arrêta un taxi.

— Voilà une jeune personne déterminée, observa Alleyn.

— Très.

— Je vois un autre taxi. On y va ?

Ils déjeunèrent à l'hôtel d'Alleyn. Qui se surprit à se demander si, habitué qu'il était à l'hospitalité tous frais payés, Grant ne trouvait pas la situation familière, à quelques différences près. Alleyn était un hôte accompli : il consacra juste le temps qu'il fallait à la commande de leur repas, après quoi, il parla de la difficulté à s'adapter à Rome et du danger de saturation qui guette les touristes. Il demanda à Grant s'il avait dû effectuer beaucoup de recherches pour *Simon au Latium*.

— Certes, dit-il, c'est un toupet ineffable de ma part, mais il m'a toujours semblé qu'un romancier qui situe l'action de son livre dans un environnement étranger est comparable à un policier chargé des investigations. Dans mon métier, on est obligé de « récolter » en permanence l'information, d'enregistrer toutes sortes de détails — techniques, professionnels, locaux, tout ce que vous voulez — dans un contexte dont on n'a absolument pas l'habitude. Bref, il faut potasser.

— C'est exactement ce que j'ai dû faire pour *Simon*.

— Vous êtes resté un certain temps à Rome, n'est-ce pas ?

— Deux mois, rétorqua Grant, laconique.

Il reposa son couvert.

— En fait, c'est... en un sens, c'est de ça que je voudrais vous parler.

— Entendu. Maintenant ?

Grant réfléchit quelques secondes.

— C'est une piètre façon de faire honneur à un excellent déjeuner, mais... si cela ne vous ennuie pas, oui. Maintenant.

Et il raconta à Alleyn comment Sebastian Mailer avait trouvé son manuscrit et ce qui en avait découlé.

— Je crois savoir à présent comment il s'y est pris. Il a forcé la serrure de mon attaché-case et lu le livre. Il a passé trois jours à concocter son *Angelo en août*. Il n'a pas copié ostensiblement sur *Simon*, mais a simplement introduit mon thème principal comme sujet secondaire. Suffisamment pour que je lui en parle devant ses infâmes acolytes. Puis il m'a entraîné dans une virée nocturne qui s'est terminée là où vous êtes allé hier soir : chez Toni. Je ne me souviens pas très bien de cette aventure, mais assez en tout cas pour vouloir l'oublier. Apparemment, j'ai mentionné la « ressemblance » au restaurant, qui s'appelle *Il Eremo*, et devant un Américain qui aurait été ravi de la divulguer à la presse.

« Je suis rentré en Angleterre. Le livre est sorti et, il y a trois semaines, je suis revenu à Rome. Mailer était au courant. Je suis tombé sur lui : il m'a conduit dans un petit salon exécrable de l'hôtel des Van der Veghel, et c'est ainsi qu'a commencé son chantage. Il s'est montré tout à fait impudent. Il m'a fait comprendre qu'il avait remanié sa nouvelle de telle sorte qu'on y voyait maintenant une ressemblance frappante avec mon roman, et qu'il avait des témoins depuis... l'autre nuit, pour confirmer que j'avais parlé de cette similitude une fois que j'avais bu. L'un d'eux, m'a-t-il dit, était le correspondant à Rome du *Courrier international* : son histoire ferait un beau scoop. Mais oui, je sais ! fit Grant lorsque Alleyn ouvrit la bouche. Pourquoi ne l'ai-je pas envoyé paître ? Vous ne vous rappelez certainement pas ce qui est arrivé à mon premier livre.

— Si.

— Vous n'êtes pas le seul. Il n'y a eu que mon éditeur et quelques amis pour croire que toute cette lamentable affaire n'était qu'une coïncidence. Cette histoire allait remonter à la surface. Tout allait recommencer, et moi, j'aurais acquis la réputation d'un minable plagiaire. Je suis peut-être un lâche, mais je n'étais pas capable d'affronter ça.

— Qu'a-t-il demandé ?

— C'est tout le hic. Pas grand-chose, en réalité. Simplement que j'accompagne ces inénarrables visites guidées.

— Il ne se serait pas arrêté là, vous savez. C'était juste pour vous faire mettre le doigt dans l'engrenage. Mais pourquoi avez-vous résolu de m'en parler ?

— Parce que trop, c'est trop. J'en ai discuté avec Sophy, et elle m'a conseillé de tout vous raconter. Après la réunion, pendant que nous attendions dehors. C'est extraordinaire, j'ai rencontré cette fille hier. Il ne s'agit pas d'une passade : ce n'est pas son genre. Et pourtant... Enfin, voilà, dit Grant, renonçant à ses digressions. Mailer vous intéresse en tant que trafiquant de drogue. C'est peut-être aussi un assassin. Qu'il soit maître chanteur en plus ne présente sans doute qu'un intérêt académique.

— Oh, tout est bon à prendre pour nous, répondit Alleyn. Moi-même, je me retrouve dans une position bigrement délicate, figurez-vous. J'ai appris ce matin que la nationalité britannique de Mailer a été confirmée. Ce qui me maintient sur les rangs, mais d'une manière différente : mes chefs m'ont envoyé ici pour suivre une piste de trafic de drogue, et je me retrouve avec le meurtre présumé d'une Italienne sur les bras.

— Votre présence hier n'était donc pas accidentelle ?

— Non.

— Autant vous l'avouer, Alleyn : je ne tiens pas particulièrement à ce que vous retrouviez Mailer.

— Je m'en doute. Vous avez peur que, s'il est jugé, il ne remette sur le tapis l'histoire de ce prétendu plagiat ?

— D'accord. C'est exact. Je ne vous demande pas de comprendre. La police, décréta Grant farouchement, n'est pas vraiment réputée pour son amour des arts.

— D'un autre côté, elle connaît bien cette tendance du public, artistique ou autre, à séparer ce qu'on nomme dérisoirement la justice de la notion d'intérêt personnel.

— J'imagine, répliqua Grant après une pause conséquente, qu'il serait impossible d'être plus rouge que je ne le suis déjà.

— N'y pensez plus. Quant à vos craintes liées à une pseudo-révélation, je puis vous assurer qu'elles ne sont absolument pas fondées.

— Vous le croyez vraiment ?

— Oui. Je serais même prêt à le parier.

— Du point de vue de la police, toutes ces questions sont sans doute entièrement hors sujet.

— En quelque sorte, répondit Alleyn. Que diriez-vous d'un pousse-café ?

II

Les deux jours suivants s'écoulèrent dans le calme. Alleyn rédigea un rapport détaillé et envoya un bref compte rendu à ses supérieurs. Il téléphona également à Londres pour demander des renseignements précis sur Lady Braceley et Kenneth Dorne, ainsi qu'une vérification des registres de l'armée concernant le major Hamilton Sweet. Par ailleurs, il chargea le service compétent de s'informer auprès des autorités néerlandaises sur les Van der Veghel.

Le troisième jour, une vague de chaleur s'abattit sur Rome. Les murs, les pavés, le ciel lui-même frémissaient sous son assaut, et les grands saints étendaient leurs bras de pierre au-dessus de la cité dans une brume qui créait une impression de mouvement. Alleyn déjeuna à l'hôtel et passa un bon moment à se demander comment Fox se portait à Londres.

La sieste, chez les Latins, est une coutume civilisée. Au mieux, elle renvoie la chaleur étouffante de la journée derrière les moustiquaires, permet aux gens de se reposer de leurs colloques passionnés et provoque une accalmie dans l'activité animée des rues.

Pour Alleyn, personnellement, la sieste n'était pas une bénédiction. Entraîné à dormir bien moins que le commun des mortels et à s'accorder quelques brefs instants de sommeil ou de relaxation quand les circonstances l'exigeaient, il trouvait ces trois heures d'oisiveté forcée plus irritantes que reposantes.

Une fois dans sa chambre, il se déshabilla, dormit profondément pendant une heure, prit une douche et, vêtu de frais, sortit dans la rue.

Rome flottait dans une brume de chaleur. L'escalier de la place d'Espagne était désert. Toutes les boutiques de la Via Condotti étaient fermées, ainsi que l'agence de tourisme où il avait réservé sa place pour l'excursion de la veille. Il descendit les marches. Il n'était pas vraiment le seul à se trouver dehors en pleine chaleur de l'après-midi. Devant lui, il y avait une jeune vendeuse attardée, un ouvrier, une vieille femme et — ayant visiblement débouché de l'hôtel — Giovanni Vecchi ! Alleyn se réfugia derrière un auvent. Giovanni s'engagea dans la Via Condotti. Alleyn le suivit prudemment. Soudain, Giovanni s'arrêta.

Alleyn eut le réflexe instantané de reculer dans l'embrasure de la porte d'une boutique. Il observa Giovanni entre deux sacs à main exposés dans la vitrine. Giovanni jeta un rapide coup d'œil à gauche et à droite, puis consulta sa montre. Un taxi freina devant l'immeuble d'en face. Son passager descendit. Giovanni héla le chauffeur et s'avança à sa rencontre. Alleyn s'enfonça encore plus sous le porche. Tournant le dos à Giovanni, il l'entendit dire « *Il Eremo* » et donner le nom de la rue.

La portière claqua ; le taxi s'ébranla, et Alleyn, qui en chercha vainement un autre, prit au pas de course la direction de la Navona.

Il y arriva dix minutes plus tard et tourna dans un passage qui sentait l'ail et l'huile de friture.

Elle était bien là, la trattoria avec une terrasse où, un an plus tôt, Grant avait dîné avec Mailer. La porte du restaurant était fermée, et les stores, baissés. A l'extérieur, les chaises étaient empilées sur les tables. A première vue, l'endroit paraissait désert.

Mais, en se rapprochant précautionneusement, Alleyn aperçut deux hommes assis à une table dans un coin ombragé. L'un d'eux était Giovanni. Et, bien qu'ils eussent le dos tourné, il n'eut aucun mal à reconnaître son compagnon.

C'était le major Sweet.

Alleyn, lui, se trouvait dans la cour d'un modeste brocanteur, envahie par des croûtes, des chaises pseudo-Renaissance et quelques meubles restaurés noyés sous des flots de vernis bon marché. Il s'abrita derrière un grand paravent délabré et épia le major Sweet et Giovanni par l'interstice entre deux panneaux.

Le major Sweet, vu de derrière, n'était plus le même. Quelque chose dans sa posture et dans son port de tête trahissait une vigilance extrême. Il changea légèrement de position : sa joue, un bout de sa moustache et son œil droit apparurent dans le champ visuel d'Alleyn. L'œil louchait; c'était l'œil d'un homme aux aguets. Penché vers le major, Giovanni était en train de parler. Comme les Italiens parlent avec les mains, celles de Giovanni ne chômaient pas, bien que leur champ d'action fût restreint. Le major, les bras croisés, semblait attendre.

Était-il, se demanda Alleyn, occupé à organiser avec Giovanni une nouvelle virée nocturne? Il n'en avait pas vraiment l'air. On eût dit que leurs pourparlers portaient sur tout autre chose, pensa Alleyn, espérant que son imagination ne l'égarait pas trop.

Grâce à une manœuvre subtile, découvrit-il, il pouvait traverser la cour jusqu'à un coffre rempli de papiers disparates, à côté d'une haute armoire, et ainsi, se rapprocher considérablement de la trattoria. Parvenu au coffre, il en sortit une carte en bien piètre état, mais suffisamment grande, qu'il maintint devant lui au cas où ils passeraient par là. C'était une chance qu'il eût changé de chaussures et de pantalon.

Ils discutaient en anglais. Leurs voix montaient et retombaient, comme si quelque main oiseuse était en train de jouer avec le bouton du volume. Il ne perçut que des bribes de leur conversation.

— ... perdre son temps en discours... ne comprenez-vous pas, Vecchi... danger. Ziegfeldt...

— ... vous êtes fou ? Combien de fois faut-il vous répéter... les instructions...

— ... perquisition... police...

— ... O.K., *signore*. Qu'ils viennent fouiller : ils ne trouveront rien... J'ai pris des... « mesures »...

— ... des *mesures*. Faites ce coup-là à Alleyn, et vous verrez... différent... croyez-moi... je peux le faire. Et je le ferai. A moins que...

— ... saoul...

— ... rien à voir. Pas saoul au point de ne pas... C'est une offre honnête. Arrangez les choses pour moi, ou bien...

— Vous n'oserez pas.

— Vous avez tort de ne pas me croire. Écoutez... si j'informe... Ziegfeldt...

— *Taci !*

— Fermez-la.

Il s'ensuivit un échange féroce à voix basse. Giovanni poussa une exclamation. Les pieds des chaises raclèrent le sol. Une main s'abattit sur la table. Très intéressé, Alleyn s'accroupit derrière la carcasse d'un fauteuil de velours et les entendit s'éloigner. Lorsque leurs pas moururent au loin, il quitta sa cachette. Quelque part derrière un volet clos, un homme bâilla à se décrocher la mâchoire. Une porte s'ouvrit, plus bas dans la rue. Un garçon en pantalon et tricot de corps se planta sur le seuil en se grattant les aisselles. A l'intérieur de la trattoria, une voix féminine appela avec fioritures :

— Mar-cel-lo !

La sieste était terminée.

Il y avait bien longtemps que Alleyn n'avait pas filé quelqu'un et, tout comme au *Questore* Valdarno, ce retour inattendu sur le terrain ne lui déplut guère.

Sa tâche n'était pas aisée. Les rues étaient encore vides et offraient peu d'abris. Il attendit que ses hommes eussent parcouru environ deux cents mètres. Là, ils se séparèrent, et Alleyn décida de suivre le major qui s'enfonça dans l'une des ruelles du vieux Rome consacrées au commerce des « antiquités ».

Là, le bric-à-brac environnant facilita le travail à Alleyn et, quand ils en sortirent, il était sur les talons du major qui, constata-t-il, se dirigeait vers son petit hôtel.

Tout ça pour rien, pensa Alleyn.

Le major pénétra dans l'hôtel. Alleyn le suivit jusqu'à la porte vitrée, le regarda s'approcher de la réception, prendre une clé et s'éloigner, probablement vers l'ascenseur.

Alleyn entra, alla jusqu'à la cabine téléphonique en face de l'ascenseur et, comme convenu, téléphona à Valdarno. Il lui fit un bref compte rendu de ses activités de l'après-midi.

— Le major, eh ? Ce Sweet ? Pas tout à fait tel qu'on le croyait, hein ? dit le *Questore*.

— Apparemment non.

— Qu'en pensez-vous ?

— Je n'en ai retiré qu'une impression très parcellaire, vous savez. Mais ça témoigne des liens du major

Sweet avec Ziegfeldt et, plus ou moins, avec l'entreprise de Mailer.

— Incontestablement. Quant à cet endroit — chez Toni — Bergarmi y a effectué une perquisition hier après-midi.

— A-t-il trouvé... ?

— Rien du tout. Il y avait les traces d'un nettoyage rapide, mais sans plus.

— La camelote qu'on m'a vendue provenait d'un petit réduit près de l'entrée.

— Il n'y avait rien là-dedans sauf un tiroir-caisse, un registre et un annuaire téléphonique. En ce qui concerne Mailer, nous n'avons aucune piste. Nous savons avec certitude qu'il n'a pas quitté Rome. Comme je vous l'ai déjà dit, j'ai établi une surveillance extrêmement serrée aussitôt après votre coup de fil.

Si Alleyn était moins optimiste que le *Questore* sur ce point précis, il n'en laissa rien paraître.

— Je pense, disait Valdarno, que nous allons avoir un petit entretien avec ce Giovanni Vecchi. Il a fait allusion à des « mesures », hein ? Quel genre de mesures, à votre avis ?

— Difficile à dire, répliqua Alleyn prudemment. J'ai cru flairer des pots-de-vin. D'un genre particulier.

Il y eut un silence prolongé. Alleyn jugea bon de ne pas mentionner la remarque du major Sweet le concernant.

— Et votre démarche suivante, cher collègue ?

— Pendant que vos hommes vont causer avec Giovanni Vecchi, j'irai peut-être bavarder avec le major Sweet. Après quoi, *signor Questore*, je me permets de vous suggérer... une surveillance étroite du major.

— Où êtes-vous ?

— A son hôtel. Le *Benvenuto*.

— Ce sera fait. La situation est plutôt confuse, confessa Valdarno. D'un côté, nous avons un trafic de drogue qui vous intéresse, vous. De l'autre, le meurtre de Violetta, qui nous préoccupe également. Et Mailer est le pivot dans ces deux affaires. On se demande s'il existe d'autres interférences. Avec les membres de l'excursion. En dehors, évidemment, de leur répugnance à ce que leurs noms soient mêlés à une enquête policière. Autrement, entre le meurtre et ces sept touristes, il n'y a aucun lien, n'est-ce pas ?

— Je ne dirais pas ça, rétorqua Alleyn. Oh non, cher *signor Questore*, je ne dirais pas ça. Surtout pas.

Quand il eut exposé son point de vue, il reposa le combiné et tint conseil avec lui-même. Finalement, pas vraiment convaincu d'avoir pris la bonne décision, il retourna à la réception et se fit annoncer au major Sweet.

III

Difficile de croire que c'était le même homme qui, une demi-heure plus tôt, avait comploté avec Giovanni. Le major avait à nouveau endossé le personnage que, depuis le début, Alleyn soupçonnait d'être fabriqué de toutes pièces. Il était assis en face de lui dans son impeccable costume d'été, paré d'une cravate de l'Artillerie Royale, d'une chevalière, d'une paire de souliers vernis et d'un considérable mal aux cheveux qui se lisait dans ses yeux injectés de sang. Le mal aux cheveux, lui, n'était pas feint. Le reste non plus, peut-être. Il se pouvait que le major fût exactement ce qu'il paraissait être : simplement, le tout avait mal tourné.

— Content de vous voir, Alleyn, déclara-t-il. Justement, j'espérais pouvoir causer avec vous.

— Ah oui ?

— Pour vous dire que si je pouvais vous être utile, ce serait de bon cœur. Je sais que vous êtes dans une situation délicate. Quand on marche sur les plates-bandes d'une législation étrangère, eh ! Je ne puis sans doute pas grand-chose, mais tel que je suis... me voici. Entre les corps d'État, il faut s'entraider, quoi.

— Je vois que vous êtes artilleur.

— Je l'étais, mon vieux. Je l'étais. Je suis à la retraite maintenant, mais toujours présent à l'appel.

Il eut un rire complice.

— Malgré l'autre soir. Ne me jugez pas là-dessus. C'était lamentable, je sais. Mais faut bien s'amuser de temps en temps, ne croyez-vous pas ?

— Vous n'êtes donc pas un client régulier de M. Mailer ?

— De *Mailer* ? répondit le major après une fraction de seconde. Oh, je vois ce que vous voulez dire. Enfin, je crois voir. Je ne peux pas l'encaisser, ce type. Dès le premier coup d'œil, il m'a paru louche. Mais son affaire était bien organisée, je l'avoue, même si je n'ai pas craché sur le vin... passons.

— Je ne parlais pas d'alcool, mais de drogues dures. L'héroïne. La cocaïne.

— Ne me dites pas qu'ils servent ces cochonneries-là chez Toni ! Systématiquement, j'entends.

— Et vous, ne me dites pas que vous n'étiez pas au courant.

Après une pause considérablement plus longue, le major répondit calmement, avec dignité :

— Je trouve cette remarque déplacée.

— Moi, ça me semble évident.

— Pas à moi, monsieur. Quoique... attendez. Vous pensez à cet odieux blanc-bec, Dorne. Désolé, ça m'a échappé. Bon sang, oui, j'avais bien compris ce qu'il manigançait. Et vous en avez reparlé le lendemain matin. C'était du beau travail, si je puis me permettre, encore que je me sois assoupi. Je n'ai pas tout saisi de la conversation.

— Ce n'est pas la première fois que vous venez à Rome ?

— Oh non. Je suis venu là avec mon régiment en 1943. Et une ou deux fois depuis. Jamais pu assimiler leur baragouin.

— Depuis combien de temps connaissez-vous Giovanni Vecchi ?

Le visage rubicond du major changea de coloris, mais lui-même ne broncha pas.

— Giovanni qui ? Ah, vous parlez du guide !

— Oui, du guide. Il est mêlé au trafic de drogue au même titre que Mailer.

— Ça, par exemple !

— Eh oui. Ils ont des liens, dit Alleyn, prenant mentalement une profonde inspiration, avec Otto Ziegfeldt.

— Qui est-ce ? s'enquit le major d'une voix dépourvue de toute expression. Un rastaquouère quelconque ?

— C'est le plus gros caïd dans le milieu de la drogue.

— Vous m'en direz tant.

— Je n'ai pas besoin de le faire, n'est-ce pas ?

— Ce dont vous avez besoin, rétorqua le major en montant d'une octave, c'est de vous expliquer. Je commence à en avoir assez.

— Ziegfeldt importe de la morphine de Turquie. L'itinéraire traditionnel va de Smyrne jusqu'à Marseille, via la Sicile, et de là, par terre ou par mer, aux États-Unis. L'année dernière, un circuit alternatif a été mis en place : des bateaux libanais transportaient la marchandise jusqu'à Naples, d'où on l'acheminait par la voie côtière à Marseille, et là, elle était transformée en héroïne. Ziegfeldt a placé un agent à Naples : son rôle était d'organiser et de superviser le transport. Nous pensons que cet homme était Sebastian Mailer.

Alleyn fit une pause. Ils se trouvaient au fumoir désert de l'hôtel. La pièce, totalement impersonnelle, sentait l'encaustique et les rideaux. Accoudé au bras de son fauteuil inconfortable, la main sous la joue, le major Sweet paraissait perdu dans ses méditations.

— Il s'avère, reprit Alleyn, qu'à une époque Mailer a été marié avec la dénommée Violetta. Elle l'aidait probablement dans sa tâche. Par la suite, il l'a abandonnée.

— Et voilà, fit le major dans la paume de sa main. Elle a menacé de le dénoncer.

— Possible.

— Et il l'a tuée.

— Très probable.

— Et voilà toute l'histoire.

— Ziegfeldt n'apprécie pas beaucoup les agents qui se servent dans le stock en transit et ensuite s'installent à leur propre compte.

— Sûrement.

— Il a pour habitude de les liquider. Par l'intermédiaire d'un autre agent. D'abord, il envoie quelqu'un pour les espionner. Mais parfois, l'espion a les yeux plus gros que le ventre. Il extorque de l'argent à... disons à Giovanni, en promettant de ne pas le trahir, ni lui ni Mailer, à leur patron. Après quoi, à moins qu'il ne soit vraiment très malin, il est découvert par le patron et lui aussi se fait descendre.

De fines gouttes de sueur perlèrent sur le front du major, s'accrochant à ses sourcils.

— Il n'y avait pas d'artilleurs en Italie en 1943. Ils sont arrivés en 44, dit Alleyn. Où donc achetez-vous vos cravates ?

— ... un lapsus. 44.

— Bien.

Alleyn se leva.

— Combien de fois peut-on retourner sa veste avant de perdre le compte ? demanda-t-il sans s'adresser à quelqu'un en particulier. Quel est votre prix ?

Sweet leva la tête et le dévisagea, décontenancé.

— A votre place, je ne chercherais pas à filer non plus. Vous savez ce que vous avez à faire, bien sûr, mais Otto Ziegfeldt a le bras long. Interpol aussi, d'ailleurs, et même la police londonienne.

Sweet se tamponna le front et la bouche avec un mouchoir soigneusement plié.

— Vous vous trompez, répliqua-t-il. Vous êtes sur une fausse piste.

— Je vous ai entendu parler à Giovanni Vecchi au *Eremo* à quatre heures moins le quart.

Un son singulier s'échappa de la gorge du major. Pour la première fois, il regarda fixement Alleyn. Ce dernier devina sa réponse plus qu'il ne l'entendit :

— Je ne vois pas de quoi vous parlez.

— Là, j'ai un avantage sur vous car je sais de quoi vous avez discuté avec Vecchi. Allons, vous n'avez aucun intérêt à me le dissimuler. Comprenez-moi bien. Je suis ici, à Rome, pour recueillir le plus d'informations possible sur les opérations menées par Otto Ziegfeldt. Je ne suis pas là pour épingler ses sous-fifres, à moins que, ce faisant, je ne puisse avancer mon enquête.

Il réfléchit quelques instants avant d'ajouter :

— Ou alors, évidemment, si l'agent en question commet une action qui exige son arrestation immédiate. Je crois avoir percé à jour votre petit jeu. A mon avis, vous avez été envoyé par Ziegfeldt en Italie pour espionner Mailer et Giovanni Vecchi et dresser un rapport sur leurs activités parallèles. Mais vous avez doublé Ziegfeldt et conclu une alliance avec Mailer et Giovanni. Seulement, maintenant que Mailer a disparu, vous avez peur qu'il ne vous grille auprès de Ziegfeldt. Je pense que vous avez menacé Giovanni de le dénoncer à Ziegfeldt, à moins qu'il ne vous graisse la patte de manière substantielle. Je pense également que vous projetez de mettre les voiles avant que le vent ne tourne. Mais vous n'avez aucune chance. Vous êtes dans un sale pétrin, d'une façon ou d'une autre. Tout compte fait, vous seriez peut-être plus en sécurité derrière les barreaux. Les rues de Rome risquent de ne pas vous réussir.

— Que voulez-vous ?

— La liste complète des agents de Ziegfeldt et un compte rendu détaillé de ses opérations entre Smyrne et les États-Unis. Étape par étape. En consacrant une attention toute particulière à Mailer.

— Je ne peux pas. Je ne suis pas au courant. Je... je ne suis pas... je ne suis pas impliqué au point de...

— Ou peut-être ne vous fait-on pas assez confiance ? C'est possible. Mais vous êtes bien dans le coup, sans quoi on ne vous aurait pas confié cette mission.

— Je ne peux pas faire ça, Alleyn.

— Giovanni sera interrogé.

— Laissez-moi du temps.

— Non.

— J'ai besoin d'un verre.

— Vous pouvez en prendre un. Voulez-vous que nous montions dans votre chambre ?

— Très bien, répondit Sweet. Très bien, que le diable vous emporte.

IV

De retour à son hôtel, Alleyn trouva un billet de Lady Braceley sous sa porte, ainsi qu'un message annonçant que Fox avait téléphoné de Londres et qu'il rappellerait à six heures. Il était à présent cinq heures et quart. Lady Braceley avait une écriture large et assez démente, qui s'éparpillait sur toute la feuille.

« Il faut que je vous voie, disait son mot. C'est terriblement urgent. Désespérément. Je vous en supplie, venez dans ma suite dès que possible. Si vous voyez K., surtout *ne dites rien*. S.B. »

« Ça va être le bouquet, pensa Alleyn. Cuisiner un faux major est une symphonie pastorale comparé à l'air que va me chanter Lady B. »

Il déchira le billet et alla dans sa suite.

Comme on pouvait s'y attendre, elle le reçut dans une chaise longue. Elle était vêtue d'un tailleur pantalon en lamé or. Une femme de chambre au visage dur le fit entrer et se retira, sans doute dans la pièce d'à côté.

Lady Braceley reposa les pieds sur le parquet et lui tendit les deux mains.

— Seigneur ! fit-elle. Vous êtes là. Que Dieu vous bénisse ! Que Dieu vous bénisse !

— Il n'y a pas de quoi, répondit Alleyn, jetant un coup d'œil sur la porte de la chambre.

— Elle est suisse. Elle ne parle pas un mot d'anglais.

— Qu'y a-t-il, Lady Braceley ? Pourquoi voulez-vous me voir ?

— C'est extrêmement confidentiel. *Extrêmement.* Si Kenneth apprend que je vous l'ai dit, je ne sais pas ce qu'il va faire. Mais je n'en peux plus. Ça me tue. Il ne viendra pas. Il sait que je me repose jusqu'à six heures et m'appelle toujours avant de venir. Nous sommes en sécurité.

— Peut-être m'expliquerez-vous...

— Bien sûr. Simplement, je suis à bout. Je me demande ce que vous allez dire.

— Moi aussi, répliqua Alleyn légèrement. Il faudrait d'abord que je sache de quoi il s'agit.

— C'est à propos de lui. De Kenneth. Et de moi. C'est... Oh, il s'est conduit de manière tellement stupide et insensée ; je ne sais vraiment pas ce qui lui a pris. Et voilà où ça nous a menés.

— Qu'a-t-il fait ?

— Je n'ai pas bien suivi toute l'histoire. Pour commencer, il a eu des ennuis à Pérouse. Il a fait la nouba, s'est retrouvé à court d'argent et... je ne sais plus... a vendu quelque chose qu'il n'avait pas encore payé. Cet assassin, Mailer, l'en a tiré. Du moins, c'est ce qu'il a dit. Mais ensuite, quand nous étions dans cette abominable église, Mailer est venu m'annoncer que la police — *la police* — était sur le coup et que, à moins de les « calmer », tout serait découvert et Kenneth — vous vous rendez compte ! — Kenneth serait arrêté. Il fallait donc déposer cinq cents livres dans je ne sais plus quelle banque. Il me suffisait de faire un chèque en blanc, et lui — quel est ce mot, déjà ? — allait se charger des négociations.

— L'avez-vous fait, ce chèque ?

— Pas à ce moment-là. Il a dit qu'il ferait patienter la police et qu'il passerait le prendre aujourd'hui à midi. Seulement, il y a eu cette affaire de disparition et cet horrible meurtre. Puis Giovanni — je le trouvais plutôt gentil, vous savez — Giovanni a déclaré qu'il était au courant de tout et qu'il allait arranger les choses. Simplement, ce serait plus cher. Il est venu ici tout à l'heure dans l'après-midi. D'après lui, la situation était plus délicate que Mailer ne le lui avait dit : il lui fallait donc huit cents livres ou, encore mieux, des bijoux. Je possède un diadème assez célèbre offert par mon deuxième mari, mais il se trouve dans le coffre d'une banque ici. Il y a aussi tout un tas de bagues. Il avait l'air de connaître tous mes bijoux.

— Lui avez-vous donné quelque chose ?

— Oui. Ma broche de diamants et émeraudes. Elle est assurée pour neuf cents livres, je crois. Elle ne me plaisait pas énormément, mais tout de même...

— Lady Braceley, pourquoi me racontez-vous tout ça ?

— Parce que j'ai peur, répondit-elle. Tout simplement peur. Je ne sais plus où j'en suis. Kenneth se conduit si bizarrement : de toute évidence, il s'est fourré dans un terrible pétrin. Et, bien que j'aie beaucoup d'affection pour lui, je trouve injuste qu'il m'y ait mêlée également. Je ne peux pas affronter cette situation. Je me sens affreusement malade. Cet endroit... je ne sais pas si vous... ils m'ont donné quelque chose pour me faire planer, mais ça n'avait rien à voir avec ce qu'on m'avait décrit. C'était abominable. Monsieur Alleyn, *je vous en supplie*, soyez gentil, aidez-moi...

Elle pleurait, marmottait, tendait vers lui ses horribles griffes. « Dans un instant, pensa-t-il, nous aurons droit à une véritable crise de nerfs. »

— Vous n'êtes pas bien, dit-il. Puis-je faire quelque chose pour vous ?

— Là, dans le bar. Il y a des cachets. Et du cognac.

Il trouva le tout et lui versa une dose raisonnable de cognac. Elle eut beaucoup de mal à sortir trois comprimés du tube. Il dut l'aider.

— Êtes-vous sûre que vous pouvez en prendre trois ?

Elle hocha la tête, se pencha sur sa main, déglutit et avala son cognac.

— Des tranquillisants, fit-elle. Sur ordonnance.

Pendant près d'une minute, elle resta assise, les yeux clos, en frissonnant.

— Je suis désolée. Prenez donc un verre, offrit-elle d'une voix qui n'était qu'une caricature de son ton mondain.

Alleyn n'y prêta aucune attention. Quand elle eut rouvert les yeux et mis la main sur son mouchoir, il déclara :

— Je ferai ce que je pourrai. Ça m'étonnerait fort que votre neveu soit arrêté. Je vais me renseigner là-dessus. Entre-temps, il n'est pas question que vous remettiez quoi que ce soit à Giovanni. Il vous fait chanter et ne négociera certainement pas avec la police. Mais je ne crois pas qu'il reviendra. Il est très probable que lui-même soit en état d'arrestation. Je vais vous laisser maintenant, mais avant, je voudrais que vous me disiez une chose. Votre neveu a bien rencontré Mailer l'autre jour devant la statue d'Apollon, n'est-ce pas ?

— Je pense que oui.

— Pour récupérer sa drogue ?

— Je crois.

— Y aurait-il une autre raison, à votre avis ? Vous en a-t-il parlé ?

— Je... pense... qu'il avait vu Mailer discuter avec moi et il s'est rendu compte que j'étais bouleversée. Et... il voulait sans doute savoir si... si...

— Si vous aviez accepté de payer ?

Elle hocha la tête.

— Quand votre neveu reparaîtra, fit Alleyn sombrement, dites-lui que j'aimerais le voir. Je serai dans ma chambre, le numéro 149, dans l'heure qui suit. Il me semble, Lady Braceley, que vous devriez vous coucher. Voulez-vous que j'appelle votre femme de chambre ?

— Elle va venir.

Elle le dévisageait avec une intensité qui le consterna. Brusquement, elle se répandit en remerciements incohérents et comme, visiblement, il n'y avait aucun moyen d'endiguer ce flot, il la quitta au beau milieu d'une phrase et retourna dans sa chambre.

V

La voix claire et sonore de l'inspecteur Fox résonna à l'autre bout du fil à six heures précises. Leur service avait été prompt à collecter les renseignements requis. L'ambassade des Pays-Bas et le représentant londonien d'Adriaan et Welker avaient confirmé la déposition des Van der Veghel : une famille ancienne d'origine luthérienne, en accord avec l'esprit évangélique de la maison.

— Une conduite très stricte, déclara Fox. On peut même dire puritaine. La dame avec laquelle j'ai bavardé dans leur filiale de Londres m'a appris que le baron était très différent de son père. Celui-ci était, paraît-il, un sacré gaillard, dans tous les sens du terme. A son époque, il passait pour un fameux don Juan. Il y a des histoires drôles, paraît-il, qui circulent dans la maison sur le baron actuel : comment il tombe nez à nez avec lui-même et fait semblant de ne pas se reconnaître. Lui et son épouse mènent une vie très calme. A Genève, essentiellement. La baronne écrit des contes religieux pour mômes mais n'accompagne jamais son mari à La Haye. On la dit de constitution délicate.

Fox se montra très loquace sur ce thème. La baronne, qui avait un lointain lien de parenté avec son mari, appartenait, semblait-il, à une branche expatriée de la famille. Le travail du baron les obligeait à résider à l'étranger. Leur passé était extrêmement respectable, sans la moindre tache.

Ensuite, ce fut le tour de Lady Braceley.

— Rien qui nous intéresse vraiment, fit Fox, à part un scandale à Ascot en 1937 dont elle a été le témoin involontaire. Plus récemment, il n'y a que les histoires habituelles, communes à toutes les vieilles dames de la haute. Voulez-vous la liste de ses maris ?

— Elle serait ravie de me la donner elle-même, mais... d'accord, allez-y. Au cas où.

Il nota les noms des maris en question.

— Le neveu, c'est une autre paire de manches, reprit Fox. Un sale gosse, quoi. Viré de son école pour une affaire de hasch et de sexe. Trois condamnations pour excès de vitesse. A failli être accusé d'homicide involontaire, s'en est tiré de justesse. Un accident à la suite d'une fête dans ce qu'on appelle « une boîte gay ».

— Continuez, compère Fox.

— Ce major, Hamilton Sweet. Il n'y a pas de major Hamilton Sweet dans l'Artillerie Royale, ni dans les archives militaires d'époque en général. Nous avons donc consulté les dossiers récents de fraude et de faux officiers de l'armée. C'est moins populaire que dans le temps.

— Voyez à territoires britanniques, forces armées. Par élimination.

— Exact. Nous l'avons fait. Et nous sommes tombés sur un James Hamilton Stanley qui correspond à votre signalement. Trois affaires de fraude industrielle et deux inculpations pour des histoires de drogue à la douane. On sait qu'il a quitté le pays. Il est recherché actuellement.

— Ça collc, commc on dit dans les feuilletons qu'on voit tard le soir à la télévision. Merci, compère Fox.

— Vous êtes dans un drôle de *milieu*[1], monsieur Alleyn, observa Fox qui parlait français, *n'est-ce pas*[1] ?

— Ça devient de plus en plus drôle à chaque seconde. *Mille remerciements, Frère Renard*[1], et pourquoi diable ne parlez-vous pas italien? Je vous souhaite le bonsoir.

Ensuite, ce fut Bergarmi qui téléphona, à la demande du *Questore*. Ils avaient coffré Giovanni Vecchi, mais n'étaient pas parvenus à le faire parler. D'après Bergarmi, Giovanni cachait peut-être Mailer; en tout cas, il savait certainement où le trouver. Ils continueraient donc à le garder. S'était-il renseigné sur les activités de Kenneth Dorne à Pérouse? questionna Alleyn. Oui, Bergarmi avait découvert qu'un bijoutier s'était plaint à la police à propos d'un porte-cigarettes, mais on l'avait remboursé et il avait retiré sa plainte. Il n'y avait pas eu de suite.

— C'est bien ce que je pensais, répondit Alleyn.

Il fit part à Bergarmi de son entretien avec Sweet.

— Il m'a donné la liste des principaux agents de Ziegfeldt. A mon avis, elle est authentique. Il a joué double jeu entre Ziegfeldt et Mailer, et maintenant, il a la frousse du siècle.

Bergarmi déclara que le major serait placé sous surveillance. Une arrestation à ce stade ne porterait sans doute pas de fruits, mais devant une surveillance manifeste, le major pourrait craquer et commettre quelque chose de compromettant. De toute évidence, Bergarmi considérait le major comme sa source d'informations la plus juteuse. Compte tenu des renseignements que Alleyn venait d'obtenir, ajouta-t-il, sa mission à Rome était certainement terminée. Sa voix trahissait une satisfaction non déguisée. Alleyn

1. En français dans le texte. *(N.d.T.)*

répliqua qu'on pouvait l'envisager sous cet angle, et sur ce, ils raccrochèrent.

Comme il avait l'intention de dîner à l'hôtel, Alleyn échangea sa tenue de ville contre un smoking. A sept heures et demie, Kenneth Dorne vint le voir dans sa chambre. Il semblait partagé entre le ressentiment, la déconfiture et la trouille pure et simple.

Alleyn reprit les données fournies par Fox et lui demanda si, dans l'ensemble, elles étaient exactes. Sûrement, fut la réponse de Kenneth.

— De toute façon, ajouta-t-il, votre opinion est déjà faite ; je ne vois donc pas l'intérêt de polémiquer.

— Et vous avez parfaitement raison.

— Pourquoi m'avez-vous fait venir ici ?

— Pour savoir en deux mots ce qui s'est passé entre vous et Mailer du côté d'Apollon, l'autre jour. Non, fit Alleyn en levant la main, ne recommencez pas à mentir. Vous allez vous attirer de sérieux ennuis, si vous persistez. Vous l'avez rencontré comme convenu pour récupérer votre dose d'héroïne et de cocaïne. Mais vous vouliez également savoir s'il avait réussi à faire chanter Lady Braceley pour votre compte. C'est dit un peu crûment, peut-être, mais c'est grosso modo la réalité. Vous vous êtes fichu dans le pétrin à Pérouse, et Mailer s'est proposé pour vous en sortir. Connaissant vos talents pour pomper votre tante, il a reparu avec l'histoire d'une enquête policière bidon qui nécessitait une vaste opération pots-de-vin. Il a dû vous dire que Lady Braceley s'était inclinée. Le nierez-vous ?

— Sans commentaire, rétorqua Kenneth.

— Tout ce qui m'intéresse, c'est le moment où Mailer et vous vous êtes séparés et la direction qu'il a prise quand il vous a quitté. Votre esprit n'est pas brouillé à ce point-là par les stupéfiants que vous ne puissiez pas me comprendre. Non seulement cet homme vous a mené en bateau et a volé votre tante. Il a aussi assassiné une vieille femme. Vous savez sans doute ce qu'on gagne à être complice d'un assassin ?

— D'après la loi romaine ? railla Kenneth d'une voix tremblante.

— Vous êtes citoyen britannique. Tout comme Mailer. Vous ne tenez pas à ce qu'il se fasse arrêter, n'est-ce pas ? Vous craignez ses révélations.

— Non !

— Alors dites-moi où il est allé après vous avoir laissé.

Tout d'abord, Alleyn crut que Kenneth allait s'effondrer, puis qu'il allait refuser : mais il n'en fit rien. Il contempla Alleyn d'un œil torve et, finalement, parut rassembler ses esprits. Joignant ses mains blanches par-dessus sa bouche, il se mordilla les doigts et, penchant la tête, se mit à parler. Il sembla même en tirer un certain soulagement.

Quand Mailer lui avait remis sa dose d'héroïne et de cocaïne, raconta-t-il, il s'était offert un « shoot ». Il avait sa propre seringue, et Mailer, ayant deviné son impatience, lui avait fourni une ampoule d'eau et l'avait aidé, utilisant le foulard de Kenneth en guise de garrot.

— Seb est fabuleux, vous savez... ce n'est pas facile quand on n'a pas encore le coup de main. Lui trouve le bon endroit tout de suite. Il m'a shooté sur place, et je me suis senti merveilleusement bien. Alors il m'a conseillé d'aller rejoindre les autres.

Ils s'étaient dirigés ensemble vers l'escalier métallique. Mailer avait accompagné Kenneth en bas jusqu'à l'insula, mais au lieu de pénétrer dans le mithraeum, il avait continué son chemin en direction du puits.

Kenneth, envahi, supposa Alleyn, par une vague montante de bien-être, s'était arrêté à l'entrée du mithraeum, observant Mailer avec indolence. A ce stade de sa narration, Kenneth s'humecta les lèvres et, contemplant Alleyn avec une sorte de joie triomphale, déclara :

— Et là... surprise !

— Que voulez-vous dire ?

— Je l'ai vue. A nouveau. La même chose que l'autre minette, la petite Jason. Vous savez, l'ombre.

— De Violetta ?

— Par-dessus la chose... le sarcophage.

— Vous l'avez donc vue, elle ?

— Non. Il devait être entre les deux. Je ne sais plus. J'étais en train de planer. Et puis, il y avait une espèce d'éperon qui dépassait. Non, moi, je planais.

— A tel point que vous avez très bien pu imaginer toute la scène.

— *Non*, rétorqua Kenneth d'une voix forte. *Non.*

— Et après ?

— Je suis allé dans cet endroit fantastique. Le temple ou je ne sais quoi. Vous étiez tous là. Autour du dieu. Et l'énorme baronne était en train de vous disposer en rang d'oignons pour prendre sa photo de groupe. Et pendant ce temps, fit Kenneth en s'animant, pendant ce temps, Seb étranglait la bonne femme des cartes postales dans un recoin. C'est vraiment tordant, ne trouvez-vous pas ?

Et il éclata de rire.

Alleyn lui lança un regard.

— Vous n'avez pas toujours été aussi épouvantable, dit-il. Ou bien êtes-vous tout simplement né monstre, stupide et irrécupérable ? Dans quelle mesure Mailer, avec ses H. et C. et son ampoule d'eau distillée toujours prête, a-t-il contribué à la finition du produit ?

Le sourire de Kenneth resta plaqué sur ses lèvres tandis qu'il se mettait à pleurnicher.

— Ça suffit, fit Alleyn tranquillement. Essayez de vous ressaisir, si vous en êtes capable.

— Je suis un enfant gâté, je sais. Je n'ai jamais pu m'en sortir. On m'a trop gâté.

— Quel âge avez-vous ?

— Vingt-trois ans. Quelqu'un comme vous aurait pu m'aider. Sérieusement.

— A votre avis, pourquoi Mailer ne vous a-t-il pas suivi dans le mithraeum ? S'attendait-il à rencontrer cette femme ?

— Non. Je suis sûr que non, répondit Kenneth avec empressement, dévorant Alleyn des yeux. Je dis la vérité, ajouta-t-il, effarante parodie de petit garçon que l'on vient de gronder. J'essaie d'être sage. Je vous dirai même autre chose. Pour vous le prouver.

— Je vous écoute.

— Il m'a expliqué pourquoi il ne venait pas.

— Pourquoi ?

— Il avait rendez-vous. Avec quelqu'un d'autre.

— Qui ?

— Il ne l'a pas dit. Sinon je vous l'aurais répété. Mais il n'a rien dit. Sauf qu'il avait rendez-vous. Là-bas, sur place.

Le téléphone sonna.

En décrochant, Alleyn éprouva une sensation étrangement familière : de silence, d'une porte qu'on refermait sourdement au loin, d'espace et de vide. Il ne fut donc pas étonné outre mesure quand une voix savoureuse demanda :

— Serait-ce monsieur Alleyn ?

— Oui, mon père.

— Vous m'avez laissé vos coordonnées ce matin. Êtes-vous seul ?

— Non.

— Alors nous ne nous attarderons pas davantage sur ce sujet. Je vous appelle, monsieur Alleyn, de préférence à quelqu'un d'autre, compte tenu de notre problème. Il n'a peut-être aucune importance, mais, d'un autre côté, ça pourrait être tout le contraire.

— Oui ?

— Si ce n'est pas trop vous déranger, je vous serais très reconnaissant de faire un saut à la basilique.

— Bien sûr. Serait-ce... ?

— Peut-être bien que oui, peut-être bien que non. A dire vrai, je n'ai pas envie de faire accourir tout un bataillon de policiers, alors que ce pourrait être un rat.

— Un rat, père Denys ?

— Ou des rats. Vu la force, ce serait plus vraisemblable.

— La force, dites-vous ?

— Oui. La force des effluves.

— Je serai là dans un quart d'heure, répondit Alleyn.

Sa trousse professionnelle qui lui servait en cas d'homicide se trouvait au fond de son placard. En partant, il la prit avec lui.

CHAPITRE 8

Le retour de Sebastian Mailer

I

San Tommaso in Pallaria paraissait différent au crépuscule. Sa façade sombre se détachait sur le ciel obscurci, et ses fenêtres étaient faiblement éclairées de l'intérieur. Ses portes étaient closes.

Alleyn se demandait comment il allait entrer, lorsque le père Denys sortit de l'ombre.

— Bonsoir, et que Dieu vous bénisse, dit-il.

Il ouvrit une petite porte dans le grand portail et précéda Alleyn dans la basilique.

L'odeur d'encens et des cierges semblait plus forte dans l'obscurité. Des myriades de petites flammes brûlaient, immobiles, devant les saints. Une veilleuse rubis brillait au-dessus de l'autel. C'était un univers clos qui vivait sa propre vie.

Le frère Dominic émergea de la sacristie, et ils pénétrèrent dans le vestibule avec ses stands recouverts de housses. Là, les lumières étaient allumées, et l'air sentait le renfermé.

— Sûrement que je vous ai fait venir pour pas grand-chose, déclara le père Denys, alors que, si ça se trouve, vous n'avez même pas encore dîné. Tout de même, sachez que je n'ai pas agi sans l'autorisation de mon supérieur.

— Je suis entièrement à votre disposition, mon père.

— Merci, mon fils. Nous avons déjà eu ce genre de problèmes auparavant. Pendant les fouilles. Les rats, vous comprenez. Bien que le frère Dominic se soit attaqué à eux de façon énergique, et que nous ayons cru les avoir tous exterminés. Nous aurions eu l'air malin, eh, si nous avions dérangé le *signor* Bergarmi et ses hommes, occupés comme ils le sont ?

— Puis-je jeter un coup d'œil sur l'endroit en question ?

— Jeter un coup d'œil ? Le sentir, vous voulez dire. Eh bien, venez, venez.

Tout en descendant sous terre pour la troisième fois, Alleyn eut l'impression d'effectuer le périple le plus étrange qu'il eût jamais entrepris. Un moine, un frère lai et lui-même traversant en quelque sorte une section verticale du passé.

Quand ils atteignirent le cloître, le frère Dominic, qui n'avait pas dit un mot, alluma les néons, faisant resurgir Apollon et Mercure.

Puis ce fut l'escalier en spirale : au bruit de deux paires de sandales et d'une paire de semelles en cuir se mêla le gazouillis ininterrompu de l'eau courante. Sur leur gauche, il y avait la petite antichambre du mithraeum. Devant eux — les lumières s'allumaient au fur et à mesure — le sarcophage et le puits entouré d'un garde-fou.

Le couvercle du sarcophage était toujours sur le côté, appuyé contre le cercueil de pierre vide où Violetta avait été déposée à la hâte.

Le père Denys posa une main sur le bras d'Alleyn.

— C'est ici.

Ils firent une halte.

— En effet, répondit Alleyn.

Il avait senti l'odeur, douceâtre, écœurante, reconnaissable entre toutes.

Il s'avança et, se penchant par-dessus la barrière sur laquelle il avait découvert le fragment de tissu, regarda à l'intérieur du puits, s'éclairant de la torche qu'ils lui avaient donnée.

Les parois apparurent, dessinant une perspective très nette ; mais tout au fond, l'obscurité était insondable.

— L'autre jour, dit-il, j'ai surpris une sorte de miroitement au fond. J'ai pensé à un reflet passager de la lumière sur l'eau du torrent.

— C'est fort possible.

— Qu'y a-t-il... là, en bas ?

— Les vestiges d'une grille en pierre, répliqua le père Denys, vieille comme l'édifice lui-même. Qui a mille sept cents ans. Nous y avons bien descendu une lampe, mais c'est tellement profond qu'on n'y voit pas grand-chose.

— La grille est-elle au-dessus de la surface de l'eau ?

— Oui. A quelques centimètres en aval du puits. Il n'en reste qu'un morceau.

— Se peut-il qu'un objet charrié par le courant s'y soit pris ?

— On n'a jamais vu ça depuis que cet endroit existe. L'eau est pure. De temps en temps, nous y plongeons une gamelle pour en prélever un échantillon pour les analyses. Il n'y a jamais eu le moindre microbe.

— Est-il possible de descendre là-dedans ?

— Eh bien, ma foi...

— Je vois des prises pour les pieds et...

— C'est possible, énonça le frère Dominic, ouvrant la bouche pour la première fois.

— N'y a-t-il pas des pitons en fer ?
— Si.
— Ils sont sûrement pourris, assura le père Denys, et tomberont comme de vieilles dents dès que vous y toucherez.
— Auriez-vous une corde, mon père ?
— Absolument ; nous nous en servons pour les fouilles. Mais vous ne songez pas à...
— Je descendrai, si vous voulez bien me donner un coup de main.
— Dominic, allez nous chercher une corde.
— Et une lampe et une combinaison, énuméra le frère Dominic avec un coup d'œil sur le costume impeccable d'Alleyn. Nous avons tout cela. Je vais les chercher, mon père.
— Allez-y. L'atmosphère n'est pas bien saine ici, dit le père Denys après le départ du frère Dominic. Éloignons-nous, en l'attendant.

Ils entrèrent au mithraeum. Le père Denys avait allumé l'éclairage des heures de visite. L'autel luisait. Au fond, illuminé par en dessous, le dieu fixait le vide de ses yeux aveugles. Ils prirent place sur l'un des bancs en pierre où s'asseyaient, au deuxième siècle, les initiés affaiblis par les épreuves, leurs visages blêmes colorés par les flammes de l'autel.

Alleyn eut envie de demander au père Denys ce qu'il pensait du culte mithriaque. Se retournant vers lui, il le trouva plongé dans le recueillement. Ses mains étaient jointes ; ses lèvres remuaient.

Alleyn attendit une minute, puis, entendant le claquement de sandales dans le cloître, sortit rapidement par la porte derrière le dieu. C'était le passage qu'il avait emprunté avec les Van der Veghel pour quitter le mithraeum. L'obscurité y était très dense, et la baronne s'était récriée à ce sujet.

Il tourna à droite, encore à droite, et se retrouva face

au puits. Le frère Dominic était là, chargé de cordes, d'une vieille lampe de mineur, d'un bleu de travail et d'un curieux bonnet de laine.

— Je vous suis très obligé, frère Dominic, dit Alleyn.

— Mettez-les donc.

Alleyn s'exécuta, pendant que le frère Dominic s'affairait autour de lui. Il fixa la lampe sur sa tête et noua adroitement la corde autour de la poitrine et sous les épaules d'Alleyn.

Celui-ci prit un minuscule appareil photo dans sa trousse et le mit dans la poche de sa combinaison. Après avoir jeté un regard circulaire alentour, le frère Dominic demanda à Alleyn de l'aider à placer le couvercle en travers du sarcophage. Le couvercle était lourd, mais le frère Dominic, qui était de constitution robuste, le souleva sans broncher. Puis il passa la corde deux fois autour du couvercle, la croisant comme le font les marins.

— Nous pourrions nous répartir votre poids, fit-il, mais ce sera mieux ainsi.

— J'espère que nous ne commettons pas une bêtise, observa le père Denys, l'air inquiet. Êtes-vous certain que ça va tenir, Dominic ?

— Oui, mon père.

— Monsieur Alleyn, permettez-moi de poser un... un mouchoir sur votre... eh ?

Il hésita et, finalement, noua son grand mouchoir en coton autour du nez et de la bouche d'Alleyn.

Les deux dominicains retroussèrent leurs manches, s'humectèrent les mains et s'emparèrent de la corde : le frère Dominic d'un côté du sarcophage, et le père Denys de l'autre, le plus éloigné.

— Formidable, dit Alleyn. J'espère que je n'aurai pas à vous importuner. J'y vais.

— Que Dieu vous bénisse, firent-ils avec leur placidité coutumière.

Il examina à nouveau les parois du puits. Les pitons en fer descendaient à intervalles réguliers de part et d'autre d'un coin. Le puits lui-même mesurait environ un mètre sur un mètre quatre-vingts. Alleyn plongea sous le garde-fou, s'agenouilla à cheval sur le coin, le dos au puits, et, prenant appui sur les mains, chercha à tâtons une prise pour son pied droit.

— Doucement, allez-y doucement, dirent les dominicains en chœur.

Il leva les yeux sur les pieds chaussées de sandales du frère Dominic, sur son habit et sur son long visage d'Irlandais.

— Je vous tiens, déclara celui-ci.

Et, pour illustrer ses paroles, il tira légèrement sur la corde.

Le pied droit d'Alleyn trouva un piton et se posa dessus. Il l'essaya, se laissant descendre peu à peu. Le piton craqua, bougea sous son pied, mais tint bon.

— Apparemment, c'est O.K., fit-il à travers le mouchoir du père Denys.

Il ne releva plus la tête. Ses mains lâchèrent le bord l'une après l'autre et se refermèrent, à gauche et à droite, sur les pitons. L'un d'eux bascula et, quittant son refuge séculaire, resta dans la main d'Alleyn. Il le laissa tomber. Une éternité sembla s'écouler avant qu'il ne l'entendît heurter l'eau. A présent, il n'avait de prise que pour une seule main, mais la corde le soutint. Il poursuivit sa descente. Son visage était proche de l'angle formé par les murs : il devait prendre garde de ne pas cogner sa lampe contre la pierre. Des taches de couleur, des aspérités et des touffes minuscules de lichen défilaient dans l'étroit faisceau de lumière, tandis qu'il continuait prudemment sa progression.

Déjà, la surface lui paraissait lointaine, et les voix des deux dominicains, désincarnées. Son univers à lui résonnait du bruit d'eau courante. Du reste, il aurait senti l'eau, pensa-t-il, n'était-ce cette autre odeur, de plus en plus fétide. Quelle distance avait-il parcourue ? Pourquoi n'avait-il pas interrogé le frère Dominic sur la profondeur exacte du puits ? Était-elle de dix mètres ? Plus ? Les pitons en fer avaient-ils rouillé et pourri dans l'air plus humide ?

Le piton sous son pied gauche céda brusquement. Il cria un avertissement, et l'écho de sa voix se mêla à la réponse du frère Dominic. Ensuite ce fut son pied droit qui glissa. Il demeura accroché par les mains et par la corde.

— Continuez à baisser, cria-t-il.

Il lâcha prise et descendit par à-coups, se protégeant pour ne pas se cogner aux murs. La voix du torrent l'enveloppa tout entier.

Une soudaine sensation de froid glacial lui causa un choc. Il sentit que ses pieds partaient. Au même moment, il aperçut et saisit deux pitons à la hauteur de ses épaules.

— C'est bon ! J'y suis !

Encore quelques centimètres, et la corde s'immobilisa. Il lutta contre la force du courant. Ses jambes heurtèrent quelque chose de dur. Il tâtonna, sortit ses pieds de l'eau et découvrit avec stupéfaction qu'il se tenait sur des barres.

C'était la grille.

Une grille cassée, avaient dit les moines.

La surface de l'eau devait se trouver deux ou trois centimètres au-dessous. Se maintenant dans l'angle formé par les murs, Alleyn réussit à pivoter afin de faire face au puits. Sa lampe éclaira les deux murs opposés. Il s'adossa au coin, rassembla ses esprits et appela :

— Donnez-moi un peu de mou.

— Un peu de mou, répéta la voix désincarnée.

Avec difficulté, il se pencha en avant, tandis que la corde se relâchait.

— Tenez bon ! cria-t-il.

Et il baissa la tête, de telle sorte que sa lampe illumina l'eau noire et bouillonnante, le fragment de la grille sur lequel il se tenait et ses pieds trempés, plantés sur ses bords cassés.

Et entre ses pieds ? Il en vit un troisième, coincé entre les barreaux brisés : un pied dans une chaussure de cuir noir.

II

La remontée à la surface tourna vite au cauchemar. Bien que les superintendants du Bureau d'Investigation Criminelle aiment à entretenir une forme physique largement supérieure à la moyenne, et que l'entraînement long et pénible qu'on leur impose les y aide énormément, ils n'ont guère l'habitude de se balancer au bout d'une corde au fond d'un puits. Les mains d'Alleyn lui brûlaient, ses jointures se cognaient aux parois de pierre ; à un moment, il reçut un coup sur la tête qui lui fit voir trente-six chandelles. Tantôt il escaladait les pitons demeurés intacts, tantôt il marchait horizontalement sur le mur pendant que les moines le hissaient. Ce genre de choses passait bien mieux dans les films policiers, se dit-il.

Lorsqu'il eut finalement atteint la terre ferme, les trois hommes s'assirent à même le sol pour reprendre leur souffle. Ils devaient former un drôle de trio, songea Alleyn.

— Vous avez été parfaits, déclara-t-il. Merci infiniment.

— Ah, mais ce n'était rien du tout, pantela le père Denys. Nous sommes habitués à ces exercices-là, avec les fouilles. C'est à vous que revient tout le mérite.

— J'ai bien peur qu'il ne faille appeler la *Questura*, mon père, dit Alleyn. Notre homme est là-dedans, mort.

— Ce Mailer ? demanda le père Denys, quand ils se furent signés. Que Dieu ait pitié de son âme.

— Amen, fit le frère Dominic.

— Qu'a-t-il pu se passer, monsieur Alleyn ?

— A mon avis, il est tombé dans le puits la tête la première ; le courant l'a entraîné sous la grille, mais son pied droit est resté coincé entre les barreaux. Il y est toujours.

— Comment savez-vous que c'est lui ?

— D'après la chaussure et le pantalon, et aussi...

Alleyn hésita.

— Qu'essayez-vous de nous dire ?

— Parce que j'ai pu distinguer son visage.

— Quelle horreur ! Il s'est noyé donc ?

— Ce sera certainement déterminé en temps voulu.

— Entendez-vous par là... qu'il y a eu un double meurtre ?

— Ça dépend de la manière dont vous considérez la chose, mon père.

— Quelqu'un aurait-il commis le péché d'assassiner et Violetta et Sebastian Mailer ?

— Ou est-ce Mailer qui a tué Violetta avant d'être tué à son tour ?

— Quoi qu'il en soit, c'est horrible, répéta le père Denys. Que Dieu nous pardonne à tous. C'est affreux, affreux.

— Je crois que nous devrions appeler le *Vice-Questore*.

— Bergarmi, hein ? Oui, oui, oui. Tout de suite.

Sur le chemin du retour devenu tellement familier, ils passèrent devant le puits du niveau intermédiaire. Alleyn s'arrêta et examina le garde-fou. Comme dans la basilique, celui-ci était bien plus travaillé que dans l'insula. Il était composé de quatre solides traverses en bois poli.

— Avez-vous déjà eu des ennuis dans le passé? questionna Alleyn. Des accidents?

Jamais, répondirent-ils. Les enfants non accompagnés n'étaient pas admis dans l'édifice, et les visiteurs respectaient la consigne interdisant d'escalader les barrières.

— Un instant, mon père.

Alleyn s'approcha du puits.

— Quelqu'un a enfreint le règlement.

Et il désigna deux marques parallèles sur la traverse inférieure.

— Quelqu'un qui utilise un cirage brun pour ses chaussures. Puis-je vous demander quelques secondes, mon père?

Il s'accroupit avec effort devant la barrière et l'éclaira de sa torche. Les taches de cirage brun étaient recouvertes de traces parallèles, comme si on avait cherché à les effacer avec une gomme.

— Si vous n'y voyez pas d'inconvénient, dit Alleyn, j'ai bien envie de prendre une photo.

Il sortit son petit appareil.

— Ça alors! s'exclama le père Denys.

— C'est sans doute totalement dépourvu d'intérêt. On y va?

De retour au vestibule, il téléphona à la *Questura* et demanda à parler à Bergarmi. Il fallait agir avec prudence. Comme il s'y attendait, le *Vice-Questore* déclara aussitôt que les dominicains auraient dû le prévenir, lui. Alleyn insista du mieux qu'il put sur le fait que le père Denys n'avait pas voulu déranger la police pour un problème qui aurait pu se résumer à deux ou trois rats morts. Bergarmi se montra sardonique, marmonnant: « *Topi, topi* », comme s'il s'agissait d'un équivalent argotique du style « rat toi-même! ».

Alleyn trouva sa réaction injustifiée; néanmoins, il poursuivit ses explications.

— Vous aurez du mal à remonter le corps, mais bien entendu, vous avez l'équipement et les spécialistes qu'il faut.

— Avez-vous communiqué cette découverte, superintendant Alleyn, au *Questore* Valdarno ?

— Non. J'ai préféré vous contacter d'abord.

Cette dernière remarque reçut un bien meilleur accueil.

— A cet égard, concéda Bergarmi, vous avez agi avec discernement. Nous allons intervenir sur-le-champ. Ça change totalement la configuration de toute l'affaire. J'informerai le *Questore* moi-même. En attendant, puis-je dire deux mots au *padre* ?

Pendant que le père Denys parlait avec volubilité dans le récepteur, Alleyn se lava les mains dans un réduit — elles étaient abîmées plus qu'il ne l'avait cru —, remit ses propres vêtements et examina la situation.

La configuration avait bel et bien changé. Quelle pouvait être la position d'un détective britannique à Rome, se demanda-t-il, acide, alors qu'un citoyen britannique d'allure louche avait très certainement été assassiné, probablement par un autre Anglais, peut-être par un Hollandais ou, vraisemblablement, par un Italien, tout cela sur un domaine géré par des dominicains irlandais ?

« Ça va être de l'improvisation pure, pensa-t-il, et je m'en serais très bien passé. »

Il avait une bosse ovoïde sur la tête. Il avait mal partout et se sentait même un peu secoué, ce qui le mit en colère contre lui-même. « Une tasse de café ne me ferait pas de mal », se dit-il.

Le père Denys revint et, apercevant les mains d'Alleyn, sortit aussitôt une trousse d'urgence. Il insista pour appliquer des pansements là où la chair était à vif.

— Il vous faudrait un doigt de whisky, mais, malheureusement, nous n'avons rien de tel ici. Il y a un café juste en face. Allez donc là-bas boire un petit cordial. La police ne va pas arriver tout de suite. Ça ira?

— Très bien, mais je trouve votre idée merveilleuse.

— Allez, disparaissez.

Le café était un modeste estaminet dont les clients, une poignée d'ouvriers, le contemplèrent avec curiosité. Il but du café avec du cognac et se força à avaler deux petits pains qui s'avérèrent délicieux.

« Ma foi, songea-t-il, c'était à prévoir. C'était à prévoir depuis le début, et je ne suis pas mécontent de l'avoir dit à Valdarno. »

Sur ce, il récapitula soigneusement les événements.

« Admettons, pensa-t-il, comme point de départ, que le bruit entendu pendant que la baronne nous disposait pour cette ridicule photo de groupe était celui du couvercle de pierre heurtant le bord du sarcophage, et je dois dire que ça en avait tout l'air. Cela laisse supposer que Violetta venait juste d'être tuée et qu'on s'apprêtait à la planquer. Qui, on? Mailer? Si oui, alors lui-même a survécu pour être probablement — non, certainement — tué à son tour avant que tout le monde ne se retrouve. Les trois membres du groupe à être restés seuls sont Sweet et le jeune Dorne, qui sont remontés chacun de son côté, et Lady B. plantée dans l'atrium.

« Les Van der Veghel étaient avec moi. Sophy Jason était avec Barnaby Grant. *Nous* n'avons rencontré personne sur le chemin du retour, et *eux* affirment la même chose.

« Question. Si Mailer a tué Violetta pendant que nous nous faisions tirer le portrait, pourquoi cet homme de constitution chétive s'est-il livré à la tâche complexe et physiquement épuisante de cacher le corps dans le sarcophage et de remettre le couvercle en place au lieu de lui faire subir le sort qu'il a subi lui-même : le jeter au fond du puits ?

« Je n'ai pas de réponse.

« D'un autre côté, supposons que ce soit le même individu qui a commis les deux meurtres. Pourquoi ? C'est idiot, mais supposons-le tout de même. Pourquoi alors, nom d'un chien, le sarcophage pour Violetta et le puits pour Mailer ? Par simple jeu ?

« Mais. Mais si, d'un troisième côté, Mailer a tué Violetta et n'a pas eu le temps d'en faire plus avant d'être assommé lui-même et expédié dans le puits ? Voilà qui se tient déjà mieux. Et pourquoi son assassin prend-il la peine de mettre Violetta en boîte ? Ça, c'est facile à expliquer.

« Il doit y avoir un quatrième côté. Là, nous approchons du cube. Supposons que Violetta ait tué Mailer, l'ait balancé par-dessus la barrière, et ensuite... non, je refuse de continuer dans ce sens-là.

« Combien de temps sommes-nous restés sous les yeux blancs de Mithra ? Sweet est arrivé le premier et, cinq minutes après, le jeune Dorne. Puis il y a eu l'épisode des photos. On a parlementé, on a tâtonné, on s'est regroupés. Sophy et moi faisions les pitres, et Grant nous a maudits. Il venait juste de dire "Bien fait pour vous" à Sophy qui avait des ennuis avec le major quand le couvercle, si c'était le couvercle, est tombé. Ensuite, il y a eu le problème du flash, l'interminable attente pendant que la baronne remettait de l'ordre dans ses affaires. Une bonne dizaine de minutes, dirais-je. Puis Dorne a pris Mithra en photo. La baronne nous a photographiés, avec succès cette fois. Elle a recommencé à deux reprises, après avoir changé la mise en scène et après de nouvelles palabres. Quatre autres minutes ? Au moins. Finalement, le baron a pris la place de sa femme et nous a mitraillés à son tour. Grant a lu le passage de son livre. Encore cinq minutes. Puis le groupe s'est disloqué. Dorne et Sweet sont repartis chacun de son côté.

« Nous étions donc tous dans ce satané sous-sol pendant vingt-cinq minutes environ, à cinq minutes près. Par conséquent, tout le monde a un alibi. Tout le monde ? Non. Pas tout à fait. Pas... Du calme, les enfants. Accrochez vos ceintures... »

Un bruit strident de sirènes retentit au loin, se rapprocha rapidement et s'engouffra dans la ruelle. La *Squadra Omicidi* était arrivée. Trois limousines et un fourgon, huit policiers et quatre individus en combinaison.

Alleyn régla l'addition et retourna dans la basilique. Il sentait une raideur aux côtes et aux épaules, sa tête lui faisait mal, mais autrement, il avait entièrement recouvré ses esprits.

Les hommes étaient en train de décharger le matériel : deux paires de bottes, des cordes, des poulies, une échelle extensible, un treuil, un brancard. Le *Vice-Questore* Bergarmi surveillait les opérations avec un dédain hargneux. Voyant Alleyn, il le salua cérémonieusement.

Les clients du petit café, quelques jeunes et une ou deux voitures furent rapidement dispersés par deux agents. Le frère Dominic sortit, contempla l'attroupement et ouvrit le grand portail.

— *Signor* Alleyn, fit Bergarmi sur un ton guindé, le *Questore* Valdarno vous envoie ses respects : il espère que vous continuerez à vous intéresser à notre enquête.

— C'est extrêmement aimable de sa part, répliqua Alleyn, tâtonnant à la recherche de phrases correctes en italien. Je serai très heureux de me joindre à vous, sans trop vous importuner, naturellement.

— *Niente affatto*, répondit Bergarmi.

C'était, pensa Alleyn, l'équivalent de « Ne vous inquiétez donc pas » ou même de « Pas du tout ». Curieusement, cela avait une consonance bien moins chaleureuse.

Il était plus de dix heures lorsque les hommes de Bergarmi déposèrent le corps de Sebastian Mailer dans l'insula. Couché sur un brancard non loin du sarcophage, il arborait une ressemblance sordide avec Violetta. Car M. Mailer avait été étranglé, lui aussi.

Il avait reçu des coups, avant et après la mort, déclara le médecin légiste. Son visage avait été tailladé par les barreaux cassés de la grille. Son cou portait une marque livide, différente des traces caractéristiques d'une strangulation manuelle. Alleyn assista aux opérations de routine, ouvrant la bouche seulement quand on lui adressait la parole. L'attitude des officiers de police était empreinte d'une certaine hauteur.

— Nous allons, bien sûr, pratiquer une autopsie, annonça le médecin. Vous pouvez recouvrir le cadavre.

Ainsi fut fait.

— Et l'emporter, ajouta le médecin. A moins que, évidemment...

Il s'inclina devant Alleyn, qui s'était avancé.

— ... le *signor* superintendant ne désire...

— Merci, dit Alleyn. Je suis certain, messieurs, que vous avez pris toutes les photographies nécessaires, mais nous savons tous que dans des conditions aussi difficiles, il peut y avoir des accidents. Quand j'ai découvert le corps, j'ai pris un cliché *in situ*.

Il sortit son précieux et minuscule appareil.

— Apparemment, il a survécu à une mauvaise

passe. Si par hasard vous voulez un exemplaire, je serai ravi de vous le donner.

Il comprit, d'après un silence momentané, que l'équipe de secours n'avait pris aucune photographie en bas.

— Peut-être me permettrez-vous de finir ma pellicule, enchaîna-t-il à la hâte, et... une autre faveur, *signor* Bergarmi, peut-être votre laboratoire aura-t-il la gentillesse de la développer.

— Certainement, *signore*. Avec plaisir.

— Vous êtes très aimable.

Alleyn rabattit aussitôt le drap et prit quatre photos de Mailer, se concentrant tout particulièrement sur son pied droit. Ensuite il ôta la bobine et la remit en s'inclinant à Bergarmi.

Le corps fut recouvert et emporté.

Ça tombait très mal, observa Bergarmi avec irritation. Des manifestations estudiantines avaient éclaté sur la Navona et dans les environs, menaçant de prendre de l'ampleur. La police était sur les dents. Une manifestation colossale était prévue pour le lendemain : ils s'attendaient au pire. Il devait expédier cette tâche-ci aussi vite que possible. Pour le moment, il n'y avait rien à faire, ajouta-t-il, mais compte tenu de la situation, son chef serait heureux de voir Alleyn dans la matinée, à neuf heures et demie. Il semblait judicieux de réunir à nouveau ses sept compagnons. Les officiers de Bergarmi allaient s'en occuper. Une voiture était à la disposition d'Alleyn. Il avait certainement hâte de rentrer.

Ils échangèrent une poignée de main.

En sortant, Alleyn passa devant le père Denys qui, n'était-ce la dignité de son rang, l'aurait très vraisemblablement gratifié d'un clin d'œil.

III

Sophy Jason et Barnaby Grant se retrouvèrent pour le petit déjeuner sur la terrasse. La matinée était fraîche et radieuse, et la chaleur, pas encore accablante. De la direction de la Navona provenaient des bribes de chansons, la cacophonie d'un orchestre discordant et la rumeur d'une foule. Un détachement de police descendit leur ruelle. Le serveur se répandit en remarques confuses à propos des émeutes. Mais à Sophy et Barnaby, tout cela semblait irréel.

Ils parlèrent des plaisirs innocents de la veille : ils avaient marché dans les rues de Rome jusqu'à l'épuisement, après quoi, ils s'étaient offert une promenade en calèche, auréolée de l'inévitable halo de romantisme. Finalement, ils burent un verre de vin sur la Navona et rentrèrent chez eux. En prenant congé de Sophie, Grant l'embrassa pour la première fois. Elle hocha pensivement la tête comme pour dire : « Oui, sans doute », puis, s'empourprant subitement, le laissa à la hâte. S'ils avaient pu lire dans leurs pensées réciproques, ils eussent été surpris de leur similitude. Chacun, en fait, comparait ses sentiments avec ceux déjà éprouvés dans des circonstances analogues, et chacun, avec une sorte de ravissement mêlé d'appréhension, reconnaissait une différence essentielle.

Arrivée la première au petit déjeuner, Sophy s'installa, décidée à remettre de l'ordre dans ses idées. Au lieu de quoi, elle rêvassa jusqu'au moment où l'apparition de Grant déclencha une tempête dans sa poitrine. L'instant suivant, elle éprouva à nouveau cette sensation de complicité éclose comme une fleur dans l'air matinal. Et chacun d'eux songea au bonheur qui était le sien.

Dans cet état d'esprit, ils discutèrent de la journée

naissante, de l'issue de l'affaire Violetta et de l'éventuelle responsabilité de Mailer dans ce crime.

— C'est certainement affreux de ne pas se sentir horriblement choqué, déclara Sophy, mais à dire vrai, ça ne m'impressionne pas plus que si je l'avais lu dans les journaux.

— Moi, c'est bien pire. En un sens, je lui suis assez reconnaissant.

— Alors là ! Comment ça ?

— Vous voilà coincée à Rome, au lieu de vous envoler pour Assise, Florence ou Dieu sait où.

— Cette remarque, rétorqua Sophy, est d'un goût tout à fait exécrable, mais j'avoue qu'elle me fait plaisir.

— Sophy, vous êtes un amour. Sérieusement.

Grant tendit la main vers elle quand le serveur parut sur la terrasse.

Ce fut au tour de Grant de ressentir comme un coup de poing dans le plexus. Il était assis à la même place, et le serveur avait surgi exactement de la même façon, un an plus tôt, pour lui annoncer la visite de Sebastian Mailer.

— Qu'y a-t-il ? demanda Sophy.

— Rien. Pourquoi ?

— Vous avez l'air... bizarre.

— Ah bon ? Oui ? fit-il à l'adresse du serveur.

Il s'agissait du baron Van der Veghel : ce dernier espérait que M. Grant était libre.

— Dites-lui de monter, s'il vous plaît.

Sophy se leva.

— Il n'en est pas question, décréta Grant. Asseyez-vous.

— Oui, mais... Et vous, taisez-vous.

— Assis !

— Sûrement pas, riposta Sophy en se rasseyant.

Le baron arriva, massif, inquiet et hésitant. Il

implora leur pardon pour une visite aussi matinale, ajoutant que, tout comme lui, ils avaient sans doute reçu un grand choc. Ses paroles provoquèrent une confusion momentanée. Posant alors sur eux ses yeux globuleux, il dit :

— Vous ne savez donc pas ?

Et, constatant qu'ils ne savaient pas, il déclara à brûle-pourpoint :

— Mailer a été assassiné. On l'a retrouvé au fond du puits.

Toutes les cloches de Rome se mirent à sonner neuf heures, et Sophy, atterrée, entendit dans sa tête une voix qui disait : « Ding-dong, ding-dong, Mailer est au fond. »

— On va certainement vous remettre un message, poursuivit le baron. Nous, nous l'avons déjà eu. Bien entendu, ça change tout. Ma femme est bouleversée. Nous avons trouvé un temple protestant et je l'ai emmenée là-bas pour la réconforter. Ma femme est un être très sensible. Elle a senti, expliqua le baron, que le mal était à l'œuvre parmi nous. Il l'est toujours. Moi aussi, je l'ai senti. C'est un sentiment auquel il est impossible d'échapper.

— Surtout, acquiesça Grant, quand on est impliqué à ce point, comme nous le sommes tous.

Le baron jeta un regard anxieux sur Sophy.

— Peut-être devrions-nous...

— Mais bien sûr que nous sommes impliqués, monsieur le baron, répondit-elle.

De toute évidence, le baron cherchait à épargner les dames. « Il traverse la vie, pensa-t-elle, en érigeant tendrement des remparts autour de son énorme et comique ensorceleuse, et il lui reste encore plein de sollicitude extra-muros. Qui a dit que l'époque de la chevalerie était révolue ? Ce baron est charmant. » Mais une autre pensée coupa court à ses réflexions insouciantes. « Je suis impliquée dans un assassinat. »

Elle avait perdu le fil du discours du baron, mais crut comprendre qu'il éprouvait le besoin de discuter avec un autre homme. Ayant laissé la baronne accomplir les dévotions spartiates chères à son cœur, il avait choisi Grant pour confident. En dépit de son trouble, Sophy ne put s'empêcher de considérer ses deux compagnons avec une indulgence amusée. Leur attitude était si typiquement masculine ! Ils s'étaient éloignés à l'autre bout de la terrasse. Grant, les mains dans les poches, fixait le sol entre ses pieds ; puis il releva la tête et contempla l'horizon. Le baron croisa les bras, fronça les sourcils d'un air menaçant. Tous deux pinçaient les lèvres, marmottaient, hochaient la tête. Il y avait entre eux de longues pauses.

« Comme c'est différent du comportement féminin, songea Sophy. Nous, nous nous serions exclamées, récriées ; nous nous serions regardées dans les yeux, parlant de nos émotions du moment, de répulsion instinctive et du fait que nous savions depuis le début qu'il y avait quelque chose là-dessous. »

Ils se tournèrent vers elle, à la manière de médecins à la fin d'un conciliabule.

— Nous disions, Miss Jason, fit le baron, qu'en ce qui nous concerne il n'y aura que quelques petites formalités. Puisque aucun de nous n'est resté seul après qu'il nous a laissés, à la fois au mithraeum et sur le chemin du retour, on ne peut pas nous considérer comme témoins ou bien comme... comme...

— Suspects ? dit Sophy.

— Oui. Vous avez raison de vous montrer aussi franche, ma chère demoiselle, répliqua le baron, regardant Sophy avec une approbation solennelle et peut-être légèrement choquée.

— Évidemment, intervint Grant. Pour l'amour du ciel, soyons tous francs. Mailer était une crapule. Quelqu'un l'a tué. Aucun de nous, je suppose, ne saurait justifier le fait d'ôter la vie, quelles qu'en soient les circonstances, et, bien sûr, on frémit en songeant à l'explosion de haine ou alors aux manœuvres froidement calculées qui ont causé sa mort. Mais personne ne va le pleurer non plus.

Il jeta un coup d'œil appuyé à Sophy.

— Pas moi, en tout cas. Et je n'ai pas l'intention de jouer la comédie. Ça fait un méchant homme de moins.

Après un silence, le baron demanda très doucement :

— Vous paraissez très convaincu, monsieur Grant. Pourquoi êtes-vous si sûr que c'était un méchant homme ?

Grant était devenu très pâle, mais il répondit sans hésitation :

— Je suis bien placé pour le savoir. C'était un maître chanteur. Il me faisait chanter. Alleyn est au courant, tout comme Sophy. Et si ça m'est arrivé, pourquoi pas à d'autres ?

— Pourquoi pas ? répéta Van der Veghel. Pourquoi pas, en effet !

Il se frappa la poitrine, et Sophy s'étonna de ne pas trouver ce geste ridicule.

— Moi aussi, déclara-t-il. Moi qui vous parle. Moi aussi.

Il s'interrompit quelques secondes.

— C'est un immense soulagement de le dire. Un immense soulagement. Je ne crois pas que je le regretterai.

— Nous avons de la chance d'avoir un alibi, remarqua Grant. On pourrait croire que nous sommes fous de parler comme ça.

— Il est bon parfois d'être fou. D'après les anciennes croyances, les divagations des fous laissaient transparaître la sagesse de Dieu, et elles étaient fondées, énonça le baron. Non, je ne le regrette pas.

Le silence entre eux fut troublé par le bruit d'une foule lointaine et par des coups de sifflet stridents. Une voiture de police passa en trombe dans leur rue, toutes sirènes hurlantes.

— Et maintenant, cher baron, dit Grant, maintenant que nous nous sommes épanchés, chacun à son tour, nous ferions bien, avec la permission de Sophy, d'examiner notre situation commune.

— Avec grand plaisir, répondit poliment le baron.

IV

Alleyn trouva l'atmosphère dans le somptueux bureau du *Questore* changée. L'attitude de Valdarno avait également changé. Non pas qu'il fût moins cordial, mais son affabilité avait pris une tournure plus formelle. Il se montra excessivement poli. Il était aussi très soucieux, et leur conversation fut constamment interrompue par le téléphone. Visiblement, ça commençait à chauffer du côté de la Navona.

Valdarno ne cacha pas que la découverte du corps de Mailer renversait entièrement la vapeur : bien qu'il n'eût pas l'intention d'exclure Alleyn de l'enquête et qu'il eût à nouveau exprimé l'espoir de voir ce dernier s'y intéresser, il laissa entendre que l'ensemble des opérations était entre les mains de la *Questura* romaine, laquelle, ajouta-t-il avec une négligence peu convaincante, dépendait directement du ministère de l'Intérieur. Valdarno fit preuve d'une grande civilité. Alleyn se retrancha derrière la civilité de son cru, et à eux deux, songea-t-il, ils n'aboutirent strictement à rien.

Valdarno le remercia cérémonieusement d'être descendu dans le puits et d'avoir eu la gentillesse de photographier le corps *in situ*. En même temps, il réussit à lui faire comprendre que son geste avait été somme toute inutile, bien qu'infiniment obligeant.

Ses compagnons, déclara-t-il, avaient été convoqués pour dix heures trente. La conversation commençait à languir, quand Bergarmi arriva avec les résultats des autopsies. Violetta avait été frappée à la tête et étranglée à mains nues. Mailer avait vraisemblablement été assommé avant d'être étranglé et jeté dans le puits. Le fragment de tissu que Alleyn avait trouvé sur la face interne du garde-fou correspondait à l'alpaga noir de sa veste, provenant d'un accroc sur une manche.

Sur ce, Valdarno, pointilleux, fit remarquer à Bergarmi que Alleyn avait avancé l'hypothèse de la disparition de Mailer au fond du puits et que lui-même l'avait récusée. Les deux hommes s'inclinèrent avec raideur devant Alleyn.

— Il est très important, poursuivit Valdarno, de déterminer si le bruit entendu par ces personnes pendant qu'elles étaient au mithraeum provenait du couvercle du sarcophage qu'on a repoussé sur le côté pour dissimuler le corps de cette femme à l'intérieur. C'est bien ce que vous pensez, *signore* ?

— Oui, répondit Alleyn. Souvenez-vous, quand nous avons déplacé le couvercle, il a fait beaucoup de bruit. Deux minutes plus tôt, nous avions entendu un son indistinct : ç'aurait pu être une voix féminine. Il a été fortement déformé par l'écho et s'est interrompu brutalement.

— Un cri ?

— Non.

— Cette Violetta était sûrement du genre à crier.

— Peut-être pas, si elle se trouvait là en cachette. Quand elle a insulté Mailer au début, elle n'a pas crié, elle a chuchoté. J'ai pensé à ces viragos qui se sont usé la voix et qui n'ont plus la force de hurler.

Valdarno regarda Bergarmi.

— Vous vous rendez compte, bien sûr, de ce que ça implique ?

— Certainement, *signor Questore.*

— Eh bien ?

— Si c'était bien Violetta, si le bruit était celui du couvercle du sarcophage, si le dénommé Mailer a tué ladite Violetta et a été lui-même tué peu après...

Bergarmi s'arrêta un instant pour reprendre haleine.

— ... alors, *signor Questore*, l'éventail des suspects se réduit aux personnes qui se sont retrouvées seules après que le groupe a quitté le mithraeum. J'ai nommé le major Sweet, la *baronessa* Braceley et son neveu Dorne.

— Très bien.

— Cet éventail demeure inchangé, continua Bergarmi en se frayant un passage hors du labyrinthe, que la dénommée Violetta ait été tuée par Mailer ou bien par l'assassin de ce Mailer.

Valdarno se tourna vers Alleyn, les bras écartés.

— *Ecco!* Vous êtes d'accord ?

— C'est un résumé magistral, répliqua Alleyn. Il y a juste — si vous le permettez — une petite question que j'aimerais poser.

— Ah ?

— Savons-nous où se trouvait Giovanni Vecchi ?

— Vecchi ?

— Oui, acquiesça Alleyn d'un air désolé. Il était près de la voiture quand nous sommes sortis, mais il aurait très bien pu être dans la basilique, pendant que nous explorions ses tréfonds. Il n'était pas du genre à se faire remarquer, ne croyez-vous pas ? Je veux dire par là que, étant guide de profession, il doit se trouver souvent dans les parages tandis que ses clients sont en bas. Il fait partie du décor, en quelque sorte.

Valdarno contempla le vide avec une expression mélancolique.

— Qu'a-t-il dit, ce Vecchi ? demanda-t-il à Bergarmi.
— Rien, *signor Questore.*
— Toujours rien ?
— Il est têtu.
— L'a-t-on informé de la mort de Mailer ?
— Hier soir, *signor Questore.*
— Comment a-t-il réagi ?
Bergarmi leva les yeux au ciel, les épaules jusqu'aux oreilles, et les sourcils, jusqu'à la racine des cheveux.
— Pas de réaction particulière. Un peu pâle, peut-être. A mon avis, il a peur.
— Il faut examiner ses mouvements au moment des deux crimes. Il faut interroger les prêtres.
— Certainement, *signor Questore*, dit Bergarmi, évitant de regarder Alleyn.
— Qu'on l'amène ici.
— Bien, *signor Questore*. Tout de suite.
Un policier entra et salua.
— Les touristes sont là, *signor Questore.*
— Parfait. Au complet ?
— Pas encore, *signor Questore*. Il y a la *nobildonna* anglaise avec son neveu. L'écrivain anglais. La *signorina*. L'*Olandese* avec sa femme.
— Faites-les entrer, répondit Valdarno avec la majesté d'un monarque shakespearien.
Ils firent leur entrée, le petit groupe familier, si singulièrement assorti.
Alleyn se leva, imité par Valdarno qui s'inclina d'un air très formel. Il dit simplement :
— Mesdames, messieurs.
Et il leur indiqua leurs places.
Lady Braceley, vêtue, dramatiquement, en noir, ignora cette invite. S'avançant vers Valdarno, elle lui tendit sa main à baiser. Il la prit et embrassa son propre pouce.

— *Baronessa.*

— C'est ahurissant, se lamenta-t-elle. Je n'arrive pas à le croire. Je n'y arrive pas, voilà tout.

— C'est malheureusement la vérité. Je vous en prie, asseyez-vous.

L'agent se hâta de pousser une chaise sous elle. Elle s'assit abruptement et, les yeux rivés sur Valdarno, secoua lentement la tête. Les autres la considéraient avec consternation. Les Van der Veghel échangèrent un coup d'œil bref et incrédule. Kenneth étouffa une exclamation agacée.

Bergarmi acheva de donner des instructions par téléphone et s'installa un peu à l'écart du bureau.

— Nous n'attendrons pas que l'assistance soit au complet, déclara Valdarno.

Normalement, expliqua-t-il avec hauteur, cet entretien aurait dû être mené par son *Vice-Questore*, mais comme cela aurait requis la présence d'un interprète, il se proposait de s'en charger personnellement.

Cette concession ne leur faisait guère gagner de temps, pensa Alleyn, car le *Questore* s'interrompait sans cesse pour traduire la discussion en italien afin que Bergarmi pût prendre des notes.

Le terrain qu'ils avaient si laborieusement exploré fut exploré à nouveau sans résultat, à l'exception de l'impatience et de l'anxiété croissante des visiteurs. Lorsque Kenneth tenta de protester, on lui rappela sur un ton glacial que la découverte du corps de Mailer les impliquait tous bien davantage. Cela parut terrifier à la fois Kenneth et sa tante, qui furent réduits au silence.

Royal, le *Questore* poursuivit sa tâche ingrate. Il en était arrivé à leur départ du mithraeum, lorsque Grant, dont l'agitation devenait de plus en plus manifeste, lui coupa brusquement la parole.

— Écoutez, dit-il, je suis extrêmement navré, mais je ne vois vraiment pas l'intérêt de se répéter. Il est sûrement clair, à l'heure qu'il est, que, couvercle du sarcophage ou pas, ni le baron, ni la baronne, ni Alleyn, ni Miss Jason ni moi-même n'aurions pu tuer cet homme. J'espère que vous n'envisagez pas la possibilité d'un complot, en conséquence de quoi vous avez la preuve irréfutable qu'aucun d'entre nous ne s'est trouvé seul pendant toute la durée de la visite.

— C'est bien possible, *signor* Grant. Néanmoins, il nous faut des dépositions...

— Très bien, mon cher, très bien. Les dépositions, vous les avez. Et qu'est-ce qui nous reste, je vous le demande ?

Il regarda Alleyn, qui haussa les sourcils et secoua imperceptiblement la tête.

— Il nous reste, continua Grant en élevant la voix, trois personnes. Lady Braceley dans l'atrium. Désolé, Lady Braceley, mais vous y étiez, et je suis sûr que personne ne vous soupçonne de l'avoir quitté. Dorne...

— Non ! chuchota Kenneth. Non ! Je vous l'interdis. Je vous l'interdis !

— Dorne qui était en train de remonter... seul...

— Et qui d'autre ? Allez, dites-le. *Qui d'autre ?*

— ... et le major Sweet, qui met un temps fou à venir nous rejoindre...

— Vous voyez ! bafouilla Kenneth. Vous voyez ! Je l'ai toujours dit. J'ai...

— Ainsi que Dieu sait quel intrus de l'extérieur, acheva Grant. Vous n'avez, me semble-t-il, aucune preuve catégorique qu'un étranger n'ait pas tendu un piège à Mailer pour le tuer et s'échapper ensuite. Voilà. J'ai pris la liberté de vous exprimer mon opinion et je ne le regrette pas.

— Monsieur Grant, j'insiste... commença Valdarno, lorsque son téléphone sonna.

Irrité, il fit signe à Bergarmi qui prit le récepteur. Un flot d'italien jaillit à l'autre bout du fil. Bergarmi poussa une exclamation et répondit avec une rapidité telle que Alleyn put à peine saisir à peine le sens de sa tirade. Il releva des bribes comme :

— ... une incompétence crasse. Tout le monde. Sur-le-champ. Vous m'entendez ! Tous !

Il jeta le combiné et se tourna vers Valdarno.

— Ils l'ont perdu. Bande de crétins ! Pitres ! Imbéciles ! Il leur a filé entre les doigts.

— Vecchi ?

— Vecchi ! Mais non, *signor Questore*. Sweet. Le major Sweet.

CHAPITRE 9

Mort dans la matinée

I

Il parvint à s'échapper pendant les émeutes.

Depuis que Alleyn l'avait laissé la veille, il épiait derrière son store l'homme qui se trouvait en bas dans la rue. L'homme avait été relevé trois fois. Son deuxième remplaçant était un individu trapu et basané qui portait un chapeau vert. Sweet ignorait s'il s'agissait de policiers en civil ou d'espions de Giovanni, ces derniers étant infiniment plus dangereux.

Il avait pris ses repas dans sa chambre, prétextant qu'il était souffrant. Il avait même réussi à se maintenir du bon côté de la bouteille de whisky, bien que, à la tombée du jour, il en eût absorbé plus que la plupart des hommes n'en auraient supporté.

A un moment, lorsqu'il ne surveillait pas la rue, il brûla des papiers dans un cendrier. Ayant déchiré les deux plus grosses feuilles, il les jeta dans les toilettes sur le palier. Comme il ne portait jamais rien de très compromettant sur lui, la question fut réglée rapidement.

Au crépuscule, il n'alluma pas la lumière, mais poursuivit son guet. L'homme au chapeau vert ne se donnait pas la peine de passer inaperçu. Souvent, il fixait directement la fenêtre et, tout en sachant que c'était impossible, Sweet avait l'impression qu'ils se regardaient droit dans les yeux. Quand son remplaçant arriva — en moto — il lui désigna la fenêtre.

Les toilettes se trouvaient à l'autre bout du palier. Il avait grimpé sur le siège et jeté un coup d'œil par la persienne. Naturellement, il y avait un homme là aussi, qui surveillait l'entrée de service de l'hôtel.

En descendant, il s'aperçut qu'il avait laissé des traces de cirage sur le siège. Il prenait toujours un soin particulier de ses chaussures. Il essuya les marques.

Si, en bas, c'étaient des policiers, cela signifiait que Alleyn avait prévenu la police et qu'ils avaient décidé de le surveiller. Et si, comme l'avait dit Alleyn, Giovanni était sous les verrous ? Il aurait quand même pu organiser cela. Auquel cas la situation devenait réellement critique.

A onze heures, il était toujours à son poste, tout comme son vis-à-vis. A onze heures cinq, le téléphone sur le palier se mit à sonner. Il entendit son voisin pousser un gémissement et sortir. Il s'attendait à ce qu'on cognât à sa porte et que celle d'à côté se refermât en claquant. Il alla répondre. C'était quelqu'un qui téléphonait dans un anglais de base de la part du *Vice-Questore* Bergarmi. Les voyageurs devaient se présenter le lendemain matin dans le bureau où on les avait déjà interrogés. A dix heures trente.

Dans les quelques secondes de silence qui suivirent, il passa le bout de sa langue sur sa petite moustache soignée. Sa main glissa sur le récepteur.

— Entendu, fit-il. C'est une affaire qui marche.

— Je vous demande pardon, *signore* ? Vous dites ?

— Je serai là.

— Je vous remercie.

— Attendez. Ne quittez pas.

— *Signore ?*

— Avez-vous retrouvé Mailer ?

Il y eut une pause, un conciliabule en italien.

— Allô ? Vous êtes toujours là ?

— Oui, *signore*. Mailer a été retrouvé.

— Oh !

— On a retrouvé son corps. Il a été assassiné.

Il aurait dû dire quelque chose. Il n'aurait pas dû raccrocher sans un mot. A présent, il était trop tard.

Il s'allongea sur le lit et tenta de réfléchir. Les heures passaient. De temps à autre, il s'assoupissait, mais chaque fois, il s'éveillait en sursaut et allait jeter un coup d'œil dans la rue. La quiétude passagère du petit matin descendit sur Rome ; puis, avec le retour de la lumière, le trafic commença à croître. Il y eut du mouvement dans l'hôtel.

A huit heures, il entendit un aspirateur vrombir dans le couloir. Il se leva, se rasa, prépara un petit sac et s'assit, les yeux dans le vague, incapable de penser de manière cohérente.

A neuf heures et demie débuta la plus grande manifestation estudiantine de l'année. Bien que la Navona servît de point de rassemblement, la foule déchaînée en déborda rapidement et envahit la ruelle. Une bande de jeunes la parcourut de haut en bas, saccageant les voitures en stationnement. Parmi eux, il y avait quelques têtes brûlées qui les encourageaient. Il entreprit de se préparer fébrilement. Tout en continuant à surveiller la rue, il enfila à tâtons son pardessus. Il y avait un foulard dans sa poche. Il le noua autour de sa bouche. Puis il dénicha un chapeau de tweed qu'il n'avait pas mis depuis son arrivée. Après avoir vérifié qu'il avait son passeport et son argent sur lui, il prit son sac. Il y avait à présent beaucoup de vacarme dans la rue. Un groupe d'étudiants s'était attroupé autour de la moto. Ils avaient ouvert le réservoir et mis le feu à l'intérieur. Six ou sept d'entre eux encerclèrent le guetteur. Une bagarre éclata.

Il entendit des fenêtres s'ouvrir et des voix s'exclamer dans les chambres voisines.

Le palier et l'escalier étaient déserts.

Quand il arriva dans la rue, la moto était en flammes. La foule malmenait son propriétaire. Celui-ci se débattait ; apercevant Sweet, il poussa un hurlement.

Sweet fit un bond de côté et se mit à courir. Il fut bousculé de tous les côtés. Finalement, pris dans la ruée générale, il atteignit l'artère principale. Là, il prit ses jambes à son cou et courut jusqu'à ce que le souffle lui manquât.

Le carrefour était embouteillé. Il remarqua un taxi vide au milieu du bouchon, l'intercepta, ouvrit la portière à la volée et s'affaissa sur le siège. Le chauffeur, en colère, l'apostropha violemment. Il tira son porte-monnaie et brandit un billet de dix mille lires.

— *Stazione!* dit-il. *Stazione!*

Le trafic s'ébranla. Derrière eux, les voitures se mirent à klaxonner. Le chauffeur gesticula, semblant refuser, mais finalement démarra, criant quelque chose d'incompréhensible.

Puis Sweet entendit la sirène.

La voiture de police était quelque part derrière, mais les autres véhicules s'écartaient pour la laisser passer. Sweet croisa le regard du chauffeur dans le rétroviseur.

— Allez ! hurla-t-il, lui martelant le dos avec ses poings. *Avancez!*

Le taxi s'immobilisa dans un crissement de pneus : l'homme venait d'écraser la pédale de frein. La voiture de police freina à ses côtés, et Sweet s'élança dehors par l'autre portière.

L'espace d'un instant, on le vit au milieu d'un

océan d'autos : un homme bien habillé, avec un pardessus anglais et un chapeau de tweed. Puis il disparut sous un camion qui arrivait en face.

II

— On ne pense pas qu'il va reprendre connaissance, annonça Bergarmi.

Moins d'une demi-heure s'était écoulée depuis qu'ils avaient appris la fugue de Sweet. Pendant ce temps, alors que Valdarno et son *Vice-Questore* en étaient encore au stade de l'échauffement, on avait amené Giovanni. Pâle, échevelé, mal rasé, il contempla le groupe de touristes comme s'il les voyait pour la première fois. Apercevant Lady Braceley, il s'inclina avec un sourire oblique, les yeux mi-clos. Elle ne le regarda même pas.

Ce fut Bergarmi qui l'interrogea, interrompu occasionnellement par Valdarno. Cette fois, il n'y eut pas de traduction, et seul Alleyn comprenait ce qui se disait. Les autres, penchés en avant, tendaient l'oreille et fronçaient les sourcils, comme s'ils étaient sourds physiquement plutôt qu'intellectuellement. Il était difficile, pensa Alleyn, d'imaginer la raison de leur présence à cet interrogatoire. « A moins que nous ne revenions à l'anglais et qu'une confrontation ne soit envisagée. »

L'entretien fut mené tambour battant. Bergarmi bombardait Giovanni de questions. Valdarno, les bras croisés, grimaçait et, de temps à autre, intercalait une remarque, sinon une menace. Giovanni, tour à tour, boudait et se récriait. Un tel procédé aurait réjoui la défense en Grande-Bretagne, songea Alleyn. A deux reprises, ils furent coupés par de nouveaux comptes rendus de la violence dans la rue. Le *Questore* jeta des ordres dans le téléphone avec la précision d'un ordinateur. Alleyn ne put s'empêcher de penser que les trois hommes prenaient un immense plaisir à cette brillante représentation devant un public désorienté.

Après une escarmouche aussi vaine que prolongée, Giovanni leva les bras au ciel et, invoquant son irréprochable intégrité, déclara qu'il était prêt à tout avouer.

C'était un bien grand mot. Il était surtout prêt à accuser le major Sweet du meurtre de Sebastian Mailer. Alors que lui-même, affirma-t-il, ignorait tout des activités parallèles de Mailer et avait tout simplement loué de bonne foi ses services de guide au *Cicerone*, il avait senti qu'il y avait un micmac entre Mailer et Sweet.

— J'ai un instinct pour ce genre de choses, dit Giovanni.

— Par « instinct », observa le *Questore*, entendez « expérience ».

Bergarmi rit comme un jeune magistrat révérencieux.

— Et quelles démarches, s'enquit Valdarno vicieusement, cet instinct vous a-t-il poussé à entreprendre ?

Quand Violetta s'en était prise à Mailer sur le parvis, expliqua Giovanni, il avait remarqué que Sweet regardait la scène avec beaucoup d'attention. Son intérêt à l'égard de Sweet s'accrut. Lorsque le groupe descendit, il entra dans la basilique pour dire une prière à San Tommaso, à qui il vouait une dévotion particulière. Le major Sweet, ajouta-t-il par parenthèse, était athée et avait tenu des propos abominables sur les saints.

— Ses propos n'ont aucune importance. Continuez.

Giovanni était toujours dans la basilique quand le

major Sweet revint avec Lady Braceley. Là-dessus, il coula un regard dans sa direction. Sweet s'était conduit de manière étrange et passablement impolie. Il avait planté Lady Braceley dans l'atrium et s'était hâté de retourner en bas. Giovanni, envahi, à l'entendre, d'un pressentiment indéfinissable, s'était approché du puits et avait regardé à l'intérieur. A sa stupéfaction, il vit le major Sweet qui (contrairement au règlement établi par les saints pères) avait enfourché la barrière immédiatement au-dessous de lui et tendait le cou pour distinguer ce qui se passait tout en bas, dans l'insula. Il y avait quelque chose d'extrêmement furtif dans la façon dont il avait fini par descendre de son perchoir et dont il avait disparu de sa vue.

— Ce n'est rien, répliqua Valdarno, ponctuant ses paroles d'un claquement de doigts.

— Ah, mais attendez, fit Giovanni.

Tout comme lui avait attendu le retour du groupe. D'abord, il vit arriver le *signor* Dorne, qui alla aussitôt rejoindre sa tante dans l'atrium. Ensuite, le major émergea, seul. Il était blême. Tremblant. Hagard. Une lueur terrible dans le regard. Il passa devant Giovanni sans le voir et sortit en titubant sous le portique. Giovanni alla vers lui pour lui demander s'il n'était pas souffrant. Le major l'insulta et l'envoya paître. Giovanni regagna la voiture et, de là, vit le major se réconforter à l'aide d'une flasque. Il se remit très rapidement. Quand les autres reparurent, il était à nouveau totalement maître de lui.

— A ce moment-là, je me suis posé des questions, *signor Questore*... mais maintenant, je comprends. *Signor Questore*, déclara Giovanni, se frappant la poitrine et brandissant son index avec beaucoup de brio, j'ai vu le visage d'un assassin.

C'était à cet instant que le téléphone avait sonné. Bergarmi répondit et, ayant appris la nouvelle de l'accident, en informa son patron.

— On ne pense pas, dit-il, qu'il va reprendre connaissance.

« Et, parlant de visages, songea Alleyn, je n'ai jamais vu une expression aussi ravie et incrédule. Comme celle de Giovanni. »

III

Cinq minutes plus tard, on leur annonça que Hamilton Sweet était mort sans avoir dit un mot.

Valdarno daigna le répéter aux voyageurs. Et, à nouveau, un vent de soulagement parcourut l'assistance, dûment contenu. Exprimant probablement le sentiment général, Barnaby Grant répondit :

— Pour l'amour du ciel, ne nous fatiguons pas. Cet homme-là était une canaille et, apparemment, un assassin par-dessus le marché. C'est sordide, certes, mais c'est fini. Tant mieux pour eux — pour tous les trois — et pour les autres.

Alleyn vit Sophy regarder posément Grant, puis froncer les sourcils et baisser les yeux sur ses mains crispées. Le baron opina, mais sa femme, curieusement, se mit à protester.

— Ah non, ah non ! s'écria-t-elle. On ne peut pas classer cette affaire aussi froidement. C'est une tragédie ! Une vengeance divine ! Et quelles horreurs se profilent derrière ce dénouement !

Elle se tourna vers les uns et les autres, puis, finalement, vers son mari. Ses yeux s'emplirent de larmes.

— Non, Gerrit, non ! C'est trop affreux. Cette Violetta, et Mailer, et Sweet : une telle haine entre eux ! Un si grand mal ! Si près de nous ! J'en suis malade rien que d'y penser.

— Ce n'est rien, ma chérie. C'est fini. Ils ne sont plus là.

Il la réconforta dans leur propre langue, prenant ses grandes mains entre les siennes, énormes, et les tapotant comme pour les réchauffer. Puis il regarda ses compagnons avec le sourire ailé qui était le sien, leur demandant d'excuser cette détresse enfantine. Tout le monde se sentit embarrassé.

Bien qu'il fût encore trop tôt pour se prononcer, déclara Valdarno, il pouvait assurer aux voyageurs qu'ils ne seraient plus importunés par ses services. Il les prierait simplement de signer une déposition concernant leur mésaventure. Il était possible qu'ils dussent venir témoigner au tribunal : ils devaient se préparer à cette éventualité. En attendant, s'ils voulaient bien patienter à côté, pendant que le *Vice-Questore* Bergarmi rédigeait le procès-verbal... Il regrettait infiniment...

Après quelques ronds de jambe supplémentaires, les visiteurs se levèrent, et ce fut la cérémonie des adieux.

Alleyn resta en arrière.

— Si ça peut vous aider, *signor Questore*, fit-il, je suis à votre disposition. Vous aurez besoin de la traduction anglaise de ce procès-verbal, par exemple. Comme j'étais sur place... peut-être que... ?

— Vous êtes très aimable... commença Valdarno, s'interrompant pour recevoir un nouveau compte rendu des émeutes.

Bergarmi était passé dans le bureau d'à côté et, l'espace de deux minutes, Alleyn se retrouva avec Giovanni. Le dos tourné, le *Questore* vociférait dans le récepteur.

— Vous aussi, vous allez certainement signer une déposition, n'est-ce pas ? demanda Alleyn.

— Naturellement, *signore*. En mon âme et conscience, et devant les saints. C'est mon devoir.

— Y mentionnerez-vous votre conversation avec le major Sweet, hier après-midi, au *Eremo* ?

Tel un reptile, Giovanni rentra la tête dans les épaules. Alleyn eut presque l'impression de l'entendre siffler. Les yeux mi-clos, il se mit à marmotter ignoblement.

— *E molto seccante ! Presto !* cria Valdarno pour la centième fois de la matinée.

Il jeta le récepteur, esquissa un geste d'impuissance à l'intention d'Alleyn et aperçut Giovanni.

— Vous ! Vecchi ! Vous devez rédiger une déposition.

— Certainement, *signor Questore.*

Le téléphone sonna. Valdarno prit la communication.

Un officier de police vint chercher Giovanni. Celui-ci jeta un coup d'œil sur le dos du *Questore* et, passant devant Alleyn, fit mine de lui cracher au visage. Le policier aboya et le poussa dehors. Violetta, elle, ne se serait pas contentée d'une pantomime, pensa Alleyn.

— Ah, ces étudiants ! s'écria Valdarno, lâchant le combiné. Que cherchent-ils à prouver ? Voilà qu'ils brûlent des vespas maintenant. Pourquoi ? Ces vespas appartiennent peut-être à d'autres étudiants. Une fois de plus, pourquoi ? Vous parliez de la déposition écrite ? Je vous serai très obligé de voir ça avec Bergarmi.

Le téléphone se remit à bourdonner.

— *Basta !* hurla le *Questore* en décrochant.

Alleyn s'en fut rejoindre Bergarmi qui l'accueillit avec un curieux mélange de mauvaise humeur et de soulagement. Il avait rédigé un compte rendu en italien à partir de ses propres notes. Alleyn trouva son exposé exact et le transcrivit en anglais.

— Voudriez-vous que quelqu'un relise la traduction pour la contrôler, *signor Vice-Questore* ? proposa-t-il.

Bergarmi secoua la tête.

— Cela n'a plus grande importance. Le témoignage de Giovanni Vecchi, le fait que ceci, dit-il en tapotant son rapport, ne le contredit pas et, par-dessus tout, la fugue de Sweet nous suffisent amplement. L'affaire est pratiquement close.

Alleyn poussa sa traduction à l'autre bout de la table.

— J'ai juste une suggestion à vous faire.

— Oui ? Laquelle ?

— Les Van der Veghel ont pris des photos dans le mithraeum et dans l'insula. Au flash. Kenneth Dorne également. Ensuite, sur le chemin du retour, la baronne a photographié le sarcophage. J'ai pensé que vous voudriez peut-être joindre ces photos au dossier.

— Ah ! Je vous remercie. Le sarcophage... oui, ça pourrait être intéressant.

— Si jamais on y voit un bout du châle ?

— Absolument. Cela montrerait que la dénommée Violetta a été assassinée avant que vous ne quittiez le mithraeum. Par Mailer, évidemment. Ça ne nous donnerait pas, toutefois — non pas que nous en ayons besoin — le moment précis de l'agression de Sweet contre Mailer. Nous tenons, mon cher *signor* Super, ajouta Bergarmi, visiblement ravi d'avoir découvert cette nouvelle appellation, le mobile. D'après votre propre enquête sur Sweet.

Alleyn esquissa une grimace.

— L'intention : transparaît dans son comportement suspect observé par Vecchi. L'opportunité : en dehors du *signor* Dorne et de sa tante (cette dernière supposition étant parfaitement grotesque), il a été le seul à bénéficier d'une opportunité.

— Avec tout le respect que je vous dois... était-il le seul ?

— *Signore ?*

— Je me demande simplement, fit Alleyn sur un ton contrit, si Giovanni a dit toute la vérité.

— Je ne vois aucune raison d'en douter, répondit Bergarmi après une pause considérable.

Puis, après une nouvelle pause, encore plus longue :

— Il n'avait aucun motif pour s'en prendre à Mailer.

— Mais il en avait des tas pour s'attaquer à Sweet. Enfin, n'y pensons plus.

La traduction d'Alleyn fut dactylographiée en plusieurs exemplaires par une secrétaire bilingue. Pendant ce temps, Bergarmi fit mine d'être très occupé. Lorsque tout fut prêt, Alleyn et lui se rendirent dans le petit bureau où les voyageurs avaient été rassemblés pour la seconde et dernière fois. A la demande de Bergarmi, Alleyn leur distribua les copies.

— Je trouve que ça résume bien nos dépositions respectives, déclara-t-il, et, pour ma part, je suis prêt à signer. Qu'en dites-vous ?

Lady Braceley, qui était en train de se remaquiller, répliqua avec un esprit inattendu :

— Je signerais volontiers un pacte avec le diable, si seulement il pouvait me sortir d'ici.

Se retournant, elle posa son regard ravagé sur Alleyn.

— Vous êtes un amour, l'informa-t-elle sans que cela surprît quiconque.

— Lady Braceley, dit-il, j'aimerais savoir — par simple curiosité — si vous avez remarqué quelque chose de bizarre dans l'attitude de Sweet quand il vous a raccompagnée dans l'atrium.

Il pensait qu'elle allait saisir l'occasion pour leur raconter combien elle était sensible à l'atmosphère ambiante et comment elle avait perçu que quelque chose ne tournait pas rond. Ou même qu'elle en profiterait pour faire une déclaration fracassante. Au lieu de quoi, elle se contenta de répondre :

— Je l'ai simplement trouvé vulgaire et grossier.

Puis, après réflexion :

— S'il a été dans l'artillerie, moi, je suis prête à manger mon chapeau.

Elle se tut quelques secondes.

— Tout de même, avoir eu un assassin pour escorte, aussi mufle soit-il, ce n'est pas rien. Nous allons nous en régaler, Kenny et moi. N'est-ce pas, chéri ?

Son neveu acquiesça d'un air agité.

— Moi, j'ai beaucoup de mal à suivre, se plaignit-il.

— Je sais, mon chéri. C'est bien trop confus. Trois morts en trois jours, si l'on peut dire. Mais enfin, c'est formidable de se savoir lavé de tout soupçon.

La tête penchée, elle contempla Bergarmi en souriant.

— C'est vrai qu'il ne parle pas anglais ? Il ne se fiche pas de nous, dites ?

— Qu'est-ce qu'elle raconte ? marmonna Bergarmi à l'adresse d'Alleyn. Elle ne veut pas signer ? Pourquoi sourit-elle ?

— Elle est tout à fait d'accord pour signer. Peut-être a-t-elle jeté son dévolu sur votre personne, *signor Vice-Questore*.

— *Mamma mia !*

Alleyn suggéra à ses compagnons de signer, s'ils n'avaient pas de réclamations à faire. Lady Braceley s'exécuta sur-le-champ, sans même feindre de lire la déposition. Les Van der Veghel, pointilleux, examinèrent le texte paragraphe par paragraphe avec une minutie extrême, se concertant à chaque instant. Barnaby Grant et Sophy Jason lurent leur exemplaire avec une concentration toute professionnelle. Quand tout le monde eut enfin signé, Bergarmi leur annonça par l'intermédiaire d'Alleyn qu'ils étaient libres de partir. Il s'inclina et, après les avoir remerciés, sortit avec les papiers.

Les six visiteurs se levèrent et s'apprêtèrent avec un soulagement manifeste à s'en aller à leur tour.

Sophy et Barnaby Grant partirent ensemble, suivis par les Van der Veghel.

Lady Braceley, qui surveillait Alleyn du coin de l'œil, semblait vouloir s'attarder.

Kenneth se tenait à la porte, regardant Alleyn avec cet air sournois qui lui était coutumier.

— Et voilà, lança-t-il.

— Vous souvenez-vous avoir pris une photo de Mithra pendant que nous étions en bas ? demanda Alleyn.

— Très bien.

— L'avez-vous fait tirer ?

— Non.

— Est-ce en noir et blanc ou en couleur ?

— Noir et blanc, marmonna Kenneth. Ça fait mieux ressortir, paraît-il, l'architecture et les statues.

— J'ai donné les miennes à développer au photographe de la police. Ça ne lui prendra pas plus de deux heures. Voulez-vous que je lui remette les vôtres en même temps ?

— La pellicule n'est pas terminée, mais merci quand même.

— Voyons, intervint Lady Braceley, donne-la à M. Alleyn, chéri. Il ne doit plus te rester grand-chose. Tu n'as pas arrêté de mitrailler pendant le pique-nique sur le mont Machin-chose. Avoue que ça aura un certain intérêt macabre. Évidemment, moi, je n'apparaîtrai pas sur la photo dont parle M. Alleyn... celle dans les entrailles de la terre, tu sais. Allez, donne-la-lui.

— Elle est toujours dans mon appareil.

— Et ton appareil est dans la voiture. File donc le chercher.

— Ça peut attendre, ma petite tante. Est-ce vraiment nécessaire de s'affoler ?

— Oui, rétorqua-t-elle avec humeur. Allez, *va*, mon chéri !

Il s'éloigna d'un pas traînant.

— Inutile de remonter, cria Alleyn. Je descendrai la chercher. J'en ai pour une minute.

— Vous êtes un ange, fit Lady Braceley, déposant un baiser sur sa propre main. Nous vous attendrons.

Après leur départ, Alleyn sortit sur le palier et trouva devant l'ascenseur les Van der Veghel, occupés à rassembler l'encombrant matériel photographique dont ils ne se séparaient jamais. Il rappela à la baronne les photos qu'elle avait prises dans l'insula et lui offrit de les donner à développer à la police.

— A mon avis, ils seront ravis de voir le cliché du sarcophage. Je leur ai promis de vous le demander.

— Vous n'avez qu'à le garder. Je n'en veux pas. Je ne peux plus supporter tout cela. Gerrit, mon chéri, remets-lui la pellicule. Nous ne désirons conserver aucun souvenir de cette terrible journée. *Ach*, non ! Non !

— Allons, allons, la gourmanda gentiment le baron. Ce n'est pas la peine de te mettre dans tous tes états. Je l'ai ici. Un instant, je vais la trouver.

Mais ce fut toute une histoire de défaire leurs énormes besaces et de fourrager vainement à l'intérieur.

Tout à coup, la baronne poussa un petit cri et se frappa le front.

— Suis-je stupide ! s'exclama-t-elle. Encore un peu, et j'oublierai ma propre tête.

— Comment ?

— Le jeune Dorne. Hier, nous nous sommes arrangés pour qu'il la fasse développer avec la sienne.

— Eh bien, dit le baron.

Et, avec une parfaite bonhomie, il entreprit de remettre en place le contenu de son sac.

— Il n'en a rien fait, répondit Alleyn. Si vous le permettez, je prendrai votre film en même temps que le sien.

— Très bien, opina le baron.

— Êtes-vous sûr que vous n'en voulez pas? lui glissa Alleyn en aparté.

Il secoua la tête, fronçant les sourcils comme une nounou préoccupée.

— Non, non, non, murmura-t-il. Vous voyez bien comment c'est. Ma femme préfère... Non. Encore que, ajouta-t-il avec une pointe de regret, il y ait certaines photos... notre petit groupe, par exemple. Mais tant pis.

— Je vous tiendrai au courant du résultat, dit Alleyn.

Ils prirent l'ascenseur ensemble. La baronne avait retrouvé son entrain. Ils devaient prendre le car pour se rendre dans les jardins aquatiques de la Villa d'Este. Il les accompagna jusqu'à l'entrée principale. Elle les précéda de cette démarche incroyablement élastique qui faisait penser Alleyn à quelque oiseau géant de la préhistoire, un moa peut-être.

— Ma femme, observa le baron, la contemplant avec affection, possède la sage simplicité de l'âge antique. C'est une femme remarquable. Et, à mon avis, très belle, ajouta-t-il à voix basse, plus pour lui-même que pour son interlocuteur.

— Vous avez beaucoup de chance.

— C'est aussi mon opinion.

— Monsieur le baron, voulez-vous venir prendre un verre avec moi? Vers six heures? Je pourrai vous montrer vos photos. Comme elles risquent d'indisposer votre épouse, je ne vous propose pas de l'amener avec vous.

— Merci. Avec grand plaisir. Vous êtes très attentionné.

Et, redressant son sac sur son épaule massive, le baron appela :

— Mathilde, pas si vite ! Attends-moi ! J'arrive.

D'un pas tout aussi souple, il rattrapa prestement sa femme. Tous deux descendirent la rue, dominant les autres piétons d'une tête et parlant avec animation.

Kenneth Dorne était assis au volant d'une voiture de sport blanche avec sa tante à ses côtés. Alleyn eut l'impression qu'ils avaient été sélectionnés par un service de casting trop zélé comme personnages types pour une nouvelle version de *La Dolce Vita*. Kenneth portait une de ces casquettes ridicules à la mode, couleur framboise, avec une petite visière. Il était blanc comme un linge et avait le front moite.

— Nous voici, s'écria Lady Braceley, et voici le film. Quelle histoire ! Venez boire un verre avec nous ce soir. C'est sans doute horrible de dire une chose pareille, mais on se sent infiniment soulagés. Maintenant que cette brute de Giovanni ne nous terrorise plus. Tous ces mensonges ! Kenneth sait que je vous ai parlé. Alors, ne croyez-vous pas qu'une petite célébration... ? Qu'en pensez-vous ?

Kenneth dévisagea Alleyn avec un demi-sourire assez lamentable. Ses lèvres remuèrent. Alleyn se pencha.

— Que faut-il que je fasse ? articula Kenneth.

— Malheureusement, je suis pris ce soir, répondit Alleyn à voix haute.

Et, à Kenneth :

— Vous n'avez pas l'air en forme. A votre place, j'irais voir un médecin. Puis-je avoir la pellicule ?

Kenneth la lui tendit. L'étui en carton était humide.

— Il me semble que vous avez également la pellicule de la baronne.

— Oh, mon Dieu, vous croyez ? Oui, bien sûr. Où diable... Voilà !

Il la sortit de la boîte à gants et la remit à Alleyn.

— Pouvons-nous vous déposer quelque part ? s'enquit Lady Braceley avec une grande sollicitude. Allons, laissez-nous vous déposer.

— Merci, non. J'ai du travail ici.

La voiture de sport fonça dangereusement dans le trafic.

Alleyn retourna dans le bâtiment, trouva Bergarmi et lui demanda les coordonnées de leur photographe. Bergarmi téléphona à ce dernier et s'arrangea pour que les films fussent développés immédiatement.

Il offrit ensuite d'accompagner Alleyn au laboratoire et, quand ils furent arrivés, se répandit en explications sur les raisons de son geste.

— Je viens voir nos propres photos, mais ce n'est qu'une formalité. Le témoignage de Giovanni Vecchi nous fournit des preuves accablantes contre Sweet. Il avoue qu'il était au courant d'une relation entre Sweet et Mailer et il est prêt à jurer que Mailer a menacé de dénoncer Sweet.

— Je vois, dit Alleyn. Mais dénoncer pour quoi ? Et à qui ?

— D'après Giovanni, Mailer connaissait le passé criminel de Sweet en Angleterre. Il a menacé de vous révéler son identité car il vous avait reconnu.

— Comme c'est clairvoyant de la part de Giovanni, commenta Alleyn, ironique. Je n'en crois pas un mot. Et vous ?

— Ma foi, *signore*, c'est sa théorie à lui. Mais sa version des faits me paraît tout à fait plausible. L'important est que Sweet était en danger, et que la menace venait de Mailer. Qui avait découvert, bien sûr, que Sweet avait été envoyé par Ziegfeldt pour l'espionner. C'est une histoire connue, n'est-ce pas, *signor* Super ? Le coup de l'agent double. La solution la plus simple est souvent la bonne. Le fait que Mailer était un *ricattatore* et qu'il extorquait de l'argent aux touristes n'ajoute pas grand-chose à l'affaire, sauf que Sweet espérait peut-être que ça l'aiderait à brouiller les pistes.

Bergarmi lança un rapide coup d'œil à Alleyn.

— Vous êtes sceptique, *signor* Super. Je me trompe ?

— Ne faites pas attention à moi, répliqua Alleyn. Je suis un étranger, *signor Vice-Questore*, et je ne chercherai pas à couler Giovanni dans le moule d'un criminel anglais. Vous connaissez vos spécimens bien mieux que moi.

Le visage de Bergarmi se fendit d'un large sourire.

— Vos propos font état de votre grande modestie, *signore*.

Le photographe refit son apparition.

— Les photos sont prêtes, *signor Vice-Questore*.

— *Ecco !* dit Bergarmi, tapant Alleyn sur l'épaule. On va les voir ?

Elles trempaient encore dans le bain de fixage sur les bancs disposés tout autour de la salle de développement. Il y avait les clichés du *Questore* : Violetta dans le sarcophage, la langue pendante ; Violetta sur le brancard dans la morgue. Le menton de Mailer. Des détails. Puis les photos d'Alleyn : un fragment d'alpaga accroché à la barrière, le pied de Mailer, sa semelle notamment, coincé dans la grille, des taches de cirage brun sur l'une des traverses. Les papiers divers trouvés dans l'appartement de Mailer. Autant de photos de routine qui finiraient dans les archives de la police.

Tout à coup, sans transition, ce furent des vues dc Rome. Des clichés conventionnels pris dans les endroits familiers avec, au milieu ou bien au premier plan, toujours la même silhouette massive au léger sourire. Le baron, facétieux, la tête penchée, jetant une pièce de monnaie dans la fontaine de Trevi. Le baron, magistral, devant le Forum ; pontifical devant le Vatican et martial au-dessous de Marc-Aurèle. Puis enfin, une photo du couple prise par un tiers : leurs deux têtes de profil, avec une connotation vaguement égyptienne. Ils avaient les mêmes grandes oreilles aux lobes épais, nota Alleyn.

Brusquement... il n'y eut plus rien. Une partie indistincte de la silhouette du baron en haut de l'escalier de la place d'Espagne noyé dans un brouillard blanc. Et ensuite, plus rien. Le vide.

— Dommage, dit le photographe. Il y a eu un accident de parcours. La lumière a pénétré dans l'appareil.

— Je vois, fit Alleyn.

— Vous avez dit, il me semble, remarqua Bergarmi, que la baronne avait eu des problèmes avec son appareil au mithraeum.

— Son flash n'a pas fonctionné. La première fois. La seconde fois, ça a marché.

— Il doit y avoir un défaut dans l'appareil, déclara le photographe. Ou alors, ils ont mal rembobiné le film.

— Nous n'aurons donc pas de cliché du sarcophage, conclut Bergarmi. Mais, tout compte fait, ça ne présente qu'un intérêt accessoire.

— Oui, acquiesça Alleyn. Tout compte fait. Quant au groupe devant la statue de Mithra...

— Ah, là, les nouvelles sont meilleures, *signore*, répondit le photographe. Voici le film marqué Dorne.

Les photos de Kenneth s'avérèrent assez bonnes. Elles démentirent aussitôt son histoire de pellicule achevée avant sa rencontre avec Mailer devant Apollon, et qu'il aurait remplacée sur le chemin du mithraeum. Il y avait là des photos prises à Pérouse. Sur deux d'entre elles, on voyait Kenneth posant en travesti dans un jardin, entouré d'amis à l'aspect douteux, dont un avait ôté ses vêtements et pris la posture d'une statue.

— *Molto sofisticato*, observa Bergarmi.

Puis ils virent la tante de Kenneth devant leur hôtel et les touristes rassemblés au pied de l'escalier de la place d'Espagne. Quelque part au milieu du film, il y avait la photographie du dieu Mithra. Kenneth s'était écarté de façon à inclure dans son objectif la baronne qui s'affairait avec son appareil et, derrière elle, tout le groupe. Alleyn et Sophy souriaient de part et d'autre d'un Grant abominablement gêné, et on voyait clairement Sweet chercher à saisir Sophy par la taille. Ils avaient tous la mine figée des gens surpris dans l'obscurité par la lumière aveuglante du flash. Les détails du mur derrière eux, leurs ombres gigantesques, le dieu dodu avec son bonnet phrygien, son sourire et son regard fixe ressortaient très nettement. C'était la seule photographie que Kenneth avait prise à San Tommaso. Les autres avaient été consacrées au mont Palatin.

Alleyn attendit que les clichés fussent secs. Invoquant la masse de son travail, Bergarmi s'apprêta à le laisser.

— Il y a un détail dans cette affaire qui m'intrigue énormément, *signor Vice-Questore*, dit Alleyn.

— Lequel ?

— Pourquoi Mailer, cet homme chétif, a-t-il déployé tant d'efforts et perdu tant de temps pour fourrer Violetta dans le sarcophage, alors qu'il lui suffisait de la pousser dans le puits ?

Bergarmi le contempla en silence.

— Je ne puis vous répondre, fit-il enfin. Il y a certainement une réponse à cela, mais, pour le moment, je ne la connais pas. Excusez-moi, je suis en retard.

— Moi, si, marmonna Alleyn après son départ. Je la connais, la réponse, ou alors je veux bien me faire appeler Jules.

Il était trois heures moins dix lorsqu'il regagna son hôtel.

Il rédigea son rapport, prit rendez-vous avec Interpol et tint un conciliabule avec lui-même.

En soi, sa mission était terminée. Il avait récolté la majeure partie des informations qu'on lui avait demandé d'obtenir. Il avait décortiqué le cas Mailer et obligé Sweet de lui fournir une liste extrêmement précieuse des personnages clés du plus vaste trafic de drogue.

Mailer et Sweet étaient morts.

Professionnellement parlant, leur mort ne le concernait nullement. C'était l'affaire de la *Questura* romaine, de Valdarno, Bergarmi et leurs gaillards qui, du reste, avaient réglé la question avec beaucoup d'habileté. Et pourtant...

Il était en proie à un trouble intense.

A cinq heures et demie, il disposa toutes les photographies sur son lit. Puis il sortit un papier de son dossier, un papier couvert de sa propre écriture. Après l'avoir contemplé longuement, il le plia et le mit dans sa poche.

A six heures, il eut un coup de fil de Kenneth Dorne. Passablement agité, ce dernier lui demanda s'il pouvait venir chercher ses photos.

— Pas tout de suite, répondit Alleyn. Je suis pris. Au moins jusqu'à sept heures.

Il attendit un moment avant d'ajouter :

— Rappelez-moi vers huit heures.

— Elles... sont-elles réussies ? Les photos ?

— Les vôtres sont parfaitement nettes. Pourquoi ?

— Et celles de la baronne, elles ne le sont pas ?

— Elles sont voilées.

— Je n'y suis pour rien, moi. Écoutez, il faut que je vous parle. S'il vous plaît.

— A huit heures.

— Je vois. Eh bien, je... oui... merci. Je téléphonerai à huit heures.

— Faites donc.

A six heures et demie, la réception l'appela pour le prévenir de l'arrivée du baron Van der Veghel. Alleyn pria qu'on le fît monter.

Il ouvrit sa porte et, entendant grincer l'ascenseur, sortit dans le couloir. Un garçon d'étage apparut, escortant le baron qui salua Alleyn de loin et s'avança vers lui, la main tendue, de sa démarche bondissante.

— Ça ne vous ennuie pas, j'espère, que je vous reçoive ici, dit Alleyn. J'ai pensé que nous avions besoin de calme, or, à cette heure-ci, les salons en bas tiennent du capharnaüm cinq étoiles. Entrez, je vous en prie. Que désirez-vous boire? Ils servent un brandy-punch glacé qui est très agréable. Ou bien préférez-vous un classique?

Le baron opta pour le brandy-punch et, en l'attendant, parla de leur visite dans les jardins aquatiques de la Villa d'Este.

— Nous y sommes déjà allés, bien sûr, mais notre émerveillement s'accroît d'une fois à l'autre. Ma femme a dit aujourd'hui qu'elle revoyait, toujours au même endroit, un cardinal pourpre et sa suite. Elle les distingue à travers la brume des fontaines.

— Elle a le don de double vue, remarqua Alleyn légèrement.

Et, voyant que le baron demeurait perplexe, il lui expliqua le sens de ses paroles.

— *Ach*... non. Nous ne croyons pas à ces phénomènes-là. Non, elle a simplement une imagination très vive. Elle est très sensible à tout ce qui l'environne, mais elle ne voit pas de revenants, monsieur Alleyn.

On apporta leurs boissons. Après avoir servi son invité, Alleyn demanda :

— Voulez-vous jeter un coup d'œil sur vos photos ? Malheureusement, vous risquez d'être déçu.

Il avait laissé tous les clichés sur son lit, à l'exception de ceux de Kenneth.

En voyant Violetta et Mailer, qu'il aperçut en premier, le baron déclara :

— Oh, non ! C'est trop horrible ! S'il vous plaît.

— Je suis navré.

Alleyn les écarta d'un geste de la main.

— Voici les photos de votre femme. Celles du début, comme vous pouvez le constater, sont très bonnes. C'est quand nous arrivons à San Tommaso que ça se gâte.

— Je ne comprends pas, dit le baron.

Il se baissa, examina les photographies et les prit une par une.

— L'appareil de ma femme est en excellent état : cela ne s'est encore jamais produit. Le film a été correctement rembobiné avant d'être retiré. Où sont les négatifs ?

— Tenez, les voici.

Il les approcha de la lumière.

— Je suis désolé, fit-il. Honnêtement, cela me surprend. Pardonnez-moi, mais... la personne qui a développé cette pellicule, vous m'avez dit que c'était le photographe de la police ?

— Je ne pense pas un seul instant qu'il se soit montré négligent.

— Finalement, ma femme sera soulagée. Elle tient à ne garder aucun souvenir de notre visite à cet endroit. Mais je regrette : vous vouliez la photo du sarcophage, me semble-t-il.

— La police n'y attache pas beaucoup d'importance. Après tout, il reste toujours la photo de groupe au mithraeum.

Il laissa tomber le cliché de Kenneth sur le lit.
Le baron se pencha sur lui.
Tout dans la pièce était silencieux. Les fenêtres étaient fermées, et la rumeur de la grande cité leur parvenait à demi étouffée. Un vol d'hirondelles passa en un éclair devant les vitres.
— Oui, dit le baron.
Se redressant, il regarda Alleyn.
— Cette photo est très nette.
— N'est-ce pas ?
Le baron s'assit, le dos aux fenêtres, et but une gorgée de son brandy-punch.
— Excellent, fit-il. J'aime beaucoup.
— Très bien. Je me demande si vous me rendriez un service.
— Un service ? Mais certainement, si c'est dans mes cordes.
— J'ai ici la copie d'une lettre, écrite dans une langue qui m'est inconnue. A mon avis, ce doit être du néerlandais. Pourriez-vous y jeter un coup d'œil ?
— Bien sûr.
Alleyn la lui tendit.
— Vous verrez, dit-il, que l'original a été écrit — tapé, plus précisément — sur un papier à l'en-tête de votre maison d'édition, Adriaan et Welker. Voulez-vous la lire ?
Il y eut un long silence. Puis le baron déclara :
— Vous m'invitez ici pour boire un verre avec vous. Vous me montrez... toutes ces choses. Pourquoi vous comportez-vous ainsi ? Peut-être avez-vous un micro et un magnétophone cachés dans cette chambre, comme dans un mauvais film d'espionnage ?
— Non. Je n'agis pas pour le compte de la police. Mon travail ici est terminé. Sans doute aurais-je dû leur remettre cette lettre, mais ils trouveront bien l'original quand ils vont fouiller l'appartement de Mailer.

Celà m'étonnerait qu'ils y attachent une grande importance ; mais naturellement, je peux me tromper car je ne l'ai pas lue. Ils savent parfaitement qu'il était maître chanteur. J'ai vu que le nom de votre femme était mentionné là-dedans. Mon attitude est sans doute répréhensible, mais je pense que vous n'avez aucune raison de me jeter votre brandy-punch à la figure, monsieur le baron. Il a été offert en toute bonne foi, si je puis dire.

Le baron remua légèrement. La lumière tomba sur son visage, et pendant quelques instants, l'Apollon blanc, Mercure au regard perçant et l'Époux souriant de la Villa Giulia semblèrent transparaître tour à tour à travers sa physionomie.

— Je suis obligé de vous croire, répondit-il. Que puis-je faire d'autre ?

— Si vous le désirez, vous pouvez partir et me laisser m'occuper de... disons, Kenneth Dorne et de sa photographie.

— Quoi que je fasse, il est clair que je me remets entre vos mains. A mon avis, je n'ai pas le choix.

Le baron se leva et se mit à arpenter la pièce, une trace de son entrain coutumier dans la démarche.

— Il serait certainement absurde, dit-il enfin, de refuser de vous donner le contenu de cette lettre, puisqu'il existe un original. Vous pourrez obtenir une traduction sans peine. Il se trouve que quelqu'un — vous avez dû voir son nom — qui s'est présenté comme Silas J. Sebastian, a écrit à mon éditeur en demandant des renseignements sur ma femme. Apparemment, il a expliqué qu'il représentait une revue américaine et préparait une série d'articles sur les descendants de la vieille noblesse dans le monde des affaires. Du point de vue de leurs épouses. Il ajoutait qu'il s'intéressait personnellement à ma femme car il pensait être son parent éloigné. De toute évidence, il a demandé quel était son nom de jeune fille. Cette lettre est une réponse à sa requête.

— Oui ?

— Elle dit...

Le baron avait du mal à franchir le pas.

Il ferma brièvement les yeux, puis examina la lettre comme s'il la voyait pour la première fois. Finalement, il déclara, d'une voix curieusement compassée qui ne ressemblait guère à la sienne :

— Conformément à mes instructions, elle spécifie que la baronne Van der Veghel est infirme et vit retirée du monde.

— Quand avez-vous rencontré Sebastian Mailer pour la première fois ?

— Il y a dix-huit mois. A Genève.

— Et quelques semaines plus tard, il a écrit sa lettre. Il ne s'est même pas donné la peine de modifier entièrement son nom.

— Il était certainement très sûr de lui.

— Après tout, observa Alleyn, cette lettre pourrait être une réponse stéréotypée à toutes les sollicitations importunes.

— Il n'en est pas resté là. Il a poursuivi ses investigations.

— Jusqu'à... ?

— Je regrette, je dois refuser de répondre.

— Très bien. Considérons qu'il a trouvé ce qu'il cherchait. Voulez-vous me dire une chose ? Quand vous l'avez revu l'autre jour, à Rome, aviez-vous une idée... ?

— *Aucune !* Mon Dieu, aucune. Pas avant que...

— Pas avant que... ?

— Une semaine avant... avant San Tommaso.

— Et alors, le chantage a commencé ?

— Oui.

— Étiez-vous prêt à payer ?

— Je n'avais pas le choix, monsieur Alleyn. J'ai pris l'avion pour Genève et réuni l'argent en petites coupures.

— Vous avez fait contre mauvaise fortune bon cœur, remarqua Alleyn. Vous et votre femme. Quel enthousiasme pendant notre excursion ! Quelle *joie de vivre*[1] !

Le baron Van der Veghel le contempla posément.

— Vous-même, vous avez une épouse distinguée et très brillante. Nous admirons énormément ses œuvres. C'est un peintre magnifique.

Alleyn garda le silence.

— Vous devez donc savoir, monsieur Alleyn, que l'amour de l'art n'a pas à subir... je suis incapable de l'exprimer en anglais... ne peut être coupé, fermé comme un robinet. La beauté — et pour nous, tout particulièrement, la beauté antique — est quelque chose d'absolu. Aucune épreuve ni angoisse ne peut entacher notre sentiment à son égard. Chaque fois que nous nous trouvons en sa présence, nous la saluons avec une grande émotion. L'avant-veille de notre visite de San Tommaso, j'avais reçu l'argent qui représentait le prix du silence. J'étais prêt à le donner. Ma décision était prise. J'avoue que j'éprouvais une certaine légèreté d'esprit et même du soulagement. La beauté de l'art étrusque dans ce souterrain a considérablement contribué à ce sentiment.

— Il était par ailleurs préférable de préserver les apparences, non ?

— Cela aussi, répondit le baron avec calme. Je le reconnais. Cela aussi. Mais ce n'était pas difficile. Il y avait les Étrusques pour me soutenir. Sachez que, d'après mon opinion, notre famille, qui est très ancienne, est apparue dans l'Antiquité quelque part entre le Tibre et l'Arno.

1. En français dans le texte. *(N.d.T.)*

— Votre femme m'en a parlé. Avez-vous remis cet argent ?

— Non. Je n'en ai pas eu l'opportunité. Comme vous le savez, il a disparu.

— Ce qui n'a fait qu'accroître votre soulagement, bien compréhensible.

— Évidemment.

— Vous n'étiez pas sa seule victime dans le groupe.

— Apparemment, non.

Alleyn prit le verre du baron.

— Laissez-moi vous resservir à boire.

— Cela ne me rendra pas plus bavard, fit le baron, mais merci quand même.

Lorsque Alleyn lui eut tendu sa boisson, il ajouta :

— Vous ne me croirez probablement pas, si je vous dis que cela me réconforterait grandement de pouvoir vous révéler ce qu'il a découvert. C'est impossible. Mais sur mon honneur, j'aurais voulu pouvoir le faire. Je l'aurais voulu de tout mon cœur, monsieur Alleyn.

— Eh bien, nous nous en contenterons.

Alleyn rassembla les photos et les négatifs de la baronne.

— Vous les emporterez, n'est-ce pas ? Il n'y a rien sur les photos du début qui puisse contrarier votre femme.

Il les donna au baron. Le cliché sur lequel les Van der Veghel posaient de profil se trouvait sur le dessus de la pile.

— Très frappant, lança Alleyn sur un ton léger. N'est-ce pas ?

Le baron regarda fixement la photo, avant de lever les yeux sur lui.

— Nous pensons pareillement aussi, dit-il. Ma femme et moi. Vous avez dû le remarquer.

— Oui, répliqua Alleyn. Je l'ai remarqué.

— Quand un tel lien existe et, à mon avis, cela arrive très rarement, il ne peut pas être... je ne trouve pas le mot anglais.

— Ignoré ?

— Peut-être. Il ne peut pas être rompu. Vous en avez un exemple dans votre littérature. Dans *Les Hauts de Hurlevent.*

Il n'était pas facile, songea Alleyn, de se représenter les Van der Veghel sous les traits de Heathcliff et Cathy ; néanmoins, cette comparaison ne lui parut pas totalement dépourvue de sens.

Le baron vida son verre, se donna une petite tape sur les genoux et se leva d'un air énergique fort convaincant.

— J'y vais, annonça-t-il. Il est peu probable que nous nous revoyions, à moins que les autorités n'exigent de nous de nouvelles formalités. Je suis sans doute votre débiteur, monsieur Alleyn, à... à un degré inappréciable. Vous ne voulez pas que j'en dise davantage, j'imagine.

— Pas une syllabe de plus.

— C'est bien ce que je pensais. Puis-je... ?

Pour la seule et unique fois en ces quelques jours, Alleyn vit le baron Van der Veghel faire preuve d'un manque d'assurance. Il contempla son énorme main, puis posa un regard incertain sur Alleyn.

— Mais bien sûr, répondit celui-ci.

Sa propre main fut brièvement engloutie.

— Je vous suis sincèrement reconnaissant, fit le baron.

Alleyn le regarda se diriger de son pas souple vers l'ascenseur.

« Finalement, songea-t-il, c'est l'assassin le plus gentil que j'aie jamais rencontré. »

CHAPITRE 10

Comme à Rome

I

« Les choses sont devenues claires, écrivit Alleyn, quand j'ai vu le cliché du jeune Dorne. Aucune trace du baron.

« C'était envisageable depuis le début. Pendant que nous étions alignés pour cette stupide photo de groupe, chacun étant à peine capable de distinguer son voisin, il n'avait pas pipé mot. C'est *elle* qui lui a parlé. Quand elle lui a ordonné de reculer et de ne rien dire, il n'était pas là. Alors qu'elle s'affairait avec son second flash — évidemment, le premier fiasco était un coup monté — il s'est glissé dans le couloir derrière le petit dieu ricanant. Il avait rendez-vous avec Mailer pour lui remettre l'argent. Mailer devait le déposer quelque part, dans la voiture, je suppose : c'est pourquoi il est resté en arrière.

« Au moment où nous avons tous entendu la voix de Violetta, Van der Veghel se trouvait dans le couloir. Je ne crois pas qu'il ait assisté au meurtre. A mon avis, il est tombé sur Mailer avec le cadavre de Violetta à ses pieds. A sa vue, Mailer a dû décamper, et Van der Veghel l'a poursuivi jusqu'au palier suivant.

Il y a eu une empoignade. Mailer a été assommé, étouffé et expédié par-dessus la barrière. Le corps est tombé comme une masse dans le puits ; pendant la chute, une manche du veston s'est accrochée à une traverse et s'est déchirée.

« Van der Veghel a escaladé la barrière pour regarder en bas : il a découvert que sa victime avait disparu dans les abysses. C'est alors que ses semelles en caoutchouc ont rayé les traces de cirage brun laissées là par l'abominable Sweet qui venait de planter Lady B. dans l'atrium. Ses brodequins étaient cirés jusqu'à la semelle, comme par l'ordonnance qu'il n'a jamais eu. Sweet a dû apercevoir Violetta, ou Mailer, ou bien les deux, et les a épiés.

« Selon mon hypothèse, Van der Veghel, quand il a regardé en bas, a vu que le corps de Violetta gisait là où Mailer l'avait abandonné. Il est redescendu et l'a fourré dans le sarcophage, laissant délibérément dépasser un bout de châle.

« Il voulait qu'on découvre Violetta.

« Il voulait que la police sache que Mailer l'avait tuée. Il voulait qu'on pense que Mailer avait déguerpi avec sa mort sur la conscience.

« Tout l'épisode a pris certainement moins de temps qu'il n'en faut pour le décrire. Disons huit minutes tout au plus ; or la baronne a mis bien plus longtemps à disposer son groupe, à triturer son appareil, à changer ses ampoules et à prendre la seconde photo. Son mari est revenu, avec ses chaussures à semelles souples, largement à temps pour photographier le groupe à son tour. Et, au moment d'ôter le film de l'appareil de la baronne, il a pris soin d'en exposer la majeure partie à la lumière. Il ignorait l'existence de la photo du jeune Dorne.

« Et la baronne ? Là, j'aurais pu insister davantage. J'aurais pu le forcer à confirmer le rôle que, selon moi, elle a joué dans cette mise en scène. Elle savait, je pense, que Mailer les faisait chanter, et son mari lui a sans doute demandé de superviser les opérations pendant que lui-même allait à son rendez-vous. Je crois qu'elle ne sait pas qu'il a tué Mailer, et à mon sens, si elle l'avait su, cela n'aurait strictement rien changé à leur union si passionnée, si exclusive.

« L'objet du chantage, enfin ? Troy, ma chérie, des parents éloignés peuvent bien sûr se ressembler de manière saisissante, mais cela arrive *très* rarement. Dans le métier, on nous enseigne que les oreilles représentent le moyen d'identification le plus sûr. Les Van der Veghel ont les oreilles pratiquement identiques, de drôles d'oreilles d'ailleurs, des oreilles énormes.

« Fox, avec le don qu'il a de susciter les confidences, a appris par une employée londonienne d'Adriaan et Welker que le défunt baron avait acquis la réputation d'un sacré gaillard dans toute l'Europe. La baronne actuelle est censée appartenir à une branche expatriée de la famille. Elle n'accompagne pas son mari lors de ses visites à La Haye et passe pour être infirme. La baronne ! Infirme !

« J'ai déjà mentionné leur singularité, n'est-ce pas ? Cette ressemblance, non seulement entre eux mais aussi avec les statues étrusques qui les fascinent tant. Je les vois comme deux personnages surgis de l'Antiquité, se dissimulant derrière une façade non conformiste. Et, à mon avis, elle doit être sa demi-sœur.

« Rien de tout cela ne peut être prouvé devant les tribunaux. Même l'absence du baron sur la photographie du jeune Dorne pourrait s'expliquer facilement. Il n'a qu'à dire qu'il s'est écarté légèrement au moment où la photo a été prise, et personne ne sera en mesure d'affirmer le contraire.

« L'issue finale ? La police romaine va présenter un

dossier réunissant des preuves contre Sweet. Personnellement, je ne leur ai rien caché. Mais je ne leur ai pas non plus fourré ma propre interprétation des faits sous le nez. Ils forment une équipe très compétente, et cette affaire ne concerne qu'eux. Moi, j'ai obtenu les renseignements qu'on m'a demandés, et demain, je dois avoir un tête-à-tête avec un type d'Interpol. Mailer et Sweet étaient tous deux recherchés en Angleterre : s'ils avaient survécu, j'aurais requis un mandat d'extradition pour les ramener avec moi.

« Le baron m'apparaîtra toujours comme un personnage antique, pris d'une fureur antique et fondant sur son ennemi comme un éclair. Son union était menacée : étant à Rome, il a réagi comme un Romain de l'Antiquité. J'ai bien peur qu'il ne le regrette aucunement et, je l'avoue franchement : moi non plus.

« On m'a offert ici à l'ambassade d'expédier mon rapport par valise diplomatique. J'en profite pour y joindre ceci. Voilà, mon cher amour... »

II

— Qu'allez-vous faire, demanda Barnaby Grant à Sophy Jason, maintenant que tout est fini ? Allez-vous poursuivre joyeusement votre route, votre guide sous le bras ?

— Poursuivre ma route... oui, certainement.

— A Florence ?

— A Pérouse d'abord.

— Accepterez-vous de recevoir des visiteurs éventuels à Pérouse ?

— Je n'ai pas l'intention d'entrer à la Trappe à Pérouse.

— Figurez-vous, Sophy, que j'ai réservé une chambre au *Rosetta* à partir de lundi prochain.

— Ah bon ? Depuis quand ?

— Eh bien... depuis que nous avons dansé ensemble à Rome.

— Ce sera bien de se revoir à Pérouse, dit Sophy.

— Ça ne vous ennuie donc pas ?

— Non. J'en serai ravie.

— Ne soyez pas aussi lapidaire. Ne pouvez-vous pas me lancer une œillade équivoque ? Ou bien vous dérober comme Juliette en opinant du chef ?

Elle éclata de rire.

— Sophy, je crois que je suis amoureux de vous.

— C'est vrai, Barnaby ? N'en parlons plus tant que vous n'en serez pas sûr, d'accord ?

— Regardez, fit-il, comme Rome est belle. Les cloches carillonnent, les hirondelles tournoient dans le ciel, les saints contemplent la cité étendue à leurs pieds et les fontaines gazouillent.

— Et à la Villa Giulia, les Étrusques sourient.

— Et les jardins embaument le jasmin. Rome n'est-elle pas belle ?

— Très belle, acquiesça-t-elle. Mais tout de même, il se passe de drôles de choses dans ses murailles.

— Et ce, depuis qu'elle existe, dit Grant.

Cet ouvrage a été réalisé par la
SOCIÉTÉ NOUVELLE FIRMIN-DIDOT
Mesnil-sur-l'Estrée
pour le compte des Éditions U.G.E. 10/18
en novembre 1996

Imprimé en France
Dépôt légal : décembre 1996
N° d'édition : 2710 - N° d'impression : 36304